U0934952

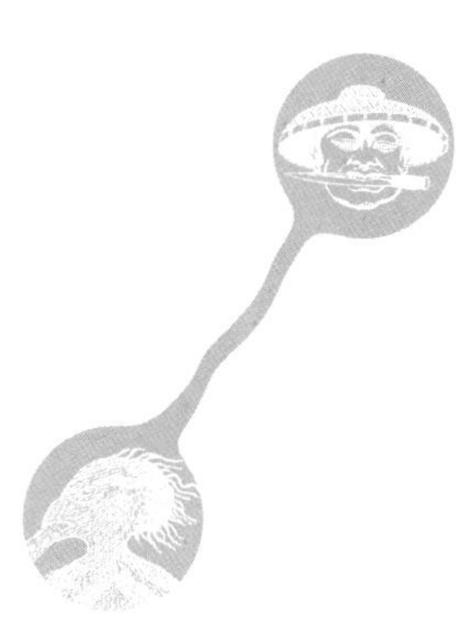

楚尘
文化
Chu Chen

北京楚尘文化传媒有限公司 出品

海盗奇谭

盛文强 著

中信出版集团 · 北京

图 1 《靖海全图》中的清军与海盗交战场面，香港海事博物馆藏

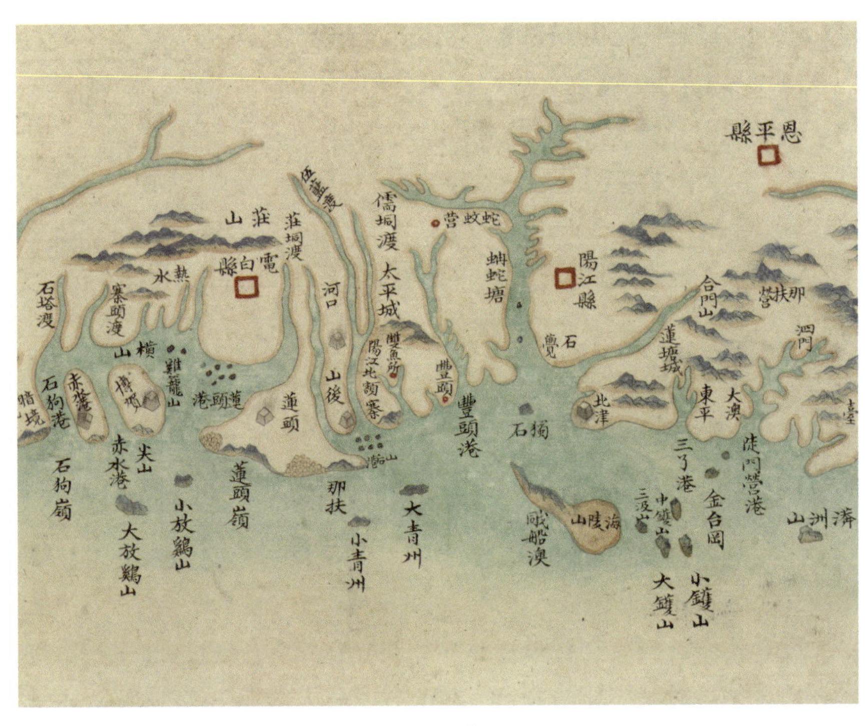

图 2 《海疆洋界形势图》(局部)，美国国会图书馆藏

图 3　清代海盗旗残片，英国海事博物馆藏

图 4　手持权杖的郑芝龙，见于一幅荷兰人绘制的海图

图 5　荷兰人统治的赤嵌城，荷兰米德尔堡哲乌斯博物馆

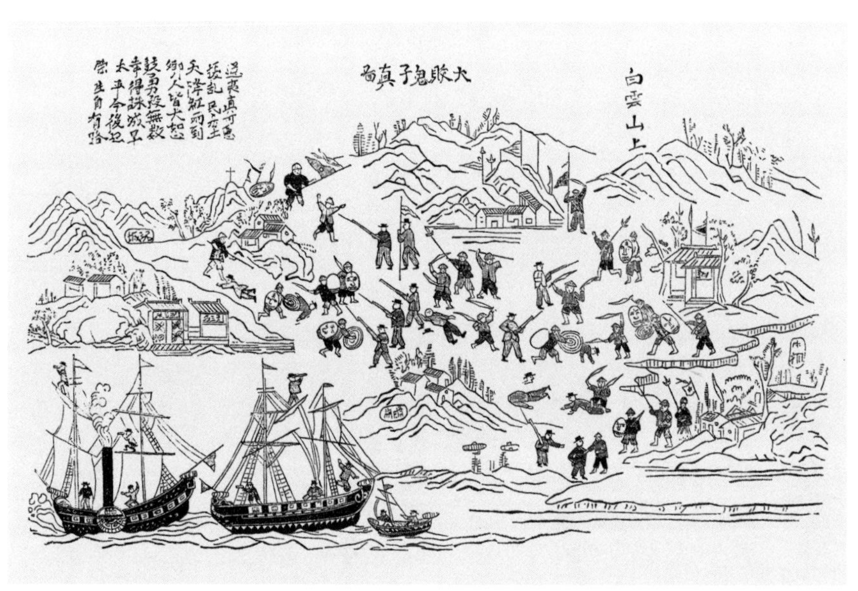

图 6 《大败鬼子真图》，据《伦敦新闻画报》

图 7　战斗中的女海盗郑寡妇

图 8　张保仔像，据《张保仔投降新书》，大英博物馆藏

图 9　海盗郭婆带在读书，据《点石斋画报》

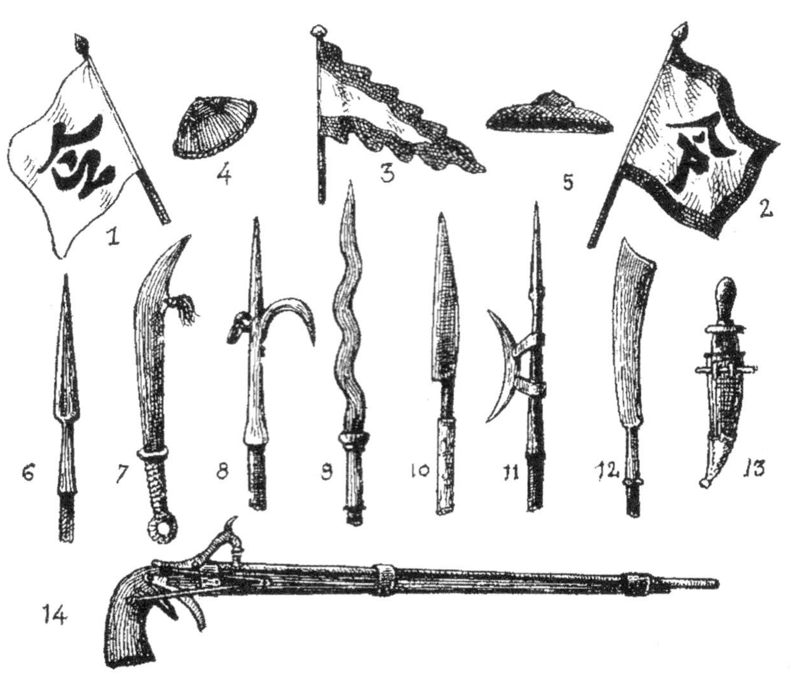

图 10　中国海盗的装备

图 11　海盗郑一擒获英国水手约翰 · 特纳

图 12　招安亭，据道光年间绘本《广州至澳门水途即景》

图 13　英国明信片上的中国海盗形象

图 14　英军击溃中国海盗崔阿圃的船队

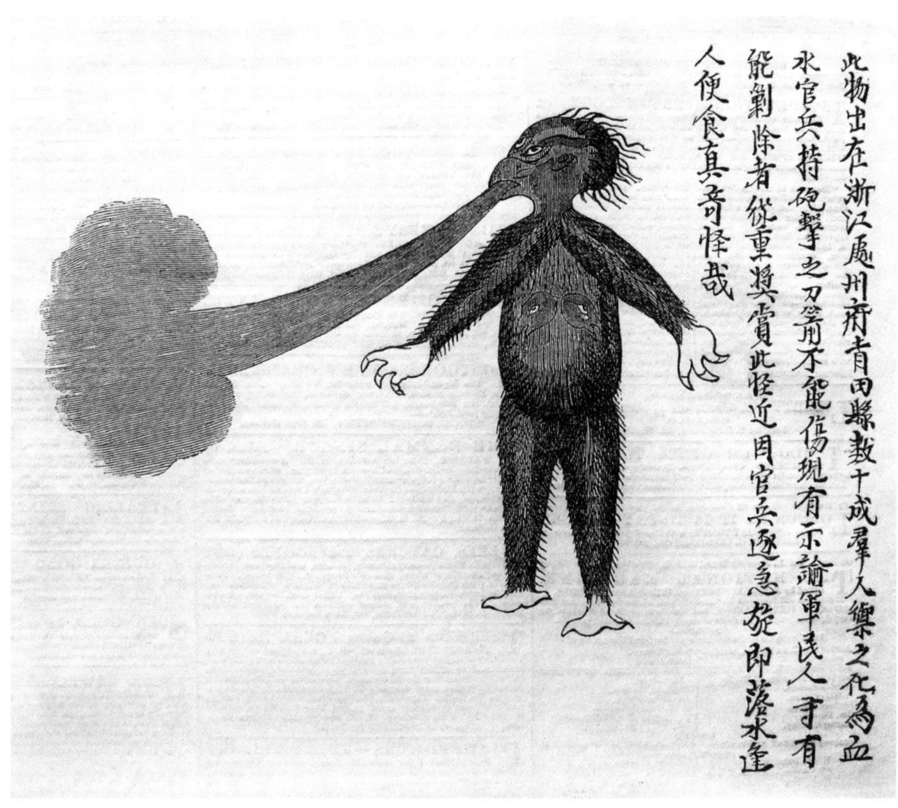

图 15　19 世纪中国漫画中的英国水手形象，据《伦敦新闻画报》

图 16　助温台破贼安民，据道光十二年（1832）刻本《妈祖图志》

图 17　明《倭寇图卷》（局部），日本东京大学史料编纂所藏

MR. GLASSPOOLE & THE CHINESE PIRATES

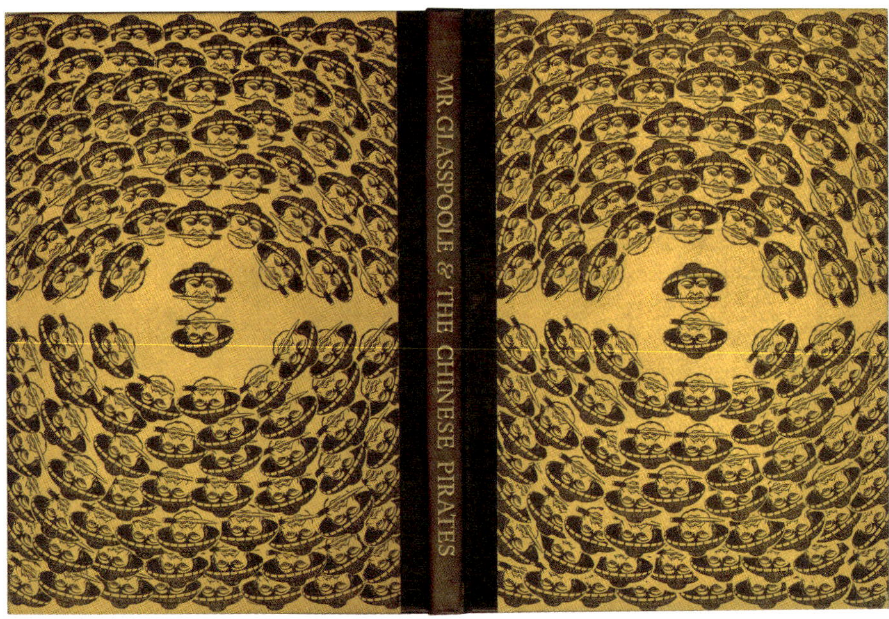

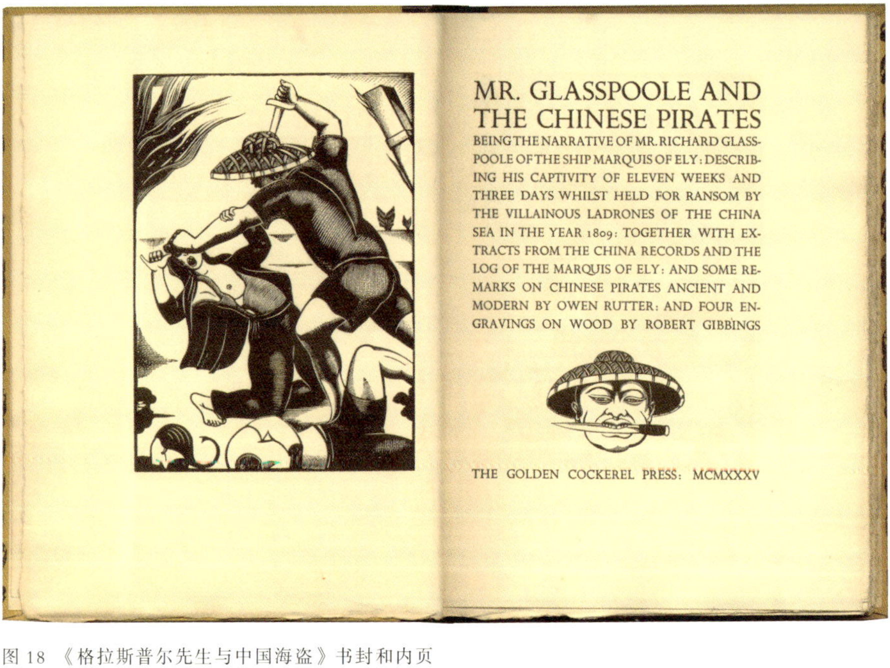
MR. GLASSPOOLE AND
THE CHINESE PIRATES
BEING THE NARRATIVE OF MR. RICHARD GLASS-
POOLE OF THE SHIP MARQUIS OF ELY: DESCRIB-
ING HIS CAPTIVITY OF ELEVEN WEEKS AND
THREE DAYS WHILST HELD FOR RANSOM BY
THE VILLAINOUS LADRONES OF THE CHINA
SEA IN THE YEAR 1809: TOGETHER WITH EX-
TRACTS FROM THE CHINA RECORDS AND THE
LOG OF THE MARQUIS OF ELY: AND SOME RE-
MARKS ON CHINESE PIRATES ANCIENT AND
MODERN BY OWEN RUTTER: AND FOUR EN-
GRAVINGS ON WOOD BY ROBERT GIBBINGS
THE GOLDEN COCKEREL PRESS: MCMXXXV

图 18 《格拉斯普尔先生与中国海盗》书封和内页

低畧娘淡仙吶娘翹𨇒囙苦𩈘𩛂禁𩠓
耿娘翹醒只覺師覺緣違衛

浪碎包固㤕睁 秩功包尔䋦乘於低
姉牢分蒙徳苔 初尼拱丕㤕尼易垁
賸誠包透旦吞 半命兕孝救𢵻兕仁
没命為渃𤍌民 陽功㭍没銅斤包統
𣃱腸𢜝捽𢭮𪛨 𣃱腸跡沛迎麻者𨀈
群𢠩享福衛𩈘 緣𦁂苔𬃾福数𣹓滝
娘群魚謹别牢 濯泉膔𡂂𠽔𢀨边𦗏
秩命脱腥戝枚 氷傾市包别埃麻𦗏
冲船𪪝体淡仙 边命只体竟緣𢴑棋
体饒惆侣𦻥皮 地船買連娘衛卓苦
没茹終乍𣋚𥈷 𦖻肢沫𣼽梅奈𤀒㤕
罙皮八吱濵濛 潮𡓇𢽼𢽼遝篭𤎏𩈘
𣷭初淬泟漓漓 緣初渚易别𠑬淮尼

伏說隨陽世所為善悪而報應之有近
報有遠報有今生報有来生報翹至此
是苦尽甘来之期淡仙已再告莫矣
卽詩災殃秋葉霜前墜富貴春花雨後
紅 𤇮諧記来此或有宿緣

图 19　海盗的女人王翠翘，据越南版《金云翘传》

图 20　一艘中国战船，据《伦敦新闻画报》

圣人不死，大盗不止。

——《庄子 · 胠箧》

目录

卷三　女流

卷四　财货

卷五　风习

卷六　博物

卷七　梦兆

卷八　刀兵

卷九　谋略

卷十　补遗

附录

自序

清代章回小说《冷眼观》中说："那些草野奇谭，倒很把我吓了一跳。"这句来得突然，令人心惊。所谓的奇谭，也即奇谈，或云讲述故事的动作谓之谭。若故事的讲述恰巧发生在伸手不见五指的夜晚，则谓之夜谭。故事的主人公多半已经不在了，到后来，当初讲述故事的人也不在了。惊人眼目的故事，随着岁月的流转，像烟雾一般，在不断扭曲、变形，进而消散得无影无踪，只留下燃烧之后的焦煳气味，证明它曾经来过。

当故事的主角是海盗，而且是中国海盗，便更加引人瞩目了。中国海盗是被历史忽略的一群漫游者，他们曾逡巡在漫长的海岸线，乘潮水上下，他们曾一度强大到不可战胜，令西方殖民者也望风披靡，最终却销声匿迹。

海疆是传奇的渊薮。海上大盗的出没，改写了普通人的生命轨迹，多少离合悲欢之事，也都因海盗的介入而生发。海盗被称作海寇、岛寇、洋匪、澳贼、艚贼，此类名目繁多，他们历来被视为叛逆，致使其事隐而不彰，仅有的一些踪迹和传闻，也都碎作四散的残片。

我做的工作是，从古代文献中打捞出与海盗有关的只言片语，杂取志怪、野史、方志等文本的体例，重构中国古代海盗故事，每篇之末则附有古籍中的引文作为注解。古籍秘本的佐证，与文学想象互为表里，共同拼贴为怪诞不经的奇谭。那些被传奇包裹的主人公，大可略去对其生平履历的一一罗列，只需选取其一生中最为光华夺目的断面——个体生命瞬间的燃烧，使其生命中的日常显得黯淡无光。断章取义或者道听途说的微观演义，也暗合笔记的古老传统。之所以采信野史所持有的论调，并非盲从，亦不代表本人的史观。值得注意的是其中新异的文学属性，而不能纠结其真伪，相信读者自会辨别。

不难发现的是，历代笔记中甚至没有完整的叙事，来路不明的一面之词，使文本显得可疑，而那些突然出现的场景，暧昧不清的人物，也如蜃气般不可端倪。历史学家至此无路可走，孤证难以取信，传言也非治史的依凭，文学想象恰可在这些断片的缝隙里游刃有余。越是不足取信的传闻，甚至带有偏见的一面之词，则越容易构建起文学叙事的龙骨。

除却还原与呈现，本书亦有考证的笔墨，文本未能拘泥于约定俗成的文体规矩，而是回归到古代奇谭志怪的混沌的文本状态。这样的文本不入绳墨之中，不在方圆之内，恰与海盗的精神气质相合。

是为序。

盛文强

二〇一六年秋于青岛

卷一 妖异

一　咒海之术

在南海，岁月骎骎，符咒比黑夜还要隐秘。

作为秘而不宣的古老法术，符咒似乎只出现在传说中。持有符咒之术者，也都是行踪不定之人，难以看清他们的面貌，他们背对着观众，唯有窗口烛光下的黑色剪影。

深夜在船舱里书写符咒的人动作迟缓，他的一举一动都受制于黏稠的夜晚，牵衣拂袖之际，船舱里的黑暗已被扰动，他抬眼看着舱顶的黑暗角落，仿佛看到有些縠纹在震荡着，许久才平复，他的心也随之安定下来。

月黑风高之际，正宜密谋与行凶。此道中人的老手，忍不住要欣欣然了，他们于破坏中得到快感；而作为新手，则紧张得手心冒汗。作恶之前的狂喜，也使臂中的血齐向掌心凝聚，一双手掌也憋成了石榴紫。

焚香净手已毕，海上起了风。他在摇曳不止的矮桌前盘腿坐定，变动着的波浪一波高过一波。他按住桌面，提起笔来刷刷点点，几笔之后，桌面就定住不动了。草纸与朱砂的摩擦，在纸上沙沙作响，朱红印迹与黄纸的映照，灼人眼目。还未完全化开的朱砂粒，从狼毫下跳脱出来，峭立在符咒的起笔及收尾处，它们在灯光下投出芒刺般的暗影，草纸表面细密的绒毛，使那些暗影的边缘变得暧昧不清。写符之人沉湎在光影的微末毫端，仿佛堕进了无尽的深渊。

油灯燃尽，黑暗突如其来。被禁锢的法力随时会破纸飞去，这令写符的人也感到恍惚起来。在另起一张时，他已陷入了迷狂，当此之际，是谁在书写？他被神秘的力量控制，暂时忘却了自己。是谁附着在他身上，施展出绵延不断的笔底波澜？这一切无从知晓，他只是发疯般书写。符咒写完时，他有如大梦初醒，不知身在何处。

深夜里在船上写符咒的是大海盗陈武振，他的早年行止难以知悉，他的生平在史书中跳脱为一片空白。关于他的记载，都来自他身死之后，也只是只言片语而已，而在他生前的相关记载，或许被他施咒抹掉了。如今只知他生活在唐代的振州，身处南海之滨，以咒术闻名，时人视之为妖孽，谈之色变。

陈武振的咒术不知从何处学得，亦不知传自何人，只知他自从得了咒海术之后，便在海滨为盗，专以劫掠外洋商船为生财之道，更兼以勤奋不辍，不几年的光景，就成为南海的巨富。

陈武振自写的符咒有四道。第一道符贴在胸口，可使所咒之船停止不动，不论水手怎样奋力划桨，都无济于事。随后，被咒之船自动漂到他心念所指之地，也即他的老巢——一处人迹罕至的海角。那里，早有他的手下在埋伏，单等商船靠岸，就上去控制船只。第二道符贴在手背，可使手臂凌空伸长至千里之外取物，抓到之后即缩回，毫厘不爽，船中的珍宝失盗，往往因此符作怪。第三道符贴在小腿，能使人行走在海面上而不沉没，风浪再大，鞋袜也不湿，借此符可以走到海面上去，也可从海面上一跃而起，凌空行走。第四道符则用来逃跑，如遇到法力高强的对手，无法取胜，便拿出这道符往空中一抛，立刻雷电大作，狂风由脚下生出，可瞬间将他卷走，一直裹挟到安全的所在。不过，这道符他好像一直没用过，在他的有生之年，并未遇到过真正的对手。真正的对手到来时，他却措手不及，藏在胸口的逃命符成为一张废纸。

四道符咒互为呼应，要在一天之内写完，书写时要耗费极大精力。他每写一天符，都要拿出三天来休息，补回耗费在符咒上的精力。符咒使用完毕，其中的法力便即消失，就要重新书写，永无止歇的循环。他做这项枯燥而又神秘的工作，已经有十八年，他剩下最多的是最后那张逃命符，后来堆积了一船，因写这些符不易，不忍丢弃。

他在写符时灌注了强大的心念。盘旋扭曲的朱砂轨迹，蝌蚪样上下穿梭的圆点，法力都被绳结般的符号给捆缚住了。施展符咒时，则需要配合咒语，并且脚踏罡步，身形移动，模仿笔在灵符上走过的朱砂轨迹。他不住地走动，遇到连续的点阵，要不断单腿跳跃过去，碰巧符咒上有纵贯至底的一竖，他就要把这条竖奔跑下来，在竖跑完之后，到了符的最底端，而在符的顶端又有最后一个点需要点上，那他就要凌空飞回去，他在空中翻滚着，像一只车轮，以单足落定之后，符咒笔画的最后一点才算完成，这时符咒上封印的法力才与他自身融为一体。他手中的木剑，是激引能量的密钥，木剑内有蛙鸣式的躁动，每逢此时，他便获得了无与伦比的法力，天地间的能量都在他身上汇聚，他须勉力支撑，才能免于被这力量吞噬，他仿佛身处漏斗下，顶在逼仄而又迅疾的洪流之中。

那时节，他只要望见商船队的桅杆出现在海平面上，就命手下船队设伏，他则披头散发，开始施咒术。或在滨海之处的山巅，或行走于海面之上，皆是常人难以涉足之地。他手持木剑，嘴里念念有词，两片嘴唇疾速开合，振动之快，俨如蜜蜂之翼，嗡嗡的双唇放出致幻的迷音。灵符开始起作用了——在灵符的牵引下，船队的航向立即发生了偏移，船队都在大力的牵引之下，向不远处的海角靠过去，满船皆惊。

如果路过的船队过于庞大，载货又过于沉重，陈武振胸口的那道符便会难以承受，最终撕裂，这会使他受到大锤重击一般的伤害，口吐鲜血。遇到这种情况，在符撕裂之前，他会及时拿出一道一模一样的符，对原符进行加固，才有足够的法力，把商船队拖到近前来。这真是耗费体力的活计，他的汗珠跌进脚下的波峰中，瞬间被浪头吞没，他整个人也遭受着炙烤，头顶上冒出了白色蒸汽，直冲霄汉，与星辰相接。若是在夜晚，他在海面上越走越远，他的部下们划着船跟上来，就会望着他头顶上白色蒸汽的华盖找到他。

他的部下后来满怀深情地忆起当年的场景——简直难以置信，总舵主头上盛开着一朵白花，是的，你们不要笑，确实有一朵高耸入云的白花，没有枝叶，只有花，从总舵主的头顶的泥丸宫里发出来，瞬间就长到了天上。这朵花分成了二十五枚花瓣，每朵花瓣上都有总舵主的面容，这是他用身体滋养的花，代表了他平生修为的全部神通。白花在黑夜里看上去白得刺眼，底部细若游丝，越往上越大，那些花瓣都到了云中，几乎不可见。总舵主在海面上走，那朵白花也跟着移动，总舵主让波浪绊了一下，头顶的白花也摇摇欲坠。那些年的星和月，都被总舵主头顶的白花给擦亮了。可惜，总舵主已经不在了，如今海上的星和月，又变得乌突突了，你们年轻人哪知道这其间的差别。那时我还年轻，如今我已衰迈，最近总做梦，梦见总舵主，痛煞人也，痛煞人也。

那时节，他的部下对他心怀怖惧，商船队听说了陈武振的咒海之术，皆畏葸不前。当然也有不服不忿的巨商，不惜重金请来了护航的道士，誓要消灭这海上的妖人。当他们在海上遭遇时，受雇的道士从船上飞出，袍袖鼓荡着烈烈风声，巨商们在船头仰面望着道士凌虚飞行，不禁面露喜色，手捻须髯微微颔首，众人齐声欢呼，仿佛胜利在握。哪知站立在海面上的陈武振毫不在意，他举木剑一指，道士便跌落回商船上，摔了个结实，在船板上砸出一个大坑。道士的身子跌进了舱底，商人们从舱底捞出道士，道士已经双目流血。

道士说："是方才，有黄巾力士从空中飞来，伸出二指戳中了我的双眼，我看见无边的黑暗，谁能想到，我们正道中的神明，象征着公平信义，本该助人消灾解厄，却原来也会受到恶人的拘遣，从今而后，我要退出修行界了。"

众人忙上前解劝，道士只是摇头苦笑，不再接言，他用法力止住了血，抬着空洞的眼眶望向天空，众人感到那里有黑色的风暴在滚动。道士的头发不知何时披散开了，发簪在下坠中失落了，在满头白发的胡乱包裹下，他枯萎下去，仿佛衰老只是片刻之间的事。道士摇摇头，抬起手来以大袖遮面，喉咙里咕哝了一句咒语，就凭空遁走了，船板上只留下他已经发黑的血迹，证明他曾经来过，并且经历了惨烈的一败。

道士的离去，使商船上骤然大哗，有人骂道士背信弃义，只顾自己逃跑，更多人自知祸将不免，呜呜哭了起来。你知道，这是许多年以前的事情了。再也没有人能和陈武振一战，据说那个道人是中原修行界的领袖，自他败后，没有人再敢前来与陈武振一争高下。

数年后，陈武振被雷电击毙。当时他正带着截获的船队归港，船桅之上忽有乌云凝结如锅盖，有一道闪电劈下，直奔陈武振的眉心。陈武振是何等身手，急忙闪身躲过，那道闪电扑空，随即在半空划了个弯，仍追中了他的眉心。电光钻入皮肉，游走于四肢百脉，陈武振的身子委顿下去，眉心灼出了一个枣核形的黑斑，像是新开了一只眼。

左右前来探看他的伤势，发现他已经气绝，从他全身的毛孔里，还丝丝冒出电光，触手便觉酥麻。没人敢再碰他的身子，不多时，他就开始干裂，肉身化作一团黑色粉末，那是炙烤之后的焦煳。

船板上正在发生着剧烈的形变，陈武振的部下们，惊得人气不敢出，他们目睹了总舵主走向灭亡，那些黑色粉末，被海上刮来的一阵狂风吹散，他的衣衫也如蝉蜕般脱落，漫天纷纷扬扬的黑雪。在风力播撒之下，那些粉末凝结为天际的乌云。陈武振的追随者们，宁愿相信总舵主的生命已经转化为不为人知的形态，拒不接受他的死亡。那时节，众人举目观看，不知该是喜悦还是悲伤，黑云在他们脸上留下浓重的投影，使在场的每个人都显得面有哀戚。

陈死后，他的符咒之术没有流传下来，他的党羽也作鸟兽散，只有他的神异故事和他的离奇死亡，一直流传到了今天。他没有留下画像，不像那些故去的大人物，都留下一张丰赡华美的仪容，供后世子孙凭吊，陈武振的遗容却被雷电摧毁，变得一团焦黑，画师见了难以下笔。你知道，这是许多年以前的事情了。

〔1〕《太平广记·幻术三》：唐振州民陈武振者，家累万金，为海中大豪，犀象玳瑁仓库数百。先是西域贾漂舶溺至者，因而有焉。海中人善咒术，俗谓得牟法。凡贾舶经海路，与海中五郡绝远，不幸风漂失路，入振州境内。振民即登山披发以咒诅。起风扬波，舶不能去。必漂于所咒之地而止，武振由是而富。

〔2〕《太上三洞神咒卷·雷部诸咒》：五方太一，神精北帝。太华玉浆，随吾真炁。为吾发扬，昆仑流液，翠境妙香。神明一视，万鬼成藏，急急如律令。

二　水遁

没有月亮的夜晚，他都要从床底下拖出铜盆，倒上水，冲洗一番，然后用白巾擦拭，一边擦拭，一边在灯下观看，直到铜盆变得黄光闪烁，这才停下来。他再把铜盆放在几案上，又从大桌上移来灯架，灯架上擎着明晃晃的蜡烛。将灯架安置在铜盆正中央，蜡烛在高处向下照亮整个铜盆，在铜盆的反射之下，室内更加明亮，屋顶上有金灿灿的云霞跳跃，恍若黎明时的初照，有着游移不定的娇嫩与明媚。

他开始往铜盆中注水，用的是一只黄铜水盂，从缸里舀出水来。水面上升，在离盆沿还有二指处，他停了下来，把水盂挂到了缸后的墙上，立刻有一柱残余的水，从水盂里流下，贴着墙面往下激射，在地上形成一团黑色的暗影。原本就昏暗的墙角，有了这些水的渗透和沾染，显得更加暧昧不清。他对这些毫不在意，开始起身更换衣服。

他换上熟牛皮的紧身衣，这是潜水的装扮。抬胳膊抬腿，没有崩挂之处，他开始在房间里转圈奔跑，每跑一圈，身子就缩小一号。在长时间的奔跑中，他终于缩小为巴掌大的小人，他的牛皮潜水服也在随着身子缩小，包括他背后的宝剑，也按比例缩小了尺寸，成为牙签似的一小段铁锥，剑柄的红穗头在右肩之上摇摇晃晃。

在变为小人之后，他毫无声息地攀上几案，又飞身跃上铜盆的边缘，在上面来回走了几步，就跳进了水中。他从水中凭空消失了。

此时他穿行到了海上，他的铜盆就是微缩的大海，他跃入铜盆，就是跃入了东海的万顷波涛之中。选择没有月亮的夜晚，是为了在分水时隐藏身形。他从斗室之中跃入铜盆，顷刻就在海上冒出头来。他总是适时出现在大船之侧，这都在他的预料之内。他放出飞抓和绳索，攀上了大船，仗着身形细小，又有夜色掩护，穿行在商旅之间。他用手一指，客商的金银珠宝就会缩小，万两黄金也会缩为一豆，轻松纳入他的囊中。当他摘下了一个波斯商人的钱袋，里面是明晃晃的金币，在海上航行的夜晚，波斯商人时常拿出金币来挨个抚摸擦拭，这些金币都带有了胡商的手泽。他摘走了波斯胡商的所有身家，还顺手拽了一根金色的胡须，在确认这不是金丝之后，他扬手把这根蜷曲的毛发扔掉了。胡商在梦中吃痛，喉咙里咕哝了几声，翻身朝船舱里面睡去。在他眼中的胡商，此刻正如一头酣睡的巨兽，抬头望去，胡商有着山峦一样起伏的身躯，仿佛被施了魔法，会在海上的长夜中永远沉睡下去。

他在船舱的黑暗中出没，早就适应了黑暗的环境，有时他也会停下来，望着眼前这个大得荒唐的空间，客商脱下的靴子，在他看来也是一座高山，抬头往上看去，也看不到靴口。船板上有一盘绳索，每一股绳索都高过了他的头顶。从船舱深处蹿出的一只老鼠，都能让他大吃一惊，他急忙掣出宝剑横在胸前，这只老鼠比他的身子还要高大，平日里不起眼的小东西，这时也变成了猛虎熊罴般凶猛的巨兽。老鼠的尖嘴微张，就传出了热烘烘的糜烂之气，他正撞上这团浊气，胸口为之一滞，脚底下也踉跄起来，未及逃脱，就被老鼠堵在了角落里。在他身后，是无法穿越的船板，船板年久磨损，有了毛刺，这些毛刺已经扎进了他的后背。

老鼠眼中射出光芒，只看了他一眼，他脊间猛颤，随后在老鼠的眼底看见了自己——手执宝剑的浑身抽搐的两道黑影，分别置于老鼠的两只眼中。那一刻，他的神魄恍惚都被摄入了老鼠的双目之中，宝剑也脱手坠落，一声脆响，老鼠受惊，转身回到了船舱里，他才得以解脱，意识又回到了自己身上。捡起宝剑，已是热汗长流，冷风吹过，才觉浑身湿透。值夜的水手走来走去，他躲避着水手们的大脚，生怕一不留神被踩为肉泥，当然更怕被水手们发现。此刻,他在法术的护持之下，变得不到巴掌大小，太过于惊世骇俗，一旦被发现，立刻会被捉去，成为炫奇的玩物，那将生不如死。

这是身怀秘术的尴尬之处，虽然法力直抵玄微幽隐之妙境，能够随心所欲变幻身形，穿越绵密之海，而在此时他变得极为虚弱，甚至要像蝼蚁一样躲避一个普通人的踩踏，也正是因为这种落差，才使他陷入长久的困惑，这是久思不解的难题，当然也是修行法术的心魔。随着他的法力日渐精深，这困惑便又不可遏制地深了一层。

他平日里沉默寡言，不喜与人来往，也不知该如何讨人欢喜。自从得了这种秘术之后，新异的世界向他敞开门户，他在行术盗窃的过程中，居然享受到了隐秘的快乐。一个大盗的寂寞，在没有月亮的夜晚，在远航而来的商船上，得以集中释放和排遣。

每当在船上得手以后，他都不急于离开。他在这畸变的空间里走来走去，独享那不为人所知的喜悦。一个大盗心中无法排遣的寂寞，自是不为外人所知，他只有在事毕之后，才能有片刻的宁静，而这宁静，在他的一生中又是寥若晨星，来去匆匆。

当他在大船上得手，囊中充盈，又自己度过了一段安静的时光之后，便收拾随身物品，跳到海里去。当他再次潜出时，已不是海面，而是自己房中的铜盆。铜盆中心的灯盏依然亮着，他出水时所循着的光亮，就是这盏灯的指引，铜盆中的水，于他而言是巨大的虚空，他不敢耽搁，赶紧逃离了这盆深渊，回到了现实世界。他绕着屋子跑来跑去，不多时就恢复了正常的身高，他熄了灯，屋里一片黑暗，连同那铜盆，也都隐入了黑暗。

他打开包裹，金银珠宝之光照亮一室，也照亮他热气腾腾的脸，那是他往来于海底时体力消耗所致。铜盆和东海之间，还有很长的路要走，没有人知道这段路是什么样子，也没有人知道铜盆和东海是如何连通的，而且，海上的船只走向都在算计之中，每次出水，都恰巧有一只大船经过。这些秘密，都属于秘术中隐而不彰的部分，他在人前绝口不提。

在珠宝面前，他想起平日的生活来了——他在人前总是局促不安，稍显口讷，人们从外表看不出他所从事的行当，只给人留下了一个沉默寡言的模糊印象。即便在离开金陵城内的寓所，回到乡下看望父母时，在亲友的盘问之下，他也只能含糊其辞，或曰做生意，或曰帮人做工。他穿着平平无奇，丝绸绫罗之类一概不沾身，这使他看上去更像个底层劳动者，在穿街过巷之时，也丝毫引不起注意。他待父母恭谨，为了不引起父母的怀疑，他带来的银两数额，也都在可以接受的地步，太多则会吓到父母，太少则难尽孝心，他每在多与少之间颇费思量。

这些世俗生活中的场景在他眼前一一闪过。这时，他刚从海上穿越而回，冻得瑟瑟发抖，身上水滴不断，打湿了地面，这是他从深海携带而来的海水，尝一滴，才知道是咸的，那是东海无数颗水滴中的一颗，经过在时空中的长途跋涉，穿越了万花筒般炫目的隐匿隧道，来到了金陵城内，滴在他的寓所之中。

〔1〕《点石斋画报》：江宁人金某有奇术，行踪诡秘，人莫能测。比邻某生闻而异之，一夕穴隙潜窥，见金置大铜盆于几，储以水，中燃小灯一檠。闭户更短衫，佩利刃，负空橐，环屋而走，愈走身愈小，长几寸许，跃登几，跳入盆水不见，而灯火莹莹矣。炊许，忽盆中有声，灯光大明，有小人自水中跃出，飒然堕地，须臾复故貌，仍金也。背上橐倾出，白镪累累焉，得六七千金。生为之咋舌，意此必江洋大盗也。

〔2〕薛用弱《集异记》：安道语公之左右曰："请水一器。"公恐其得水遁术，固不与之。

三　中理国

大宋国驶来的商船桅帆如层云攒聚，在海上来去如风，从来不畏艰险，唯独行至中理国海岸时，水手们则会紧张起来，因为中理国附近，总会有怪异之事发生。

中理国是大洋中一个神奇的所在，该国的国人皆有妖术，他们的外形变幻无常，多者一日中七十余变，或为鱼虾，或为鲸鲵，又时为海鸟，翔集于船桅之上，监视着船中的动静，又有海龟从海中冒出头来，用两只肉鳍扶住船舷，向船中张望。

船上水手见状，也疑它是中理国人幻化而成，拿长竿驱赶，那些偷窥的海龟们咕咚咕咚坠海，下落不明。又有飞鱼贴着海面滑行，它们靠摇动的尾巴推进飞行，同时也甩掉了身上残存的海水，其中还掺杂着鱼身上的黏稠的体液，船上立刻下了一场雨，雨中带着腥膻，人们掩鼻奔回舱中躲避，崩到身上的黏液异味，几个月后才能完全消散，但凡沾到的都自认晦气。

有一位波斯胡商手搭凉棚朝空中望了片刻，回转身对他的同伴说，这些飞鱼，正是刚才被我们驱赶的海龟。众人揉了揉眼睛再看，那群飞鱼已经幻化为红嘴鹬，血色的长喙如箭镞般掠过人们的头顶，引发阵阵惊呼，人们齐刷刷地仰起头，鸟翼的黑色投影在他们脸上一闪而过——阴凉的锋刃，切开昼与夜的膈腱，时间为之短暂停歇。

船中有一位来自临安府的宋国商人，他回到故国后，仍感到心有余悸，后来他在一首诗中追忆了当时的场景，正逢诗会雅集，他想起了这段经历，以诗记之。在座的有孟公、胡公等宿耄，都是一时文章宗伯。孟公抚琴，胡公吹箫，呜呜咽咽的，他的记忆释放出来。他用当时较为流行的一种诗体写作，其大意是：我曾遇到羽翼之影的羁绊，彼时我认定此生再难回返。

在中理国的海域，行船有了新规，妇女儿童回到舱中，不得出舱，财物一概不得暴露。船头降落的海鸥，也会在趁人不备时会叼走金银首饰，腾空而去。有经验的客商都开始留意防范，实力雄厚的商船雇用了弓弩手，遇到可疑的鸟兽便一顿扫射，射中的禽鸟及水族都变为人形，呻吟不止，血在他们身边蔓延。更为严重的事件是虎鲨掠走妇女——虎鲨从水中跃出，凌空叼住了船头看风景的女眷，重又落入海中，女子因此被掳去，遍寻不得，弓弩手尚未来得及施展，就被虎鲨的敏捷身手钻了空子。

不久，在中理国的码头，有一个中理国人头发上还滴着水珠，显然是刚从水里出来。他正背着浑身湿透的女子上岸，边走边与迎面走来的同伙打招呼。同伴们看他背着一个美女回来，纷纷感叹道："好货，好货。"他咧嘴一笑，露出了满嘴锯齿般尖锐的细牙，与方才虎鲨的牙齿一模一样。再看他的同伴，有的站在礁石上扇动双臂，模仿鸟的形态，转瞬间双臂生出翎毛，化作海鸟升入云端；还有的从岸上纵身跳入波涛之中，沾了水的身子立刻遍布鳞片，层层覆压，手脚则幻化为鳍和尾，从海水深处潜行而去。

船底也是难以防备之处，锯齿鲨成群游来，用骨质的利齿穿凿船底，锯齿鲨那么多，穿凿的孔洞到处都是，船底如泉水喷涌，堵之不及。也有巨鼋蜂拥而至，用脊背托起船只，使船偏离航线，径直朝礁石上撞去。船碎之后，中理国人幻化为各类水族，潜水打捞沉船中的财物，最为惨重的事故，莫过于此，做此大案的，也都是中理国中的巨盗，他们有着严密的帮会组织，以及更为强大的法力，更为贪婪的野心。

不单单是这些出门做盗贼的中理国人善于变化，即便在中理国街市上行走之人，也时刻发生剧烈的形变。拄杖徐行的老妇失足仆倒，就地翻滚一圈，变成了白兔，蹦跳而去。挑担的贩夫在回头的瞬间变成了一头黑熊，嘴角露出了诡异的笑，回转头去又变成人形，这种变化只是无意中显露的。飞奔出弄堂的一群孩童，则变成一群白鹅，他们的翅膀鼓动着气浪，所经之处尘头大作，在尘埃的掩盖下，他们又变作蚱蜢，弹跳着跃入宅院深处，空中还留有他们后腿关节疾速伸展时的清脆颤音，证明他们刚刚离去。

在大宋国的客商们看来，中理国人人都是盗贼，他们热衷于变幻。危邦不入，谁也不敢在中理国登陆停留，只能远远绕道而去。

〔1〕赵汝适《诸藩志》:（中理国）人多妖术，能变身作禽兽或水族形，惊眩愚俗，番舶转贩，或有怨隙，作法咀之，其船进退

不可知。

〔2〕屈大均《广东新语》：昔时称为龙户者，以其入水辄绣面文身，以象蛟龙之子。行水中三四十里，不遭物害。今止名曰獭家，女为獭而男为龙，以其皆非人类也。

四　蟹道

这是一群败逃的贵胄，在陆地上无可栖身，便要思量着去海上。带领这些残兵败将的，正是失去了国土的王。

成者王，败者寇，如今他将带着他的士卒，去落岛为寇了。王来至海边，眼泪止不住流下来。士卒们见了，也无不堕泪，泪水滴在海边的泥土上，凿出又圆又黑的深坑，就像那无可挽回的失败一样，内中充盈着深重的绝望。经泪水滴过的泥土，立刻凝结为遍布孔洞的礁岩。

薄暮时分，追兵已至。杀声隐隐传来，而渡海的船只还没有找到。背后的追兵出现在地平线上，旗幡招展，马蹄激起烟尘，模糊了天地交接处的一线分界，黄昏的天空显得更加灰暗。

眼前就是波涛连天的海，看不到边际的大水，在风吹过时上下腾跃，浪峰之间也相互挤撞，冰凉的水滴和泡沫，溅到了兵卒的身上和脸上。王打算投海自尽，刚朝着海急奔了几步，侍从们就发现了他的危险举动，抢上去将他拦腰抱住。

追兵迫近，王和他的部众们做好了拼死一战的准备。就在这时，海面上起了变化，有青色甲胄随潮头漂来，细看是蟹群，两端带有矛刺的梭子蟹，每个都有磨盘大小，它们成群结队赶来，八条细腿推开波浪，两只巨钳高高举过了头顶，生在立柱上的两只眼睛也已立起——岸上的王和士卒们惊异于这密林般的眼睛。在他们看来，漂移而来的是成串的岛链，以及覆盖于其上的葳蕤草木。

蟹壳互相挤撞，咔咔作响，蟹盖遮蔽了海面。在大蟹的拥堵中，有不少蟹磕掉了腿，失腿之后，平衡也难维系，它们以一种怪异的姿势游着，身子旋转着前行，在这种姿势的影响下，有更多的蟹受到伤害，蟹的淡青色血液流淌，站在岸上的人都被吸引过来，暂时忘却了身后有追兵。

只有他们的王最早清醒过来，喊道："快上蟹背。"

士卒们被点醒。原来，眼前的大蟹早就悬浮不动，它们用壳铺成了一条蟹道，蟹道的此端，打头的大蟹俯伏在浅水的泥涂中，后背露出水面，另一端一直伸向了海天交接之处，难以望见的尽头。

王和他的士卒走上蟹道，与陆地一样平坦，战马也跟着走上来，蟹背稍微一沉，又自行浮起，稳稳托住了马蹄。战马起初踟蹰不敢前，后来被士卒硬拽到了蟹壳上。战马看到蟹道两侧的波浪，极为不安，它们匆匆打着响鼻，在士兵的看护之下，走在这条脆弱的大道上。战马心惊，士卒也是满心惊怖。最使人担忧的，是身后的蟹，它们待士卒走过之后，就沉入水中，这条蟹道在缩减，随走随消，走在队尾的士卒回头看了一眼，见身后的蟹道消失，惊呼一声就掉进了海水中，没了踪影，众人便不敢再往后看。

眼前的蟹，也都竖起触角上的眼，对士卒们扫视。和海中异类的对视，是这些来自陆地的士兵们前所未有的体验，蟹的眼中不见转动的眼珠，只有触角末端的一个浑浊的圆眼，仿佛云雾缭绕的球镜，蟹的眼波在看不见的深处流动。一个士卒受到吸引，停下了脚步，扶着一人多高的蟹眼的触角，仰头与蟹对视，立即感到了眩晕，蟹的眼神仿佛沉潜在深渊之中，深不可测，就像不可预见的未来一样。众人加紧了脚步。也不知走了多久，终由蟹道走上了海外岛屿，蟹群就此隐没。

后面掩杀上来的追兵，眼睁睁看着失国者和他的部众被蟹道托举着走进了海中央，想要追赶，蟹道已断，人已走远，弓弩也射不到了。追兵的主将在岸边大发雷霆，用手中的金戈击刺海岸，这一疯狂的举动使平滑的海岸出现了豁口，砂石坠落到海中，从此，帝国的版图上缺了一角。

失国的王率众登上岛屿后，蟹道上的最后一只蟹也沉入水中。方才横贯海面的蟹道，仿佛是从梦境中跑出来的，他拔出宝剑，用芒刺扎了一下手指肚，疼得打了个冷战，原来这不是在做梦。环顾左右，他的士卒们也都割破了手指，血珠扑簌簌落下。

王说，幸好是血珠在滚落，而不是我们项上的头颅，岛屿是我们的乐土。

从此以后，王下令，不准吃蟹，以报答蟹族的救命之恩。被士卒踩过的蟹，也都在蟹壳上留下了脚印。时至今日，蟹壳上还有凹陷的痕迹，用手抚摸，便可知晓失国者当年溃逃之际的困顿与苦辛。

〔1〕司马迁《史记》：田横惧诛，而与其徒属五百余人入海，居岛中。高帝闻之，以为田横兄弟本定齐，齐人贤者多附焉，今在海中不收，后恐为乱，乃使使赦田横罪而召之。

〔2〕干宝《搜神记》：鱼鳖浮为桥，东明得渡，鱼鳖解散，追兵不得渡。

五　水盂

大当家闲暇时把玩的水盂，是来自深海的大螺壳，有面盆大小。从远处看，这个水盂更接近于圆球，走到近前来，则会发现它黑洞洞的半圆开口，盘旋的螺纹通道，一直沉降到螺腹深处，外壁上有金黄的花纹，是些起伏不定的飘带，由无数深浅不一的黄色斑点叠加而成，最深之处，是点阵密集之所在，它们排列而成的，俨然是水波涌动的形象，这是大螺常年在水中生长留下的印迹。

这只壳里曾生长有肥美的螺肉，后来螺肉让大当家用铁钩钩出来，使了半天力，才拽得过螺肉。螺是活着的兽，它执意往回缩，被拽出壳时，还在铁钩上扭动蛇一样的身子，把黏液甩了大当家一脸。大当家抬起袖子擦脸，恨恨地在把螺挑在火上，烤着下酒吃了。

“肉真白，也真软，就跟吃蘑菇似的，没有吃出一根筋，也没有吃出一块脆骨。”大当家如是说。

螺口的半圆形硬盖，被大当家铺在了座椅之前垫脚。暑热之际，脚底螺盖自生凉意，沿着双腿上升，颇能消解暑气。

那一回，大当家带着船队出去劫一队商船。从南洋回来的商船队，满载着香料、珊瑚和珠宝。遇到这种肥羊时，总是有好几股海盗盯上，这回的消息，就被几股海盗同时获悉了，这是最令人担忧的。商船毫无戒备，真正的威胁来自其他海盗。

大当家临行前，把他的螺壳交到二当家手上。这时，螺壳里已经盛满水，成为一只真正的水盂，二当家接过时，沉甸甸地压手，身子不由得晃了两晃。定睛细看，螺口的水面上漂着五只小船，就跟他们平时所用的船一模一样，只是旗号颜色各不相同，分为青黄赤白黑五色。二当家当时心中雪亮——这代表了五支最大的海盗团伙，黑旗是自家的队伍，青旗、黄旗、赤旗和白旗，都是和黑旗实力相当的海盗团伙，五旗的头领面合心不合，五旗之间也常因争夺财货而发生火并，冲突不断。

水盂的阔口中，收纳着一片小小的海洋，洋面上列开了战阵。船只和海面虽小，却已有杀气弥漫。这是大当家模拟着战斗的场景来做的，就连桅杆上系着帆的绳索，也用头发丝挂起了纸片剪成的帆，站在船头的人，是用细木棍削出的人形，并且染了颜色，身着蓝裤蓝褂的海盗，散落在船上各个部位，各司其职。至于船身，当然是削木而成，船头的鹏鸟纹饰用油漆彩绘，每根毫毛都似在风中飘动。就连那五色的旗帜上，也各自用金线绣了海神妈祖腾云驾雾的神像，豆粒大的三角旗帜上，海神的眉眼皆具。绣像的金线细得几不可见。大当家说，那是他从金箔上剪下来的窄条，因为极窄，看上去便是细线，这样的线，稍不留神就会剪断，耗费一天，或许能剪得一根完整的金线。

怪不得大当家把自己关在屋里好多天不出来，原来是在做这些小船。大当家的手艺，是头一次显露出来，二当家心下暗暗称奇，却又不敢多问，只是不停摸索着水盂的外壁，摸到的是瓷釉的滑腻，阴寒的气流传递到他的掌心，让他打了个冷战，生怕失手打碎，他赶紧把水盂紧紧揽在怀中，就像抱住初生的婴儿。

大当家曾吩咐道：“你作为留守，什么都不用做，只要仔细守着这个水盂，就能帮到我，到今晚三更时，放火点燃青黄赤白四条船，这黑船代表我们自己的船队，不能沾上火星儿，切切牢记。”

二当家唯唯，开始守护这个水盂。大当家率队走后，二当家将水盂安置在床榻之侧的矮桌上，寸步不离。到了夜里，五只小战船在螺壳里动了起来，起初是行速极缓，不细看则看不出船在动。夜晚降临时，五只船的速度已经和初时大不相同了。二当家俯身观看，见五只小船开始绕着螺口飞旋，速度越来越快，搅起的水也溅湿了二当家的前胸，水面上出现了漏斗式的漩涡，五只小船也贴在漏斗壁上，朝着漩涡的中心倾斜，随时都有翻倒之虞，二当家的心跳也随之加速了。

此刻，二当家身在岛屿上——在海盗栖身的城寨中，城寨周围有重兵把守，岛屿的外延，有巡逻的哨船如流星飞渡，哨船上的灯火，把岛屿的轮廓勾画出来。在二当家看来，这铜墙铁壁如同虚设，水盂中战船激射，纸帆上兜满了风，看到这场面，弹丸之地的岛屿似乎都在一道旋转。海浪翻滚，群星失色，他如同亲临海上，亲历生死攸关的时刻。

挨到三更到来时，五只船仍自旋转，只是稍稍放缓了些，漩涡也不似先前那么陡峭了。二当家拿出火石火镰，引着了火，瞅准了旗号，照着青黄赤白四条船上抖落火星，四条船烧起来了。船帆先被大火笼罩，继而变成四朵火焰，船身散架，残骸沉到了大螺的深渊中，它们在下沉的过程中也是沿着螺壳内的盘旋楼梯跌落，一直聚积到螺的尖端——不可见知的黑暗所在。

四条船代表着另外四股海盗，都被二当家用火烧尽，当它们沉没后，代表着大当家队伍的那条黑船也沾上了火星，帆上起了火——播撒火种的二当家手忙脚乱，火星不小心撒到了自家船上。

二当家见自家船上火起，急忙从桌上拿过茶壶，对着壶嘴吸了满满一大口茶，对准黑旗船用力一喷，就把那火苗喷灭了，黑旗的小船又恢复了活力，在大螺的水盂里四处游弋，二当家见了，满心欢喜。

第二天傍晚，大当家带着船队回来了，他们如愿截获了垂涎已久的商船队，金银珠玉不胜其数，堆满了船舱，大当家和喽啰们满脸喜气，船还没靠岸，二当家就远远听到了他们中气十足的笑声，不禁长出了一口气。

回到水寨中落座，大当家说："那天晚上，青黄赤白四股海盗齐来哄抢，不多时，天上起了乌云，不断有球形闪电落到青黄赤白四股海盗的船上，球形闪电的白光耀眼，把海上照得通明，球形闪电还吱吱叫着，一落到敌人船上，就起了浓烟和火苗，我们在船上都感到脸颊上热烘烘的炙烤。这些球形闪电，把他们烧得四散奔逃。后来我们的船也沾上了火，幸亏你及时降落了一阵大雨，才把火浇灭。"

参加战斗的一个喽啰补充说："真是奇哉怪也，那场救命的大雨只对着失火的帆，雨水里居然带有浓烈的茶香，还冒着蒸蒸热气，我张口接了几滴，回味至今，就像是刚沏的碧螺春。"

〔1〕蒲松龄《聊斋志异》：某一日将他往，堂中置一盆，又一盆覆之，嘱门人坐守，戒勿启视。去后，门人启之，视盆贮清水，水上编草为舟，帆樯具焉。异而拨以指，随手倾侧。急扶如故，仍覆之。俄而师来，怒责："何违吾命？"门人立白其无，师曰："适海中舟覆，何得欺我？"

六　蜃气船

蜃气船在海平面上出现时，正逢海上微风，海天之间起了一道幻影，一条巨船从海面上升起，桅杆和帆布高入云端，阻塞于眼前的，是城墙般的船舷，木纹的间隙扩到了几丈宽，附在船板上的牡蛎，也成了车轮大小的灰色堡垒。船头和船尾已经溢出了视线之外，前方所有的航路都被这艘大船堵住——一道无可逾越的水上长城。

彼时正有官兵的战船追击一艘海盗船，见到前方有蜃气船，便不敢再追。海盗船在前，慌不择路，正撞在蜃气凝结成的大船上，却撞入了巨大的虚空。海盗船上传来的呼号，以及橹桨劈水的脆响，扰动了这一团幻境，从撞击之处开始，蜃气船蚀出了孔洞，这孔洞不断扩大，像烧着了一般，从这圆形的孔洞里，可以看到遮蔽在蜃气船之后的海平线，海盗船穿过孔洞而去，就像穿到了另一个世界。

海盗船穿过蜃气船的幻景之后，蜃气船开始崩塌，方才撞击留下的孔洞四周出现了裂隙，毫无规则的冰裂纹，将蜃气船的大幕分成了无数小块，真实的世界已于裂缝中显现出来。碎片四散飞去，每块碎片上还都携带着蜃气船的肌理，飘在空中，翻滚着，就像打碎的镜面，落到身上、脸上，真有薄刃的刺痛感，伸手去捉，捉到手里细看，只剩下一摊水渍。

官船上的兵将们挤在船首，目睹了这一奇景的落幕。相形之下，官船船首的七彩龙纹显得黯淡无光，褪去了油彩，漆皮也松动、剥落。官船不敢再追，在他们看来，蜃气船是海盗释放出来的障眼法，而眼下海盗把这幻景收回了贼船之中的秘密法台，回到了盗首的宝葫芦中，如同鱼回到水中，隐士回到山林。那些如枯叶败絮般飘散的蜃气船的残片，在暴风雪一般的暴发之后，也都隐匿起来。

带队的总兵官以剑击柱，一根桅杆被削落在海中。原本胜利在望的追击，在蜃气船的干扰之下，海盗船早就不见踪影。

他哪里知道，海盗们是被逼无奈，才冒险冲进蜃气船的幻影之中，在撞上去的那一刻，臂膀粗的木纹在他们眼前晃动，那些硕大的牡蛎也打开盒盖，显露出野蛮生长的霜雪之肌，蠕动着的眉眼依稀可辨，似乎已经接近于人形。海盗们都已做好了必死的决心，贝壳咯咯作响，令人生厌的杂音，他们闻到了野兽发作前的腥膻，来自贝壳的深处，势必要吞噬活人了，但这真切的生死威胁，却凭空消失了——蜃气船的大幕猛然收起，也卷走了悬置于半空中的一切。

〔1〕《新安县志》：龙穴洲在城西，有蜃气，多蒸为楼观城堞人物车盖往来之状，号龙穴楼台。

〔2〕《崖州志》：俗谓蜃气船者，老蜃吐纳水汽而成。其船身长而阔，长可千丈余，舷与云平。舟子虑不得脱，见必洒酒奉祀之。或云盗艇有善施此术者，人莫之知。

〔3〕林日瑞《渔书》：蜃，蛟之属，状似蛇而大，有角如龙状，红鬣，腰以下鳞尽逆，食燕子，能嘘气成楼台城郭之状，天将雨即见，名蜃楼，亦曰海市。

七　神箭

海盗林道乾在台湾时，不甘蜷居一隅，每每欲起兵北进，其志不在小。道乾曾信台岛巫师之语，于神案上祭拜三支神箭，咬破了中指，亲手在箭杆上写上自己的名字林道乾，虽是草就的血书，但这三个字用的却是跌宕欹侧的米南宫体，颇能见出林道乾早年的学问底子。

箭杆裹上黄纸朱砂的符咒，然后口含七七四十九粒白米，在法台之前坐上一夜，待到拂晓时分，三支神箭即可发挥效力，搭弓之后，便可直射京师，取皇帝的性命如探囊取物。直待射死皇帝，京中混乱无主之时，他即趁机起兵，夺取江山社稷。

他的如意算盘，从这三支神箭开始。

林道乾得秘术后，加紧操演，不敢懈怠，白米挑选颗粒饱满者，备足四十九粒，盛在银碗中备用，三支箭被符咒包裹着，并排摆在案上，蛇形的朱砂咒语，将法力封印在黄纸中，它们会裹着神箭一直飞到京城，射死皇帝。

为防止延误时刻，林道乾又猎到了一只神鸡。这只鸡是鸡王，在山野中行踪不定，终被林道乾张网捕得。鸡王在拂晓时啼鸣，待叫过三声之后，天下的雄鸡才能开始报晓，是雄鸡中报晓最早者，也是音声最高亢者，其报晓的啼声能响彻三百里。鸡王能唤醒定境之中的林道乾，它报晓之时，正是神箭发射的最佳时机。

一切准备就绪，林道乾将鸡王交给自己的妻子看管，自己则口含白米，在法台前入了定。这是漫长的一夜，林妻不敢睡觉，紧盯着鸡王，生怕误了大事。

到了半夜，道乾的妻子困倦不堪，靠在桌上打起了瞌睡，倒伏在了桌上。在睡梦中，她皓腕一扫，把桌角的茶盏扫落在地，鸡王就在桌下的笼子里，茶杯一声脆响，碎片崩在了鸡王的身上，鸡王受到惊吓，忍不住啼叫起来，三声过后，天下的雄鸡都叫了起来。

此时正是半夜，离天亮还早，鸡王叫的第一声，林道乾已经豁然警醒，在黑暗中睁开了眼睛，此时的林道乾有邪术附身，眼球变成了金色的，照耀满室，不啻灯烛之光。紧接着，他听到了鸡王叫的第二声和第三声。侧耳细听，附近山村中有雄鸡受到召唤，纷纷开始报晓，鸡鸣之声连成一片。

这时的林道乾认为时刻已到，片刻耽搁不得，他赶紧抓过宝雕弓，冲着正北的窗户，将三支箭同时搭在弦上，张弓如满月之形，心念所指，是遥远的北地，皇帝的宝座，弓弦一松，三支箭齐头并进，从窗口射了出去，三道银光一闪，立刻熄灭在黑夜中。

林道乾委顿在地，这一法术的施展，耗用了自身的心念，猝然加之，便难以承受这排空也似的虚脱，他口中被口水浸泡了一夜的白米，也都泡成了软饭，那些肥硕的米粒，从他的嘴角流溢出来，沾满了他的胸襟，这使他看上去显得狼狈不堪。他坐在地上，用宝剑支撑着身子。他口中喃喃地说：“宝座，宝座。”

三支箭一路往北飞，箭尖破风飞去，摩擦出经久不息的哨音，伴随着三支箭的整个旅程，从南国直捣幽燕之地，瞬间飞到了京城的金銮殿外。楼台殿阁和参天古木将金殿包裹着，帝王之宅深似海。三支箭在飞行中避开了古木的枝杈，巴掌宽的叶片被斩落，飞舞在空中。三支箭也避开了飞檐，以及檐角上罗列着的兽形阵列，当然也避开了檀木的窗棂，由窗纸中射入。中间一箭打头，其余两箭从它留下的穿孔中依次通过，三支箭钉在了御座的靠背上，分为上中下三个方位。

此时天色尚早，皇帝还没有上朝，宝座上爆出了三下短促的击刺之声，如此短促，也不甚响亮，在金殿的巨大空间之内，不足以引起注意，却足以击中宝座上那个人，在浓稠的黑暗中，三支箭排成了一条直线，在看不见的深处，它们也照样找到了各自的位置，可惜的是，时辰上早了太多，天还未亮，皇帝尚未来到。

不多时，天就亮了，皇帝上早朝，满朝文武山呼万岁，皇帝来到御座前，刚要落座，却发现御座的靠背上钉着三支箭，不由得吃了一惊，忙呼左右取下箭来，但只拔出了箭杆，箭头早已嵌入御座中。扯去箭杆上的朱砂符，见箭杆上写着林道乾三个血字，血迹尚未干透，知是新写不久，箭上的杀气，也在这三个字中汩汩流淌。

皇帝早知林道乾在海疆作乱，是为祸一方的大盗，不想竟然用邪术来行刺，三个血字，是对皇权的蔑视，以鲜血书写的名字，是要用血发起挑战。再看御座靠背上的三个箭头，分别是皇帝端坐时的额头、咽喉和前胸的位置所在，毫厘不差，若是早些来上朝，必定被射中。皇帝勃然大怒，即刻传旨，发兵征剿林道乾。

被箭射过的御座，皇帝不敢再坐，于是弃之不用，更换了新座位，早朝使用的宫殿，也换了一处，后来皇帝索性不上朝了。三支箭使本来就胆小的皇帝一蹶不振，他总感到有箭穿过无尽的黑夜，一路匆匆赶到京师，在他眼前射来。在睡梦中，皇帝也常惊醒，箭头的寒芒，在他的眼皮内侧闪烁着，毫无踪迹的惊恐，伴随着皇帝的后半生。

林道乾射出三支箭之后，才发觉天色尚早，东方还未有明亮的迹象，仍是黑沉沉一片，这时妻子跑来，告知惊扰鸡王之事，导致鸡王提前报晓，道乾才知事败，懊恨不已，连连跺脚，却又不能怪罪妻子，夫妻抱头痛哭。哭罢多时，林道乾仰天长叹道："噫！天不佑，天不佑。"

不久，接到圣旨的福建水师前来攻山，林道乾见官兵势众，自料难以抵挡，于是扔出腰中宝剑，宝剑触到了山石，便将前山劈出一道裂罅，海水浸入，列罅顿成航路，潮头与山石齐平，甚至满溢出来。林道乾在山中藏有船只，作为失败时的退路。海水涌上山来，藏在丛林中的木船开始移动，他带人登船，从海路逃走了。

官兵见林道乾身有异术，举手之间就能把山劈开一道口子，总兵官心里直打鼓，眼睁睁望着林道乾的部众划着船走远，到了海上又升起了帆，风力即刻聚集，全都吹在了林道乾的帆上，转眼就没了踪影。总兵在战船上遥望见道乾身上怪异频出，也不敢追赶，令旗一摇，急急忙忙收兵。

从此，林道乾亡命海上。他本想故技重施，怎耐那个巫师只给了他三支箭，还教给他一些开山倒海之类的法术。刺杀皇帝失败之后，林道乾到处寻找，却再也没见过那个巫师，巫师在授予他秘术之后，便不知所踪，就像被一阵大风给刮跑了。

那三支箭，也是久经淬炼的宝贝，世上再也没有第四支，三箭齐发的法术，只能用一次，因此林道乾将这次失败归结于天命，从此息了谋夺江山之念，只在海上为盗，主宰天下的野心，也在波涛间逐年消磨掉了。

〔1〕《澄海县志》：林道乾，浦都月浦人，为潮州府吏，有罪，亡命海上为盗，初聚党不满百，破鸥汀背渐可二百余。

〔2〕李贽《焚书》：嗟乎！平居无事，只解打恭作揖，终日匡坐，同于泥塑，以为杂念不起，便是真实大圣大贤人矣。其稍学奸诈者，又搀入良知讲席，以阴博高官，一旦有警，则面面相觑，绝无人色，甚至互相推委，以为能明哲。盖因国家专用此等辈，故临时无人可用。又弃置此等辈有才有胆有识之者而不录，又而从弥缝禁锢之，以为必乱天下。……故因论及才识胆，遂复记忆前十余年之语。吁！必如林道乾，乃可谓有二十分才，二十分胆者也。

八 喷水怪兽

喷水怪兽登陆时，村童正在海边的浅水中嬉戏，溅起的水花里，每一朵都有一个鸟嘴的怪兽，还未及看清，它们已经落回水中。在坠落的过程中，那些水珠变幻形状，在半空中拉成了椭圆，甚至分裂为更细小的水滴，那些附着在水珠表面的怪兽形象不断扭曲，在这变形的过程中，他们看到怪兽的金色头发飞动。

他们显然是被水珠中的怪兽形象吸引，站定细看时，手脚都停了下来，也忘记了方才互相泼水的动作。这时节，他们感到了危险在逼近，几乎同时转过身，见到的却是一条钢铁的怪鱼从水上漂来，径直横在了峡湾之外，鱼身擦着了凸出的岩壁，石壁撞碎，怪鱼身上火星直冒，紧接着，水面上一阵巨响，坠落的山体在水面砸出了环形的深坑，还有几尾小鱼被砸中，翻起了白肚皮。

当他们惊异于钢铁怪鱼的威力之时，怪鱼的顶梁上冒出了黑烟，烟柱扶摇直上，遮蔽了海滨的天空，阴云四起，阳光被遮挡起来，村童们在水面上投下的影子，也隐去了踪迹。喷涌不止的黑烟，使村童们提高了警惕。其中有个村童说道："有黑气，必是妖孽之气，那些正道上的神仙，个个都是金光，庙里的那些金身，也都不是这般乌突突的难看。"

话音刚落，便有怪兽出现，怪兽两脚着地，俨然是个人形，它们三五成群，从钢铁怪鱼的肚子里钻出来，两只前爪擎着管子，朝大鱼身上喷水，一边喷水还一边刷洗，其中有个怪兽回转身子，朝这边的几个村童望过来，那一张脸则被毛发覆盖，看不清面貌，只有两只眼睛露出来，眼眶中射出了两道蓝光，有一个村童当场瘫软，蓝光里似乎有摄人心魄的力量，一旦被扫中，就有魂飞魄散之虞，甚至会直接毙命。

众村童见了，抬起受伤的村童，转身往村里跑。喷水怪兽的消息，也就在附近传播开来，人人畏之如虎，家家关门落锁，有人还用木条和石块封住了窗户，生怕怪兽破门而入。人们开始了囚徒式的生活，足不出户，躲在密封的门窗之后，听着外面的动静。

起初，喷水怪兽的传闻来自孩童们中间，有好事者添枝加叶，于是喷水怪兽出现了三种不同的版本。

版本一，由村童金哥儿讲述："今天我们几个早起，到海边去玩，顺便摸蛏子，哪知道遇见一条钢铁做的大鱼，简直太大了——说出来你们可能都不信，有二十几间房子那么大。大鱼身上还有好多窖子，出口都是黑洞洞的，从里面钻出了一堆怪兽，站在大鱼的背上，一会排成人字，一会排成之字，嘴里还发出呼喝声，隔着太远，听不真切。再到后来，怪兽们的队形不像先前那么整齐了，开始三三两两各自活动。怪兽的嘴里咕噜噜作响，好像总有大水在喉头翻滚，只要一张嘴，嘴里就能喷出大股的水柱，跟海水的颜色一模一样，同在船上的七八个怪物，个个嘴里都喷了水，然后有风从南来，刮得人站不住，潮头紧跟着就起来了。我们几个在海边玩，我看到其中一个怪物转过身子冲我看了一眼，怪兽的眼珠是蓝的，两条蓝光照在我脸上，冷森森的，当时我就觉得脊梁发凉，打了个冷战。凉气下沉，一直灌进了双腿，腿发软，栽倒在泥滩里，幸亏伙伴们把我抬回来了，我现在还觉得双腿发软又发沉，走路直打晃，落下了病根。那怪兽的眼睛也真是厉害，现在只要一闭眼，眼皮里面还是有蓝光，也是做了病了，晚上都不敢闭眼睡觉了，也不知这蓝光几时能散掉。你们再遇上了，眼光千万不要和怪兽相碰，不然净等着吃亏，尤其是你一个人的时候，又没有别人抬你回来，让怪物给瞧一眼，动弹不了，肯定就让怪物给吃了，大伙都留神。不说了，娘还要带我去给两条腿扎针。”

版本二，由村妇孙氏讲述："那个怪兽有鸟嘴，骨质的喙，在石头上打磨，敲得礁石上起了火星，把生在石头上的海苔都给点着了，到处都冒起了黑烟，他冲过来抢了我的包袱，紧接着还来拽我的衣袖。那怪兽气力也真大，把我的袖子都拽脱了，怪兽还是不肯罢休，又扯住了我另一条袖子，我往回一拽，这条袖子也扯掉了。正好有娶亲的队伍经过，锣鼓喧天的，我朝着人群呼喊求救，那怪兽见人多，便不再来扯我，只抱着包袱，投水逃走了。我注意到，怪兽落水的时候，是用头朝下，脚朝天，就这样钻进水里，水面上连个波纹都没有，真是奇怪。可惜我的两条袖子让怪兽给扯掉了，还让风给刮进了海里，见水就沉，更可惜的是包袱，里面层层包裹的，是刚借来的银子，给丈夫看病的，都让怪物给抢走了，这可怎么办。”说完，孙氏便呜呜地哭起来，两旁观者如堵，听了这番伤心事，人们纷纷摇头叹气。

版本三，由巫师顾半仙讲述："怎么跟你们讲呢，这群怪物来得凶猛，不但抢银钱，还抢女人和孩童，看来它们还没能完全脱离世俗，也算不上是什么高明的妖怪，它们仍有财色之欲，甚至还没有完全修成人形，也没有修得更高的法门，应该是在三四流的妖怪水平上徘徊，是蛮荒之怪，其见识也必然鄙陋，何曾见得似我这般人物。我能轻易制伏它们，而且，从它们成群结队的习性来看，也证明了它们的虚弱，需要成群结队来壮声势，这又颇像沿海劫掠的一众蟊贼，靠结伙作案，才能壮起胆气，或许，喷水怪兽和这些蟊贼之间大有渊源，现在还不能确定。不过，从抢钱、抢女人和孩童来看，喷水怪兽和那些蟊贼的行径并无二致，都是在做打家劫舍的勾当，此举最令人痛恨。妖邪之祸，不可谓不急，正逢乡党有难，是我应该出山的时候了。"说完，他起身回屋摘下了挂在正堂上的宝剑，来在了当院，宝剑出鞘，随手便抖出了磨盘大小的一捆剑尖，只见明晃晃的一簇，腕力一收，一簇剑尖合而为一，剑尖上挑，斜指东南天空，空中立刻起了炸雷，众人喝彩之声欢动，原先害怕怪兽的，在窗缝里瞧见了顾半仙的神勇，也都长出了一口气，料想那些怪兽也抵不住顾半仙的一击，这才开始壮着胆子走出家门。

此后，越来越多的人声称曾与喷水怪兽遭遇，大有争先恐后之势，可惜他们口中所讲的怪兽各不相同，也不知谁说的是真，谁说的是假。后来人们断定：这些怪兽各不相同，每一头都有着特殊的形貌，因此众人所见各不相同。有了这个共识，人们对喷水怪兽的讲述也就心安理得。至少，在讲述的过程中不会被人强行打断。故事的讲述者们，由此获得了空前的满足感，而故事的倾听者们，从一开始的满头雾水，到纷纷转身加入到目击者的行列中来，高声控诉喷水怪兽的罪行。那些来路不明的故事，不知该讲给谁听。

喷水怪兽到底是什么样子？至今没有定论，只知它们来自海上，乘坐着钢铁的大鱼，这是毫无疑问的。再者，它们还强抢财货、妇女，也有过吃人的传闻，但说起相貌，便是聚讼纷纭，未有令人信服的说法。一头面目模糊的怪兽，潜伏在百姓的记忆之中，仿佛挥之不去的梦魇，随时要发作。

〔1〕喷水怪兽形象见于1857年4月25日的《伦敦新闻画报》喷水怪兽漫画（见图15）。此图底本出自中国人之手，以版画的形式重绘刊出，题为*Chinese caricature of an English sailor*，即《中国漫画中的英国水手》。图中有汉语注释："此物出在浙江处州府青田县，数十成群。人御之化为血水，官兵持炮击之，刀剑不能伤。现有示谕：军民人等有能剿除者从重奖赏。此怪近因官兵逐急，旋即落水，逢人便食，真奇怪哉。"

九　螺舟

蔡牵，福建同安人，乾嘉年间出海为盗，驰骋于东海和南海，一时间党羽甚众，官兵不能拒，往来船只都需给蔡牵纳币，否则不能通行。

蔡牵在海上风头最盛之时，有数万之众，俨然海上之王，后来日渐骄奢，饮食专门有一艘膳船负责治办，膳船中的厨师是从陆地上掳来的各地名手，专为蔡牵掌勺。每到饭点，膳船上便飘出异香，船队中的众盗闻见了，嘴角垂涎，便得知盗首就要开饭了，而众盗都在自己船上炊爨，膳船上的珍馐则与他们无缘，亦不曾得见。

膳船成为神秘的所在，除却战斗，尤其是不分昼夜的酣战之时，膳船暂停运转，闲暇无事之际，膳船上最为忙碌，刀勺齐响，也有牛羊临死前的悲鸣，鸡鸭的翅膀扇动气浪，大鱼尾巴拍打着砧板，湿漉漉的拍击，很快就归于平静。紧接着，烈火油烹，又有沸水滚汤，尽是杀伐之声。

蔡牵的主船就在膳船前面，他侧耳听着膳船上的种种热闹，沉入到了前所未有的愉悦当中——杀伐的愉悦，感官的愉悦，口腹的愉悦。那时节，他认定自己是海上的王，甚至想到要和陆地上的古老帝王平起平坐。蟒袍和玉带，早就披挂起来，如同陆地上的君王，而他这般穿戴时，却还是打着赤脚，不改渔民的本色。赤着脚的海上皇帝，挽起裤腿的海上皇帝，在这里显得格外滑稽。

听说皇帝的饭碗里，米粒都是一粒粒挑选的，于是，蔡牵也要效仿这种吃法——在一日三餐中体现王的尊贵。蔡牵说，这是作为王的第一步，是大业的起点。命令传到膳船上，即刻开始施行。在阳光下，每粒米都呈现出半透明的状态，稍有斑点瑕疵者，在阳光的照射下都无法躲藏。瑕疵则弃之不用，扔到废料筐里，籽粒不饱满者，有碍观瞻，也弃之不用。最后遍选稻米五百斤，终于挑得一碗珠玉，都是罕见的饱满晶莹之米，这才合成一餐之饭。挑剩下的糙米，都倒进海里喂鱼。米的瀑布在船尾流泻，海风吹过，吹得这瀑布微微倾斜，望着流入海中的米，擎着米袋的两个杂役互相看了一眼，满是兴奋，其中一个对另一个说："撒了这么多米，海里的蛟龙就躲得远远的了。蛟龙最怕蛆虫钻进鳞甲，奇痒难当，米似蛆，我们的船安全了。"挑拣米粒的厨师听着两人的谈话，笑而不语，他正扶着船舷捶打酸麻的后背和脖颈，漫长的劳役，不知何时才会休止。

这碗米饭搁置在蔡牵面前的几案上，果然异于寻常，饭粒高耸出碗口，比平时的米粒大了一圈，呈长条状，在水与火的共同作用下，已变得热汗淋淋，但却不至于狼狈，湿气均匀包裹在饭粒上，呈现出明朗润泽的惬意，咬下去必将松软滑腻，膏腴充塞唇齿之间。

主厨来自膳船，他登上主船，上前禀道："此乃什锦珍珠饭，从五百斤米中逐粒挑选得一碗，一碗之中又有十样不同的口味，分别取自鲨翅、蟹黄、贝柱、龟鳍、鲎肝、魟腹、鲸脑、虾脊、鱿腿、鲍足。海中之珍，尽备于此，十种口味交错杂集，又生出诸多妙处，难以尽述。”

蔡牵望着这位来自泉州的名厨，满意地点点头，挥挥手让他退下去。船板上的脚步声远去，直到他走上跳板，通过一窄条颤巍巍的木板回到膳船。在这一段脚步中，蔡牵听出了这位名厨的迟疑，此刻，名厨正看着脚底下的波涛，不敢举足，直到迎面来了一个海盗头目，把他牵到了另一头。

此时天已向晚，仆人在船中掌灯了。饭粒闪烁，引得一众仆从皆瞩目观瞧。人们脸上皆有惊诧之色，这样的吃法，真是闻所未闻的奇观。

蔡牵说："真不愧是世间至为尊贵的餐饭，只有王者才配品尝，远在北方的皇帝，是吃不到如此新鲜的海中之珍的，他能吃到的，只有来自泥土中的菜蔬，以及圈养的家畜，吃得久了，人也变得一样蠢。”

说到这里，他感到比皇帝还要富有，苦寒的北地，简直是荒僻的所在，不值得艳羡，在海上称霸，才不枉此生。

他急不可耐，端起碗来刚往嘴里填了一口，还没来得及咀嚼，手中的饭碗忽然坠地，落在船底的木板上，并未摔碎，饭却倒扣了一地，碗向着黑暗的角落滑去。地上的饭粒难以收拾，满地米粒忽变成海螺，伸出斧足，四处爬行。蔡牵深感厌恶，认为是不祥之兆，于是掣出腰刀俯身劈打。哪知经他刀劈的海螺，立刻由一个变成了两个，两个变四个。海螺在增殖，盖住了船舱内的地板，螺壳中每一下抽搐，都会有一个新的海螺出现，层层叠加，埋过了蔡牵的小腿，正向着膝盖攀升。只一愣神的工夫，海螺淹到了大腿，他大叫一声，从海螺堆里挣脱出来，挣扎在螺堆的顶端——已经快与船舱的顶棚相接了。蔡牵纵身一跳，撞破顶棚，攀上顶棚后，又从顶棚跳海逃生。

附近船上的海盗赶来救起了他。他从水里出来时，正看到海螺从他的主船上流溢出来，他撞破的船篷的豁口，流出了大股的海螺。船上的仆人和兵丁都给海螺的洪流淹没了，未及逃出，就已卡在螺壳之间，被海螺吐出的泡沫和黏液窒息而死，这条船不堪重负，在海上沉没。

海螺淹没主船的事件发生后，悲伤笼罩着海盗船队，蔡牵虽然逃脱出来，终觉后怕，惶惶不可终日。不久，他在与官兵的作战中弹尽粮绝，自沉而死。

〔1〕《厦门志》：蔡牵，同安人，以弹棉花为业，后入海为盗。嘉庆初，有船百余艘。其妻尤骁诈，同时盗匪朱渍、张保仔、凤尾、矮牛、红头、白底诸帮及零星土盗皆附之，呼为“大出海”。

〔2〕《清仁宗实录》：各省濒海地方，洋盗啸聚窜扰，总由内地匪徒暗中接济水、米，始得日久在洋存活，而米尤为贼船所少，闻蔡牵等不惜重价，向内地民人私买米石。

一〇　撒溺女鬼

海上忽起风浪，海盗们会认为这是撒溺女鬼在作怪。撒溺女鬼原是闽南女子，嫁与海盗为妻，海盗整日施以毒打，其妻不堪折磨，终于在一个暴雨之夜投海而死。死后怨念不散，便常在海上作怪，因其出现时伴有大风和暴雨，暴雨突降之际，瞬间填满船舱，使船沉没，人们认为这暴雨是女鬼在空中撒溺，雨中伴有腥臊之气，时人称之为撒溺女鬼。

雨前天际出现的黑云，通常被认作是撒溺女鬼的头发，她的面目隐遁在黑云之中，不可端倪。她的丈夫在海盗帮伙中，但她却不知丈夫在哪一条船。她见了盗船便要用水填满，宁可错杀无辜，也不愿放过她的丈夫。黑云和暴雨也都追在船的上空，凝聚不散，船外的海面上则滴水不落。即便船在行驶中，低空里也必有一条与船形一般不二的长条黑云，与船保持同速，拨转船头躲避，空中的黑云也随之偏转，俨然是船在空中的投影，总也躲不开。其戾气之重，怨恚之深，都是海上诸怪当中罕见的。

每当暴雨发作之前，船主望见天际黑云，便如临大敌，赶紧请出负责驱逐撒溺女鬼的水手，水手在鞋上捆绑麻绳，来增添脚底对桅杆的抓力，这样就可以轻松攀上桅杆。他身穿红衣，手中拿着红缨的木棍，木棍上也涂满了红漆，在闪电中，红木棍显得格外刺眼。他爬到了桅杆顶端，便用这根鲜艳的木棍朝空中击刺，口中还高声叫喊，用这种方法驱逐撒溺女鬼，希望使撒溺女鬼受到惊吓，同时也给自己人壮胆。在船上，还另有一名水手身穿黑衣，在船头舞刀，并用污言秽语朝空中咒骂。水手们认为，这种仪式足以令撒溺女鬼受到惊吓，从而放弃对该船的攻击，暴雨就会止歇。

这两名水手临时充当起巫师的角色，平时仍做水手，只在暴雨来袭之时作为巫师，在驱逐撒溺女鬼的仪式之后，他们还会收到额外的赏金。

〔1〕撒溺女鬼（Pissing Woman），其事迹见于《中国宗教体系》（*The Religious System of China*）。

〔2〕周密《癸辛杂识》：航海至大洋，忽天气陡黑，一青面鬼跃入舟中，继有一美妇人至，顾左右取头发。

卷二一 列传

一一　乌石二

乌石二本名麦有金，或写作麦友金，是雷州府乌石村人。该村的房舍均由黑石砌成，故名乌石村。乌石村是一个濒海的渔村，乌石二的父亲经营一条渡船，往来于海上，闲时也耕作，偶尔也捕鱼，和其他百姓一样，艰难挣扎在最底层。

麦家的祖墓离乌石村的港口不远，墓门朝着大海，周围有黑礁石嶙峋矗立，多有直上直下式的险峻，不可名状，似黑衣武士簇拥拱卫着祖墓，杀气森然。行人路过时，但闻脚底咚咚作响，脚下的土地似乎是空心的。

有外乡来的风水师路过麦家祖墓，不由得嗟讶再三。村人不解，问其故，风水师答，黑石是石中之煞，麦家祖墓如此形势，子孙中必出大盗，为祸一方。

村人听说后，唯恐这个预言应验，就连麦家人也怵惕不宁。在麦家人的默许下，村人在墓前围了竹篱笆，并在篱笆中的空地上积粪，以求镇压，唯恐粪堆不高，于是层层覆压，粪堆需仰视才见，他们生怕麦家后人当中出了大盗，祸及乡里。

哪知道，这个预言最终还是应验在麦家。粪积如山，也未能奏效。当然也有人说，积粪还是奏效了，不然乌石二就不是为害一方，而会是席卷南天，甚至占据整个帝国。由此看来，人们相信，积粪之举不无功劳。乌石二作乱以后，当初首倡积粪的几个乡民因此去官府讨赏，结果吃了一顿板子，然后给赶了出来，一时传为笑柄。

乌石二是麦家第二子，因排行在二，后来诨名叫乌石二。乌石二出生时，乌石村起了一阵龙卷风。龙卷风从海上来，卷起了海中的大鱼，搬运到乌石村上空播撒。海水化作一场大雨，鱼群坠落在街道、屋顶及各家的院落中，从高空落地时，已经被巨大的冲力拍死，直挺挺地躺在渔村的石板路上。这些鱼本来在海中游着，突如其来的龙卷风把它们从水中吸到了天空，有不少鱼在空中就已经脱水，渴得半死，摔在了地上时，便死透了，落地时已经摔成了两半，后来人们收集起来的鱼，多是半爿的，像已经剖开的鱼干，省去了不少人力，这更令乌石村的百姓们啧啧称奇。后来他们一致认为这是上天赏饭——他们对上天的感激，直到这些咸鱼吃完为止。

有更多的鱼落下来，这一夜的雨声大得惊人，砸夯坠石一般。睡梦中的人们惊醒，披衣开门观看，在睡眼蒙眬中，他们被眼前的景象惊呆。院落里满是大鱼，抬头看屋檐上的水滴，滑下的也是大鱼，有的鱼还溅到了屋里。那些睡眼瞬间睁得溜圆，简直不敢相信眼前发生的一切。人们冲出屋子，在大鱼之雨中飞奔，有人被大鱼砸晕，在这些幸福的昏厥中，大鱼拍打在他们身上，又将昏厥者一一唤醒。

暴雨，大鱼，银色鳞片，湿漉漉的奔跑的人，还有掀起瓦片的风，横着飞的雨点，不时亮起的闪电，远处山坡上滚落的雷声。龙卷风降临之夜，小小的乌石村正经历着撕裂和变形，渔村太过沉闷，数百年积重难返，需要有这样一场风暴，来除旧布新。

堆积在村口的垃圾被龙卷风搬走了，取而代之的，是满地的鱼，遮蔽了地面，弄堂和远处的街道，也都有了亮银的轮廓，每一家的屋顶，也都像盖了大雪，可看到那些方形的屋顶，随着渔村的山势而逐渐攀高，一直升到了混沌的所在，难辨踪迹，那里是渔村的隐秘地带，视线难以抵达之处。这时，黑暗中一片银光，不断闪烁着，形成巨大的光斑的合奏，白昼提前降临。

乌石二就在大鱼落地时降生了。他出生时的啼哭，恰被坠鱼的喧哗遮蔽，他在异常的天象里出生。雨停之后，院里死鱼堆积，那是人们铲起了地上的大鱼，堆为鱼垛，鱼垛周围的积水中开始有鱼血流淌，分作三股，耀眼的红色，游到了三个不同的方向，人们这时听到孩子落地的哭声。

这是一个不同寻常的孩子，他初到尘世，便带来了血腥的收获，令人惊喜，也令人忧心忡忡，他是新生，亦是死亡。他的父亲看看窗外，又看看室内，不知该如何是好。两相权衡之后，他还是选择冲出去捡拾大鱼，连孩子也来不及抱，家贫乃至于此。对食物的渴求，更甚于孩子的降生。

雨停后，院落中，街道上，都是捡鱼的人，这些鱼是从天而降的口粮，腌制成咸鱼，足以维持多年的日常消耗了。乌石村笼罩在咸鱼的恶臭之中，肥硕的咸鱼缸，滴着花白盐卤的黑肚，排作齐整的两列，分列在院子的东西两厢。这些咸鱼缸是乌石二童年记忆中最牢固的部分，是捉迷藏时的藏身地。在睡梦中，咸鱼的气息也是若有若无，飘在无尽的黑暗里，糜烂腐朽的气息，是接近于死亡的快感，最终造就了他阴骘、邪恶及狠毒的品性，在他的成长中，咸鱼的功劳可谓不小。对咸鱼的熟悉，也使他逃过一劫，免除了灭顶之灾。

少年时代的乌石二游手好闲，结交本乡恶少无赖，整日厮混。乌石二的领袖才能在这时也显现出来，既有凶悍之性，又颇有手段，唬得一众无赖皆心服口服，与他结为死党，出行时则前呼后拥，煞是威风。他的父亲看在眼里，也只当是少年人玩闹，未加理睬。哪知道，乌石二已经有了盗魁的潜质，后来他成为南海上令人闻风丧胆的大盗，他的这些玩伴们，也都成了他手下的头目，这其中还有他的哥哥，号称乌石大，还有他的堂弟，号称乌石三。

当时生计艰难，乌石二便伙同死党，在村里偷猪，在荒郊野外把猪杀了烤吃。随着猪越来越少，乌石二的劣迹也终被人们发觉。族长命人将其吊在树上，乌石二一口咬定，全是自己所为，与其他人无关，围观的人群中便有当时一同偷猪的死党。乌石二的父母闻讯赶来，跪地求情，而族长不允，非要将乌石二扔到海中。族长坚持认为，小时偷猪，为祸乡里，长大后必成大盗，不如早早断绝后患。

就当命悬一线之际，乌石二的父母号泣不止，在族长面前磕头如鸡啄米，族长把头扭在一边，故意不看他们，他是铁了心要把乌石二置于死地了。这时乌石二忽然开口道："我是真命天子，我一开口，就能命令咸鱼死而复活，在水里游来游去。"

看这少年说得坚决，一字一句都进入了众人的耳中。族长半信半疑，人群中也议论纷纷，乌石二的父母听了，也是一愣，从地上爬起来，紧盯着乌石二。父母眼中的乌石二，已经不是那个熟悉的少年了。乌石二此刻血贯瞳仁，太阳穴凸起，眉宇间起了煞气，这令他的父母也倒吸了一口冷气。

咸鱼随处可得，族长命人拿来一条咸鱼，放在乌石二眼前。这是一条陈年的咸鱼了，它来自十五年前那场从天而降的怪雨之中，作为咸鱼，也正和乌石二同庚。所不同的是，这条咸鱼早就面目模糊，鳞片也脱落殆尽，只留下星星点点的银片，轻轻一触便即移位，肉身也是一碰一个坑，十几年的腌渍，早就朽坏不堪。

当咸鱼靠近时，乌石二鼻腔中已经充塞了被盐卤强行压制的腐臭，这使他后脑一阵酥麻，迹近于眩晕，久违的恶臭，此刻与他的生死相连。众目睽睽之下，他不得不打起精神，鼓着腮帮对咸鱼说："命你复活，速速游水。"

这句话说完，咸鱼看上去并无异样，族长一声冷笑，接过咸鱼扔到了水盆中，众人围拢上来，却见咸鱼正扭动着身躯，在水中抽搐着游动。围观的人群惊呼着朝后退去，水盆周围闪出了大片空地，孤零零的木盆置于空地之中心，其中有一条咸鱼在翻滚。这个年轻人身上有着非同寻常的力量，一言足以令咸鱼起死回生，人称"圣旨口"，相当于皇帝的金口玉牙，说一不二。

族长挥挥手，让人把乌石二从树上放下来，对乌石二的处罚就此不了了之。回到家中，族长越想越怕，大病了一场，不久便郁郁而终。从此，乌石二在村里偷鸡摸狗，也都没人敢过问了。同乡见了乌石二，也都毕恭毕敬的。

可是，族长没有想到的是，那条鱼早被乌石二的死党动了手脚，鱼腹里塞满了蚂蟥，这些活物扭动，也带动着咸鱼扭动——这是乌石二和死党常玩的一个游戏，在乌石二的眼神示意下，他的死党把做了手脚的咸鱼放到了族长手中，才有了方才的一幕。

据说这条救命的咸鱼，即是乌石二的前世。乌石二患有严重的鱼鳞病，皮肤瘙痒，抓挠后便有皮屑如鱼鳞般脱落，这种怪病伴随了他一生，连他自己后来都相信自己是那条咸鱼转世。

咸鱼和他同时来到乌石村，大鱼降落之夜，乌石二也降生。许多年前的那次天降大鱼，数目太为惊人，吃了十几年，仍有积存。十五年来，咸鱼未腐，沉在缸底，深不见底的黑暗之中。它没被吃掉，它似乎早有打算，它在缸中饱受盐卤，又受同伴挤压，只为了在岁月轮回中暂且留驻，待得十五年后，赶来救乌石二一命。

〔1〕《海康县续志》：乌石二祖墓在乌石村，离乌石港里许。行人过此，其足音尚咚咚作响，有似中空，其实不然。墓门面海，对岸怪石嵯岈，盈千累万。如武士之环立于侧者。行家者言："石之黑者为煞，宜其子孙为盗魁也。"其乡人恐为后累，四周围以篱竹，积粪其中，以资镇压焉。

〔2〕《雷州府志》：嘉庆九年四月初三夜，海盗乌石二听会匪符老洪计，乘雨劫调塾村。附生梁思垣因父被贼伤，奋不顾身，

出资纠邻村壮勇追杀至海头港，擒杀盗贼数十名，余盗带伤奔逃。

〔3〕陶宗仪《南村辍耕录》：桥下一细家取欲烹食，其妻盐而藏之，来者多就观焉。或者曰：志有云，天陨鱼，人民失所之象。

一二　郑芝龙

和所有声名显赫的大人物一样，郑芝龙早年也是出身微末。但不太一样的是，他虽混迹于商人中间，在海船上颠簸，他的少年时代却意气昂扬，丝毫不见困顿的迹象。航船上熙攘的人群之中，你一眼就能看到那个头戴方巾的白衣少年，乍见之下，即令人神清气爽。

他夹杂在胡商、番僧、舟师和水手们之间，没有人注意到他，在贩夫走卒的眼里，他自然是被忽略的，即便走个碰头，老客们也只当他是个娃娃罢了，没有人把他放在眼里。在海上行走，总是论资排辈，郑芝龙心中暗道："好像越老越厉害似的，岂有此理。"他知道，彼时的水手，仍把乡村的习气带到航船上来，他一路上盘算着，该如何变易这些陋俗。

郑芝龙离开人群，来到船头，他按着腰里的宝剑，望着海面浮现出的岛屿，浓荫覆盖的碧色峰峦。船绕过岛屿之后，海面豁然开阔。航行的水路之远，于他而言有着直接的感受——长达半年多的颠簸，除了途中路过的几个岛屿，终点仍未抵达。终点是一片谜一般的陆地，在舟师的口中，那片陆地上奔跑着麒麟、比肩、狻猊等神兽，空中则飞舞着羽人，他们可以徒手捉到飞鸟，楼台殿阁由白玉雕砌而成，宝顶上镶嵌的宝石像夜空中的繁星一样稠密，却又比星空更加明亮。墙上的画框里，画面景致总是世间罕有，身手矫健者跃入画框，即可进入图画中的世界。

海的尽头在哪里，海外又是怎样的天地，与中土又有何不同？少年郑芝龙的心里满是疑问。未知之乡正等着他去一一见证，海的卷轴正在他面前徐徐打开，少年被卷进了折叠的空间，物象不断撕裂又重新组合——飞鱼的银白之腹翕动着从头顶飘过，巨鲸的脊背时时遮挡视线，也有玳瑁的紫水晶盔甲，出没在蓝色的波纹之下，使海水光华闪耀。水手们起网，大罾里布满了弹跳的青色鳞族，这些丹青难以摹写的色块，构成了神异的旅途，令少年郑芝龙看得目不暇接。他的脖颈，像麻雀一般灵活，及时将他的双眼送到新奇之处，他比常人看到的更多，因此也担负着更多的思考，细微的变化正在他身上发生。

郑芝龙的早年行迹，是与这些航海活动紧密联系在一起的。这个来自福建南安的少年，从十八岁开始往来于东南沿海。他先至澳门，随舅父黄程学习经商之术，在澳门受到天主教洗礼，教名为尼古拉斯，因其乳名为一官，又被欧洲人称作尼古拉斯·一官，而他的字飞黄，又字飞龙，长辈希冀其飞黄腾达的寓意便不言自明了。这个年轻人有着复杂的名号，繁复的名字，正是他早年芜杂经历的写照，谁也没想到，他日后居然奇迹般地缔造了海上王国。

在随舅父学习经商的过程中，舅父发现这个外甥聪颖过人，因为他在短时间内即学会了外语，尤其擅长葡萄牙语、荷兰语、卢西塔尼亚语，后来东渡日本，又学会了日语，又娶了日本女人为妻，后来这个日本女人给他生了个儿子叫郑森，也就是后来的郑成功。

妻子是日本人，郑芝龙本人在日本逗留也最久，青年时代曾以日本为据点做生意，因此，郑芝龙的日语最为纯熟，几乎与日本人的音调无异，他还能说出日本四岛上不同的口音，模仿得足以乱真，一种语言中的不同方言，他也能切换自如，如此繁复的语言的大树，枝丫芜杂，却在同一个人身上并行不悖，同行者甚至认为他是古老的歧舌国——一个传说中的海外岛国——的孑遗，歧舌国的国人，都有两条舌头，能发出两种不同的声音，这个神秘的国度后来在海上凭空消失了。当时的人们认为郑芝龙有两条舌头，歧舌也成为他早年的又一绰号，在海商和水手们中间流传开来，并且持续了相当长的时间，直到他离开海以后，这个名号才逐渐被人们遗忘。

商船上的长途跋涉，动辄耗去一两年。郑芝龙不愿让时光轻掷，他与洋人朝夕相处，同在一舱之内，这为他的语言学习提供了便利，每时每刻都有训练的时机。

在那些海上的夜晚，群星坠落在海底。船舱的深处，舟师在黑暗中靠罗盘辨认航路，银针在手掌中的瓷盘内飞旋，旋作了一片圆形的银光。针插在浮标上，与水面的摩擦吱吱作响，这不易察觉的声响，无人注意到。指针的尖端，指向了神秘的前途，那里有连绵不尽的岛屿，是珍禽异兽的国度。

在银针飞旋之际，少年郑芝龙卷着舌，跟红毛国商人窃窃私语，彼时已是深夜，他舌尖上抖出一连串的颤音，少年珠玉般的贝齿之内，有舌如簧片般弹跳，红毛国商人边听边点头，还不时抖动肩膀——那是无声的笑，是对他的回应。那是属于他的时代，他也在交谈中看到了外面的世界，这时，他的心胸，已经不再是那个来自乡下的整日穿行在弄堂里的少年了。

不久，他东渡日本，投在半商半盗的大豪李旦门下，这时节，他在做翻译之余，受到李旦的赏识，收为义子。李旦赠金帮助郑芝龙做生意，在李旦的帮助下，郑芝龙的商业活动大获成功，几年后便成为巨富，海外华侨皆知有郑芝龙，而不知有李旦，郑芝龙开始在海上崭露头角。

郑芝龙还曾下苦功修习剑术。他在东海之滨遇到一位遁世的异人，传给他一套失传已久的剑法，舞动起来如伞盖一般，水泼不进。教会他之后，异人飘然而去，不知所终。因为这段奇遇，郑芝龙后来也以剑术而知名，到日本后，他又遍访东洋剑术名家，切磋技艺，这使他的剑术中除了惯用的击刺之外，又增添了东洋剑术的劈和斫，能以一人敌住数十人，东洋流传的“芝龙流”，也即郑芝龙当年所传的剑法，后来发展为一个秘密的江湖武术门派。这时他或许不会想到，他会成为海上的霸主，更不会想到的是，他成为海上霸主竟然也与宝剑有关。

多年之后，他又投在海盗颜思齐的门下，继续做着半商半盗的生意。颜思齐死，群龙无首，众人想立新首领，怎奈年轻一辈中，实力相当者居多，一时难以裁决，于是他们启用一种古老的巫术来选择首领，这种巫术已有过成功的例证。其方法是，按五行和干支方位设立祭坛，中央摆放瓷坛，内中盛满白米，将宝剑的剑尖冲下，竖直插到米中。众人轮番上前祭拜，一一祭拜过之后，宝剑纹丝不动，只有当郑芝龙拜倒之时，膝盖刚沾到地，尚未挨紧地面，白米中的宝剑便一跃而起，飞悬在半空中，然后落地。不偏不倚，剑尖正插在他面前的地砖之中，剑柄还在不住地抖颤。

〔1〕里人何求《闽都别记》：首盗颜思齐死，再欲立首。众人以决，乃效王审知以剑插米中，各来拜，能拜动剑者，乃天所授也。即插剑，众皆拜不动。芝龙一拜，剑即跃落地。众遂服之为魁首。

〔2〕董应举《崇相集》：郑芝龙之初起也，不过数十船耳，至天启六年而一百二十只，天启七年遂至七百，今并诸种贼计之，船且千矣。

〔3〕张麟白《浮海记》：闽俗耻贫而轻生，富者以通番为生，贫者以劫夺为事，芝龙徒众既盛，二者兼行。

一三　郭婆带

郭婆带，广东番禺人，又名郭学显，或写作郭学宪，嘉庆年间的南海巨盗。他在十四岁时被海盗郑一俘获，被胁迫入了盗伙。郑一死后，郭婆带发展为战船数百艘，部众两万余人的海上大帮，以黑色为记，号曰黑旗帮。官兵剿捕多年，皆损兵折将，无功而返，眼睁睁看着郭婆带在海上做大，却又无可奈何，郭婆带实是海盗中的骁健者。

在劫掠之余，郭婆带喜读书，这使他在海盗中被视为异类，与他同时期的其他海盗船队的首领，皆是不通文墨的粗人，他们见了郭婆带，总要奚落一番，讥诮他不务正业。海盗中有读书人，确也出奇，郭婆带对群盗的奚落丝毫不以为意，仍自苦读不止。

郭婆带有藏书船一艘，船上藏有数百种珍奇秘本。他在劫掠之余的闲暇时光，便躲在藏书船上，手不释卷，诵读不止。他还能考校版本优劣，自作注疏，在学问上颇有建树，并非附庸风雅之辈可比。郭婆带又工于诗文及书法，藏书船的舱门外便有他手书对联一副，传诵一时：

道不行，乘桴浮于海；
人之患，束带立于朝。

在海上遇文人学士，郭婆带必以礼相待，加以保护，不许部下加害。所掠客船中有贫寒文士，郭婆带也必奉送钱财，百般周济，以示天下读书人惺惺相惜之意。郭婆带在藏书船中办公，穿长衫，摇折扇，往来文书及所获人质的赎票，多出自其亲手，乐此不疲。郭婆带曾给两广总督百龄写信，百龄接信后，见信中的文辞和书法，不由得惊呼："海盗中居然有这般人物，为何失身在贼中？"

嘉庆十五年，郭婆带接受朝廷招安，起初曾助剿海盗，每战皆胜。后来辞官不做，在广州买房置地，教子读书，终日与文士往来，以布衣终老于家。在郭婆带的闲居岁月中，有一段不得不提的插曲，这在郭婆带后半生平平无奇的闲适中矫然而出，成为一个可堪追忆而又光华四射的截面。

那一日正是清明，郭婆带入广州白云山为其母扫墓。祭拜归来，携子缓步穿过闾巷。恰逢集市，往来客商云集，摊位挤占路面，致使道中拥堵，须侧身蟹行，方可通过。叫卖之声不绝于耳际，各色货物眩惑眼目，郭婆带目不斜视，其子跟在身后，渐为市声所迷，不住东张西望，已经落后了一大截。郭婆带也不以为意，仍自走在前面，已经没有什么能吸引郭婆带。

就在这时，一个挑担的鱼贩迎面走来，挡住了郭婆带的去路。道路狭窄，鱼贩和郭婆带互难通过，在他们的两侧，是摊位的长龙，以及成簇的人群。那个鱼贩抬眼看到了郭婆带的脸，不由得惊叫失声，他认出了郭婆带——这个曾经浮海而来，血洗珠江两岸，杀死数万人，使得江水尽赤的郭婆带。作为幸存者，鱼贩认出了那双精光四射的眼睛，他扔下担子，转身就跑。

鱼贩的叫喊引起了周围人的注意，人们循声望过来，郭婆带也丝毫不回避这些射来的目光，他扫视一圈，众人皆认出了这个身穿灰布长衫的书生是郭婆带，集市上顿时大哗，做买的做卖的争相逃命。摊位踢翻，人流四散涌出集市，巷口暂为阻滞，不少人被推倒，甚至相互踩踏，又有一户人家的矮墙被人流挤塌，烟尘滚滚。家在附近者，逃进自家院子，关门落锁。那些来自外乡的赶集者，此刻正奔逃至远处的旷野，那里的丛林，是他们心目中的安全所在。在山石树罅中仍有窥探的眼睛，在随风闪烁。那是些受惊的百姓，虽则担心性命，却又难改看热闹的本性，他们想看海盗屠城好戏，却未能如愿——郭婆带是真的洗手不干了，此时的他，只不过是个手无寸铁的书生，却仍把集市上的人群惊散。

郭婆带神色如常，背着手走出了集市。在他身后，已经空无一人，只剩下他的儿子——这少年被突如其来的场面惊呆，直愣愣地盯着满地翻滚的洋梨，黄白流淌的鸡蛋，跳跃不止的黄鱼，倒扣的黑铁锅，以及印满脚印的绸缎布匹。

〔1〕梁章钜《楹联丛话》：嘉庆间，粤洋有巨盗郭学显者，乳名郭婆带，虽剽掠为生，而性颇好学，舟中书籍鳞次，无一不备。船头一联云："道不行，乘桴浮于海；人之患，束带立于朝。"

在洋驿骚多年，官兵莫敢捕治。后为百菊溪制军招降，予以官，辞不受，于羊城买屋课子，以布衣终。

〔2〕《点石斋画报》：嘉庆时，粤东海盗郭婆带性豪放，艺勇超群，绿林之魁首也。贼船数十艘，出没风涛，为患商旅，屡经官兵励捕，终不能获。郭所乘之船坐拥奇书百余种，日手一编，无间寒暑。

〔3〕袁永纶《靖海氛记》：贼首郭婆带令尽斩松排而后朝食。午刻，贼率众上。乡人与战良久，贼将退，婆带再令分两路而入。村后山上，皆为贼兵。乡人怯，阵乱。贼乘势追杀，斩八十余级，悬其首于海傍榕树上。

一四　张保仔

在张保仔的船队中，专有一艘大船作为庙船，供奉三婆神。庙船上起了大殿，在千余艘船的船队中格外显眼，大殿高三丈有余，高过了张保仔的主船，殿上描绘凤鸟纹样，七彩的毛羽将大殿包裹，殿门两侧悬挂一副对联：

灵昭海国，
慈荫江乡。

看来，三婆神护佑着江海之间的百姓，从珠江到南海，都是三婆神出没之处，她在常人看不见的高空飞翔，边飞边俯瞰江面与海面。大殿落成之日，张保仔手搭凉棚，仰头望着振翅欲飞的檐角，心中暗自欢喜："今时今日，我终于在神鸟羽翼的庇佑之下了，三婆神，我们的守护神，也终于来在我们中间，为我们指点迷津。"

后来在一次战斗中，庙船连同神像都被炮火击沉，张保仔顿时丧失了斗志，认为大势已去，开始考虑接受朝廷的招安。据官方档案记载，说三婆神是自沉，她来到海盗们中间，就是为了引导他们归正。那时节，张保仔对部众们说："三婆神回到了大海深处，不再为我们排忧解难，我们也该早日登岸了。"

三婆神在两粤之地受到敬奉，她是水神，在古国的南海之滨，她专司海上水手、客商、渔户乃至海盗的命运——海上有无风浪，鱼虾今岁多寡，劫掠资财之途径，都可投珓相询。珓是两片贝壳，采自深海的贝，隐隐带有波浪的图案，两片贝壳必须来自同一只贝，否则便难以灵验。举珓而掷之，落地时如果一俯一仰，表示神灵同意。如果两片皆仰，或皆俯，表示神灵不同意。

张保仔有几次登岸劫掠，还有和官兵正面开战，事先都掷珓询问三婆神，或可或不可，皆遵照执行，居然都一一应验了，这使他和他的部下大感震惊。三婆神的威望，就此在海盗中间传开了，来求神问珓的人里，每十个人中便有九个是海盗，他们穿着寻常百姓的衣服，跪在地上，心里默念着要去劫掠的目标，掷珓于地，有的是两片一俯一仰，表示可行，掷珓者欢天喜地而去，有的则是两片相同，皆俯或皆仰，问珓之人跺脚离去。得到吉兆的，在抢劫中大获而归。而得到凶兆的，他们原本想去的地点恰有一次飓风经过，要劫的船只也都在飓风中沉没，若去了也难免有沉没的下场。

这时，海盗们对三婆神的信任到了无以复加的地步。各路海盗队伍，都想把三婆神的神像请到自己的船队中，遇有难以决断之事，也好早晚占问。是夜，盗首们带着部下登陆，涌进了神殿，火把照得大殿如白昼一般，三婆神居中盘膝端坐，身形略小，像十几岁的孩童大小。她身披红袍，袖口上有金线滚动，看面貌，是个剑眉尖颏的中年妇人，她高髻上垂下的明珠，使她眼角的杀气忽隐忽现。群盗止步不前，在心里各自打着算盘。内中有一大盗急不可耐，上前冲着三婆神一抱拳，说道："恭请三婆神光降我等船上，也好朝夕敬奉。"说完就上前去搬神像，哪知纹丝不动，大盗耗尽了浑身力气，也未能挪动半分。众人挨个上前试了，都败下阵来。

这时有人找来了绳索，将神像缚住，合数十人之力拉动绳索，三婆神头上悬垂的明珠都未动一下。人群陷入慌乱，认为这是三婆神动怒，故意施展神通，不愿去海盗船上，众人都不敢动手了，但还是聚集在殿中，不甘心就这样离开。

还未出手的只剩下张保仔，他一直在观望，见群盗束手无策，本来已想召集部下回船上了，但转念一想，终觉心愿未遂。既然远道而来，不如出手试一下，也可无憾。

起初，张保仔也未抱任何希望，但他的手刚刚放到神像的肩上，神像忽开始左右摇摆，底座不断撞击法台，积累多年的尘埃飞起，充塞于大殿中。

众人都以为神像要倒塌，身手敏捷者早已跳出了门外，远远张望殿内的情形，神像并未倒掉，而是腾空飞起，被一阵旋风托举着，径直飞到了张保仔的船上。从此以后，群盗皆服张保仔，甘愿受其节制。

〔1〕袁永纶《靖海氛记》：张保，新会江门渔人子。其父业众，日取鱼于海外。十五岁，随父在舟中取鱼，遇郑一游船至江门劫掠，保遂为所掳。郑一见之，甚悦，令给事左右。保聪慧，有口

辫，且年少色美，郑一嬖之，未几升为头目。

〔2〕袁永纶《靖海氛记》：惠州有庙曰三婆神者，在海旁，数着灵异，贼舟过，必虔祀，稍不尽诚，祸咎立至，贼事之甚谨。一日，各头领齐诣罗拜，欲捧其像以归，俾朝夕求问，皆持之不动，张保一扶而起，遂奉以归舟，如有风送到船者。

〔3〕俞樾《茶香室四钞》：廉州、钦州有三婆婆庙，州人祀之甚虔，官此地者，朔望行香，必诣焉。三月二十二日为婆婆生日，迎神遍游城内外，铙鼓嘲轰，灯彩炳耀，爆竹之声雾动一城。余嘉庆壬申过浔州，有天后庙，崇碑屹立，叙天后世系云：有第三姊亦同修炼成仙。

一五　文武诗

郑广左脚的官靴刚跨进议事厅的门槛，同僚们高声吟诗的嘈杂立刻被他的靴底踩灭了，众人摇着扇子，皮笑肉不笑地盯着郑广，厅堂中只剩下扇面的震颤之音。夏日的午后，蜂鸣般的竹篾与洒金纸，在上下翻飞中切割着窗格里透进的光亮，明暗交替之际，郑广看到有一只苍蝇，出没在闪烁的白光之中。这只飞虫略微缓解了尴尬的气氛，已经有人把目光从郑广身上挪开，转而注视苍蝇，郑广顿觉身上轻松。

空中又有些无声的笑，中老年官员做出这番表情时，更显得皱纹堆累，仿佛风干的苹果，水分尽失，萎缩和塌陷，暗褐色的霉斑。郑广心中暗想，这些即将脱落的皮囊，合该一刀劈将上去，让他们的面皮如败絮一般当空飞舞，再纷纷落下，像大雪一样盖住地面，世界就清净了。

郑广早年是东海上的海盗，招安之后在福州府衙做了统领，封保义郎，自统一支水军，在海上缉盗，连战皆捷。而府衙那些官僚们，皆是科甲出身，与海盗出身的郑广共事，皆以为羞，即便郑广有战功，众官仍视其为海盗。

方才，众官员正在谈论诗词，为了一首诗的韵脚而争论不休。郑广进得门来，这争论即刻停止，众官员面面相觑，不出一言，喧哗之声被拦腰截断。

郑广在外面回廊里已经听到官员们在谈论诗词，一进门便感受到了异常的安静，这无疑是对郑广的一番轻蔑，是来自士大夫阶层的骄矜。这时郑广朝着厅中众官长揖，朗声说道：“郑广是粗人，方才听得诸君谈论诗词，雅兴不浅，我作了一首诗，愿意拿来献给诸位同僚，不知可否？”

众官知道郑广是海盗出身，素来不通文墨，完全不信郑广会作诗。也有的官员认为郑广是要打肿脸充胖子，都等着看郑广出丑。这时郑广吟道：

郑广有诗上众官，
文武看来总一般。
众官做官却做贼，
郑广做贼却做官。

这首诗后来被题作《文武诗》，即写文武官员之诗。众官员听得这首诗，都是满面怒气，手里的折扇也不摇晃了，纷纷纳入袖中，一一朝郑广告辞，出厅而去，厅中只剩下郑广一人，独守着空旷的议事厅——他本不该来到这里，这是命运的捉弄，这里不属于他。

〔1〕岳珂《桯史》：海寇郑广，陆梁莆、福间，帆驶兵犀，云合亡命，无不一当百，官军莫能制。自号滚海蛟，有诏勿捕，命以官，使主福之延祥兵，以徼南溟。延祥隶帅阃，广旦望趋府。群僚以其故所为，遍宾次，无与立谭者，广郁郁弗言。

〔2〕岳珂《桯史》：章以初好诵（郑广）此诗，每曰："今天下士大夫愧郑广者多矣，吾侪可不知自警乎！"

一六　赠旗

清代海盗蔡牵在海上设立关卡，以高价出售旗帜，凡挂有蔡牵旗帜的往来船只，则不受劫掠，甚至还能受到蔡牵的保护。因旗帜的价格高昂，几乎与劫掠无异，因此海上生意难做，不少海商见风头不妙，都转而去做陆上生意。

海商黄旭斋专做丝绸和茶叶生意，他由泉州出发，扬帆海上，北到日本，南下至南洋诸国，渐成富商。正要蓄力大干一场时，却不想，海上崛起了大盗蔡牵，去往南洋的商船，出海不久便被蔡牵的部众截获，财帛尽归蔡牵所有，黄旭斋也陷于贼中，被绑在了船桅上，动弹不得。

蔡牵从船舱里走出来，正看到捆绑着的黄旭斋，这对蔡牵来说，是极为常见的场面了，因此也未来得及细看，冲着黄旭斋的方向挥了挥手，手下立刻就会意，知道这是要把人扔到海里去的意思。众喽啰上前，七手八脚解开黄旭斋的吊索，重新捆了手脚，从蔡牵面前抬过，直奔船舷而去。就在经过蔡牵的身侧时，蔡牵忽然看清了这个人的侧脸，赶忙叫停，手下就把黄旭斋扔在了船板上，疼得黄旭斋龇牙咧嘴。

蔡牵俯身问："先生可记得，两年前在同安府的市集中，你帮一个人付过饭账？"

黄旭斋想了片刻，抬头道 :“那人是你？”

蔡牵赶紧上前松绑，命左右设宴，在船头上搭起桌案，排摆海鲜和美酒招待，在海风的吹拂下，二人各述离别经历。众盗看黄旭斋瞬间从俘虏摇身一变，成了座上宾，心中暗自称奇，又不敢多问。

从二人的谈话中，众盗才听出了始末缘由。

在两年前，蔡牵已经开始在海上劫掠，那时他还没有做大，趁着夜色掩护，带着几个弟兄在沿海截船，正遇见水师巡逻，水师人多势众，兜着船尾追上来，蔡牵掉头就跑，手下几个弟兄也被炮矢击毙。混乱中，蔡牵从船舷跳水逃跑，未能引起官兵的注意，潜水多时，才游到了岸上，天光已经大亮。他攀着礁石上了岸，又累又饿，来在海边渔村的市集上，在一个摊位前蹲下吃面，连吃了十碗，起身掏钱，却发现兜里空荡荡，身上的钱在逃命时失落了。摊主以为蔡牵要赖账，上前就揪住了蔡牵的衣领，围拢过来不少看热闹的，蔡牵见人多，也不便发作。正在僵持不下之际，人群中走出了黄旭斋，掏钱给蔡牵结了账。蔡牵记住了那人的相貌，抱了抱拳，说了声日后再报答。说完，转身离去。

今日在海盗船上相见，蔡牵已经是控有东海的盗魁，猛然间在俘虏中见到熟悉的面孔，认得了当年的恩人。蔡牵又命人释放了黄旭斋的随从，酒菜吃罢，又派人护送黄旭斋的船前行，并赠了一面带有蔡字的黄旗。

黄旭斋如获至宝。有了这面黄旗，插在商船上，在海上就可以畅通无阻，凡是蔡牵的部众，望见了蔡字旗号，不但不来劫，还沿途护送，凡属于蔡牵部下的大小头目，都知道黄旭斋是蔡牵的恩人，在护送之余，也常到黄旭斋的商船上做客，黄旭斋出手阔绰，各有赏钱，与海盗们搞得火热。其他海盗，不属于蔡牵统摄者，也都不如蔡牵势力大，相较于蔡牵，都是小帮派，人手少，船也少，见了蔡牵的字号，也不得不给蔡牵面子，不敢招惹。

自从得了蔡牵的令旗，黄旭斋的海上生意一家独大。当时海上海盗蜂聚，别人出海都遭到抢劫，唯独黄旭斋的船安然无恙。在蔡牵的保护下，不过三年，黄旭斋便成东海巨富，有了庞大的船队，又有蔡牵的旗帜作为屏障，生意做得顺风顺水。彼时洋船也难到中国海面，来到必被劫。外洋的生意，也有许多外国商人转托给黄旭斋，出海一来一回，获利百倍。群盗密布的海上，如果还有海商的话，只有黄旭斋一人，焉得不富，而这一切，都是蔡牵有意报恩之举，所谓一饭之恩必报，其报答可谓丰厚。

黄旭斋后来家累亿万,一时豪奢无比。在他的主持下，黄家起了飞檐斗拱的大宅，深宅层层叠叠，不见尽头，一般百姓不得窥，走过门前时，也会遭到其家丁的驱赶。黄家猪圈里饲养的母猪，也都随着主人阔气了起来，主人命人给母猪打了金耳环，猪圈里环佩叮当。真是泼天的富贵，王侯之家也难与之比肩。

〔1〕郑兼才《六亭文选》：蔡牵，泉之同安人。初，佣工自食，继为寇，出没海上，遂成巨憝，为浙、粤、闽三省大患。

〔2〕《清宫宫中档奏折台湾史料》：据蔡三来、郑昌供，蔡逆现年四十六岁，身材矮小，久服鸦片已成痼疾，刻不可离，日渐黑瘦，每日只吃稀饭两碗，精神甚属颓败，前在广东洋面与官兵打仗，右脸受碗片掷伤一处，早经平复。该逆终日在船，除与各贼伙商量驶往何处伺劫并躲避兵船外，总在舱内服吃鸦片，并与掳来妇女说话顽笑，并无别事。

〔3〕《军机处录副奏折》：出洋商船，买取蔡牵执照一张，盖有该匪图记，随船携带，遇盗给验，即不劫夺，名曰打单。

一七　五梁冠

张伯路是中国古代有史可考的第一个海盗，他的生平出现在史书的角落，稍不留神，就会跳过。那时节，张伯路在渤海为盗，屡屡进犯山东北部，一路攻城略地，所过州城郡县，都如桌案上的花瓶，一一掀翻在地，变作飞溅的瓦砾碎片，水泄满地，花朵上践了脚印，红与绿的肉泥。

呼啸而过的帆桅，是来自海上的噩梦。人们一觉醒来，岸边聚集了黑压压的海盗船。白昼之光初升，日光落在密丛丛的刀尖上，耀人眼目，杀戮便在光明之下进行，没有人对其怀疑，怀疑的人已经死去。

张伯路在山东登陆时，曾佩戴五梁冠——一种有五条横梁的冠冕。五梁之冠，是天子之制，他自行加冕之日，天下大哗。这金丝银线缠绕、明珠镶嵌的冠冕搁在头顶，不论走到哪里，都有明光闪烁。

张伯路戴上五梁冠之后，落下了摇头晃脑的毛病，像是在炫示，又仿佛不堪重负似的。他手下的谋士张巨肱见了，不由得连连摇头，认为这是衰败之相，德不配位，祸将不免，恐受到连累，连夜收拾细软，偷开城门不辞而别。在混乱中，这个人的离开并未引起注意，在他离开的当晚无事，第二天平明时分，就已有前来征剿的兵马来至城下，将城池围得密密匝匝。御史中丞王宗和青州刺史法雄带兵前来，合力征讨张伯路。扰攘之际，张伯路走上城头，五梁冠也不敢再摇晃了，他似木雕般动弹不得，思量半晌，自知寡不敌众，只有弃城逃走。

在乱军中突出重围，五梁冠最为显眼，箭矢纷纷射来，众将都劝张伯路解下五梁冠，张伯路死也不肯摘下，天子的梦幻持续了刹那，却以妄为真，他怒斥众将道："天命所归，汝等安敢妄言。"

张伯路头上的金光忽明忽灭，在众将的簇拥下急急策马逃遁。败退之际，张伯路的五梁冠跌落在乱军之中，来不及捡拾，就被马蹄踩扁了。薄暮时分下起了雨，大军过后的土路，马蹄印中积水，明亮的水坑连成一片，黄泥的坑壁薄如蝉翼，在风吹水面时微微翕动，大战之后的宁静。绣着猛兽的旗幡倒在水泊中，月白的中军帅旗上溅满了黄泥的斑点，旗角也被马蹄戳进了大地，不再猎猎飘展。

其实，在张伯路戴上五梁冠那一刻起，他便立即成为众矢之的，张伯路的部众被斩首或被溺死者数百人，败退到海中岛屿，从此一蹶不振。后来又有过短暂的卷土重来，自渤海中的岛屿扬帆登陆，侵入辽东，终在辽东兵败被杀，死于乱军之中。

不久以后，在山东的战场遗址上，踩踏到泥泞中的五梁冠被一个路过的书生看到，他打马从战场经过，在五梁冠坠落之地，他控住了马蹄。在他的马蹄之前，是五梁冠的骨骸，经泥浆包裹，顶端露出地面，下半截已经埋进了泥土。书生飞身下马，摇晃许久，从泥土中拔出了五梁冠，却不知此为何物，俯拾起来查看，五道横梁尽皆断裂为两截，断作十条参差不齐的朽木，锯齿獠牙的豁口，虽则凶猛，却早已是破败之相，帽口本是圆筒状，也被踩平。昔日的宝石和金银丝线，也都失去了光泽，面目全非，正如这五梁冠的主人，以及其溃散的兵马。

五梁冠，天子的象征，如今零落为泥土。书生想到了此前的一场大战，这莫非是张伯路的冠冕？翻看旗帜，多是张字的旗号。刮去五梁冠上的泥垢，断茬接续，这才依稀辨出了五梁冠的形貌。

五道横梁平行冠于顶，象征着五方与五德，虽是木制的横梁，却有不能承受之重，在四海之内，觊觎这五梁之冠的，大有人在，这些疯狂的赌徒，明知这是必将消逝的荣耀，仍自汲汲于此，只为加冕瞬间的荣耀，哪怕这荣耀只有片刻也好。这些疯狂的赌徒在大地上出现，又在大地上消失。

〔1〕《后汉书·法雄传》：永初三年，海贼张伯路等三千余人，冠赤帻，服绛衣，自称将军，寇滨海九郡，杀二千石令长。初，遣侍御史庞雄督州郡兵击之，伯路等乞降，寻复屯聚。明年，伯路复与平原刘文河等三百余人称使者，攻厌次城，杀长吏，转入高唐，烧官寺，出系囚，渠帅皆称将军，共朝谒伯路。伯路冠五梁冠，佩印绶。

〔2〕杜佑《通典》：天子元服，始加则冠五梁进贤冠。三公及封郡公、县侯、乡亭侯则三梁，卿大夫下至千石则两梁，中书门下至门郎小吏，并一梁。

一八　郑成功

在日本九州岛长崎县，正怀有身孕的田川家的女儿田川氏独自来到海滨散步，边走边抚摸肚子，她的身孕已经有九个多月，过不多久，便要临盆了。她长久困于居室之中，颇觉烦闷，于是离家来到海边。在长崎的千里滨，濒海的一片平坦的沙滩地带，礁石点缀其间，礁石之外，就是滚动着的海，像一头巨兽，刚刚在长夜的昏睡中醒来，扭动着肥硕的身子，随时都可恢复狂躁，当它真正醒来时，整个世界都会为之震颤。

能够吞噬一切的海，于田川氏而言是司空见惯之物，躲在礁石后看海的她，就像隔着苑囿中的铁笼，观看锁闭其中的花斑猛虎——海上的波纹正如那猛虎的黑色条块，在脊背上耸动着毫无规则的节律，眼下的海看上去更像是个活物，她丝毫不觉害怕。她倚着礁石看了多时，只觉乏味，这时她终于矮下身来，在礁石缝隙里搜寻蛤贝。

海边长大的女子，善于寻贝，这是孩提时代练就的技能，在百无聊赖之际又派上了用场。当她找到了几十枚螺和贝之后，用布裙兜着，停靠在一块红礁石边休息，一阵困倦袭来，不知不觉中睡去，布裙下摆中的螺和贝，也失去了依凭，个个滑脱出来，它们一沾到了沙滩，就如蒙大赦一般。不多时，它们就都凭空消失了，沙滩上只留下一个个圆孔，那是它们的逃逸之路——它们垂直坠到了泥沙之下，然后又在沙层深处斜刺里钻走了，沿着自我开掘的隐秘隧道，又重新回到了海中。

在田川氏的梦里，身边仍是千里滨的海滩，她从梦中醒来，起身环顾，忽觉四下里光影恍惚，眼前的海，也全是跳动的光斑，忽聚忽散，她揉了揉眼睛，再看去时，海面起了波浪，毫无预兆地蹿升起一座洪峰，随后一分为二，水中飞出一条白鲸，摇头摆尾，空中下了一场大雨。田川氏的衣衫都被大雨打湿，她却毫无察觉，她的注意力都被空中这头白鲸吸引。白鲸腾起在半空，巨大的阴影遮蔽了阳光，阴寒的暗影贴在田川氏的脸上，这使她裹紧了衣衫，在阴凉中稍微获得了一丝暖意。

白鲸飞到最高处，却并没有落回海里，而是在空中转身，径直扑向田川氏，田川氏一愣的光景，未能躲过，仿佛一道幻影，进入了田川氏的肚子，那头白鲸就凭空消失了。先是方形的头钻进了田川氏的肚子，三角形的尾巴紧随其后，扑腾几下，扇起的风，吹得她脚底的沙滩挪移，形成一个浅坑。

鲸尾一闪即逝，田川氏的肚子骤然隆起，内中有一头巨鲸在左冲右突，这使她的肚子看上去忽高忽低。在白鲸的挤撞下，田川氏的肚子吹弹可破，衣衫已经被撑裂。

田川氏只觉肚腹胀痛，偌大一头白鲸，长可十余丈，整个冲进肚里，肚中有巨鲸在翻滚，似要炸裂开来，田川氏从梦中疼醒，这剧痛并未减轻，她在海边的礁石下，诞下了一个男婴，这个男婴就是郑成功。

这块暗红色的礁石，后来则被称作儿诞石，成为一段往事的见证。儿诞石终因郑成功而驰名，并被附会了众多神迹，历代题咏不绝，人们都相信，郑成功是鲸的化身。

〔1〕吴子光《郑事纪略》：郑成功，倭产也，诞降之前一日，天晴霁无片云，薄暮忽有雷破土窟而出，烟霾涨天，人对面不可辨。天明，谍者言岛中有鲸鲵长数十尺，鸡鸣风始定，鱼亦不见，相讹以为妖怪云。是夕，成功生，人奇之。

〔2〕善庵朝川《郑将军成功传》：成功风仪整秀，俶傥有大志，为南安生员，读书颖敏，不治章句。先辈王观光一见，谓其父曰："是儿英物，非尔所及也。"

〔3〕苏曼殊《过平户延平诞生处》：行人遥指郑公石，沙白松青夕照边。极目神州余子尽，袈裟和泪伏碑前。

一九　五峰船主

海商汪直看上去像个书生。那时候的商人丝毫没有暴发户的气质，仍是读书人的底子，而不是骂骂咧咧的痞子相。即便他后来做了海上武装走私团伙的头领，也保持着书生本色，这和那些发迹之后便骤然变得文雅的人有着本质的不同。

汪直抵达日本时，是和红毛国的商船一道，被海上风暴吹到了日本的种子岛。岛上居民乍见红毛国人，以为是妖怪，红胡子，红头发，还有蓝眼珠，岛民远远地看着，不敢靠近。直到看见这群怪物中有一个穿着大明衣冠的儒生，就像看到了救星。

这个书生一走下船，就东张西望，他看到了岛上的居民，便离开那堆洋人，径直朝这些远远观望的岛民走来。

和多数出海的商人一样，汪直也早早学会了红毛国的语言，从最初的手势，到后来的音节和句法，而此时对日语却尚未精通。岛中有会写中国文字者，只会书写，而不通音节，便与汪直用文字进行交谈，汉字充当了沟通的桥梁。

这是一次颇为奇异的交流。

种子岛上的人们仍记得这个来自大明的儒生，他头戴儒冠，大袖飘飘，他举手投足间从容不迫，逢人便拱手施礼。在海边沙滩上，当地人用手杖的尖端画出汉字，汪直也用手杖画沙作答，这时，当地人知道他名叫五峰，沙滩上写着硕大的“五峰”两个字。

当然，那时当地人还没有预料，他即是不久以后便赫赫有名的五峰船主，只当他是一个通晓各种语言的大明朝的书生，他们在用一种无声的方式进行交谈。新翻开的沙滩，露出了湿润的内瓤，笔画显得深重，所写下的文字似也更值得信赖。

不多时，他们脚下的沙滩就写满了字。他们背对着大海，一边写，一边倒退，直退到了海边，双脚浸到了水里，海水攀升过了脚踝，他们也毫无察觉。

正当落潮时分，随着他们的脚步后退，海水也在后退，水位总是保持在脚踝的位置。在新退出的海滩上，他们写下的字句中，有海鹬落在其间，在点画的沟槽里觅食。海鹬的长喙敲破了那些文字，鸟爪踏过时，不经意间篡改了词句，后来者已经难以读通整篇文字，唯有“五峰”两个接近一人高的大字，仍在鸟群的践踏之下保留着原形，人们纷纷围拢上来，对这俩字指指点点。正在和汪直交谈的那个当地人停下来，朝他的同伴们喊道：“这俩大字，就是这个书生的名字，意思是五座山。”

当地人脑海中立刻显现出五座高耸入云的山峰，争相朝上生长，青石壁上挂着云朵，五座山隐没在云后，忽隐忽现。

人们再次低头观看那两个大字，手杖划出的深沟里，已经渗出了水，水将每个笔画填满，两个大字显得亮晶晶的。水网织成的字，开始有了流动的波纹，几只沙蟹在水中露出青黑的方块形蟹壳，稍微一露，便被围观的人群吓退，它们的双眼生在触角上，触角如两根立柱探出水面，看到了黑压压的人群，它浑身为之一颤，立刻回到了沟槽底部。

不多时，鸟群越聚越多，落在长篇的谈话中。汪直和岛民还在沙上写字，也顾不得驱赶鸟群。他们已经退到了岛屿的最外缘，这里是退潮时海水所能退到的最低点，也就是步行所能到达的岛屿最深处，待得潮水回涨时，海滩上的对话就会被海水带走。

汪直在沙滩上写道："那些绿眼珠的红胡子，是来自西南蛮的贾胡，他们不吃人，是来做生意的，不用害怕，他们和气得很，只要你们不去伤害他们，他们也肯定不会伤害你们。"

当地人这才稍稍安定了心神，毕竟是有来历的，只要不吃人，难看些也便无妨了。

汪直说："他们虽然模样怪些，却也不是什么妖怪。他们来自几万里之外，遥远的未知之乡，他们手里还有各式稀奇的宝贝，还有疗治各类病症的奇药，他们的海船，能够抵达世界上任何一个地方——这是海上的族群，常年在海上漂泊，回到陆地上，他们就会头晕目眩，脚底下起绊。"

当地人听着，就像听到天外来客，世上居然还有这般人。听罢了海外奇人的掌故，当地人还没有合上因吃惊而张开的嘴巴，汪五峰就开始推销商品了。在汪五峰的翻译之下，当地人从红毛国人手里买了两条火枪，此前红毛国人朝空中试放了一枪，打下了一只海鸥，随着一声巨响，海鸥坠落，毛羽纷纷扬扬，像下了一场大雪。人们看到海鸥的胸口有一个大洞，往外淌着血。海鸥被一股来路不明的力量所撕裂，人们隐约意识到，或许和方才那声巨响有关，巨响之中包藏着烟雾，还有神秘的芳香在四下里升起。此刻，汪五峰在烟雾之中出现，双手各擎着一只火铳，开始向人们兜售。

这时人们无不惊惧，这条木棍式的家伙，居然有如此威力，有人禁不住诱惑，开始购买，火枪由此传入日本，很快便以神奇的威力而声名远播，各路割据势力在枪声中惊醒，纷纷把目光聚拢在这黑洞洞的枪管上，这来自殊方异域的秘密武器，在巨响之后便可置人于死地，在此之前，日本还从未有过这般厉害的凶器，乍见之下，简直难以相信自己的眼睛。当然也有不少人认为这是一种高明的戏法，是西人的幻术，直到亲身试用之后，才知道这幻术可以在自己手中复制，并且发挥同样的威力。除了火枪，还有香料、生丝、硝石、丝绸等货物，从此如长龙般应接不暇，从海上源源不断运来。

五峰在火枪的交易中充当着翻译的角色，不久，他便建立了自己的武装，运送枪支，聚集上万人。那时节，他的主要时光都在大船上度过，在船中，他被称作五峰船主，自船主以下的头目，各按尊卑次序，一声令下，应者如山呼海啸。后来，在平户，五峰船主占据岛屿，不再让人们称他作五峰，也不再称船主，而是直接称王，手下各大头目都授予官职，附近三十六岛的岛民，皆听其指挥。

〔1〕朱九德《倭变事略》：汪直始以射利之心，违明禁而下海，继忘中华之义，入番国以为奸。勾引倭夷，比年攻劫，海宇震动，东南绎骚。

〔2〕南浦文之《铁炮记》：有大明儒生一人名五峰者，今不详其姓字。时西村主宰有织部丞者，颇解文字，偶遇五峰，以杖书于沙上云："船中之客不知何国人也，何其形之异哉？"五峰即书云："此是西南蛮种之贾胡也。"

〔3〕万表《海寇议后》：五峰以所部船多，乃令毛海峰、徐碧溪、徐元亮等分镇之，因而往来海上，四散劫掠。番舶出入无盘阻，而兴贩之徒纷错于苏杭，公然无忌。

〔4〕田汝成《汪直传》：据萨摩洲之松津浦，僭号曰宋，自称曰徽王，部署官属，咸有名号。控制要害，而三十六岛之夷皆其指使。

二〇 方国珍

方国珍，又名方谷珍，台州黄岩人。元末天下大乱之际，方国珍兄弟五人入海，占据海岛，阻塞海运，东南海疆之民争相归附，为一时东海之雄。

台州有俗谚曰："洋屿青，出海精。"海精就是指的方国珍，他是人们口头传说中的东海之精。洋屿岛终年不生草木，有一年忽然草木繁茂，岛屿变绿，这时节，人们从洋屿附近的海中打起了一头黑毛的海怪，这头海怪上船后挣脱了渔网，见人便食，见过海怪真实貌相的人都被吃掉了。海怪的故事开始在海滨流传，人人闻之色变，甚至不敢接近海岸，海怪带来的惨祸成为一代人的恐怖记忆。

不久之后，乃有方国珍降生。及至方国珍作乱，人们便认为他是当年的海怪转世，来到世间，必将兴风作浪，使海疆不得安宁，其凶猛更甚于洋屿的食人海怪。后来方国珍果然起兵海上，劫了元朝的海运漕粮，使京畿一带陷入饥荒之中，元朝的天下岌岌可危，方国珍之力撼动了鞑靼人的根基，后来乃有朱元璋等人的崛起。

在方国珍称雄东海之际，他的女儿忽染痘疾，红痘在脸上绽开了朵朵梅花，痒中抓挠，满脸落英缤纷，便到关王庙降香，祷告于神前，不久即痊愈，居然效验如神。念及求神的前事，便回寺中还愿，彼时方国珍已啸聚于东海中大岛，家眷也在岛中。方小姐从海岛登舟，盗船扮作商船，兴波鼓浪，径直朝陆上驶来。

其时方国珍还是朝廷通缉的要犯，为了安全起见，一行人乔装改扮，武士扮作轿夫，女兵则扮作丫鬟，暗藏利刃，短刀插在腰间，外面罩了大氅，有些大汉腰里鼓鼓囊囊，是暗藏了链子鞭，一众人马护送着方小姐到庙中还愿。在关王的神位前，方小姐敬奉灯油，又封了银两，布施给寺中僧人，偶然遇到这等阔绰的大施主，阖寺上下无不欢喜。

那时节，寺中有初来乍到的小和尚，窥见方国珍之女貌美，顿时意乱情迷，不能自已。这和尚也是捷才，在低头的瞬间，求而不得的百结愁肠中居然有了佳句。和尚抬起头时，已经在腹中填词一首，词句甚是清丽，早就溢出了出家人的本分之外，那一刻，他抑制不住内心的激越，低声念了出来：

江南柳嫩，
绿未成阴。
枝小未堪攀折取，
黄鹂飞上力难禁，
留与待春深。

和尚只当方国珍之女不解诗文，故而大胆唱出了这首诗，做一番风雅而又无咎的调戏。哪知这女子学问精深，一听即知寺僧不怀好意，在庙中拂袖而去，回去后便告诉父亲方国珍，方小姐有过耳不忘之才，在父亲面前背诵了和尚的那首词，方国珍听罢大怒。

彼时方国珍杀人喜用竹笼，把人抓来塞到竹笼里，同时在笼子底部塞入石块，然后投到急流中，石块沉重，直坠海底，带动竹笼和笼里的人下沉，一直沉到海底，笼中的人被淹死，痛苦不堪，人死后又有鱼虾从笼子的缝隙里进入，啃噬尸体，实是残忍至极，死者往往体无完肤，成为鱼虾口中之食。这种杀人方法，后世的海盗们争相效仿，或是因为杀人与抛尸二者合一，极为便捷之故，因而极受欢迎，方国珍是此种杀人方式的积极倡导者，这样死去的仇家不计其数。

一声令下，和尚已从寺中抓来，照例塞进了竹笼。在扔到海里之前，方国珍忽然来了诗兴，对竹笼里的和尚说："国珍是粗人，今日也作词一首，不避鄙陋，勉力为之，愿与大师前者所作唱和，实乃人生一大快事，幸何如之。"词曰：

江南竹巧，
匠作为笼。
留与吾师藏法体，
碧波深处伴蛟龙，
方知色是空。

念完这首词，方国珍挥挥手，和尚就被扔进海里，瞬间就被浪头淹没了。无数浪峰起伏的水声，盖住了竹笼落水时的喧哗，撕裂的海面又合上。和尚沉入海底，葬身于鱼虾之口腹。方国珍在船上盯着和尚落水之处，但觉意兴阑珊，命水手开船，扬帆回到了海中岛屿。

轻薄而又颇有诗才的和尚死了。许多年后，方国珍也死了，只有他和和尚互相唱和的词流传了下来，在江南一带仍有人传唱。

〔1〕《明史》：方国珍，黄岩人。长身黑面，体白如瓠，力逐奔马。世以贩盐浮海为业。元至正八年，有蔡乱头者，行剽海上，有司发兵捕之。国珍怨家告其通寇。国珍杀怨家，遂与兄国璋、弟国瑛、国珉亡入海，聚众数千人，劫运艘，梗海道。

〔2〕《明史》：里中先有“洋屿青，出海精”之谣。洋屿者，近海之童山也，是年忽草木郁然，又有渔民捕得海怪，无人能识，故云。

〔3〕黄溥《闲中今古录摘抄》：方谷珍一女，年十八，患痘，祷延庆寺关王神。既愈，躬往奉油谢之。寺僧作偈，用梵语诵于神前，名曰回回偈，云：“江南柳嫩，绿未成阴。枝小未堪攀折取，黄鹂飞上力难禁，留与待春深。”僧料女之莫喻，而女甚聪明，闻之恚，归以语父知。谷珍怒，捕僧将戮之，其戮人用竹笼，状若猪篰，笼之，投之浮桥急流中。

〔4〕黄溥《闲中今古录摘抄》：谷珍初逃于海，欲效徐福。既而其下诱之内附焉。先是袁柳庄相其貌，出语人曰：“南人胡相，每亵服见人则可观。若正其衣冠，则鄙俗矣，终非成美名者。”

卷三　女流

二一　郑寡妇

郑寡妇的肚兜绣满了南国的奇花异木。葳蕤交缠的枝叶，将胸前的山峦层层遮蔽。那是来自南国的密林，各色花木的绿叶，各有各的深浅，叶片无一例外地闪烁着丝线的荧光，模仿着自然之迹。肚兜底色的红，令人想起她手刃官兵时迸溅的血。血在暗夜里开成多瓣的花，花瓣层层打开，却无人照料。

她的养子保仔盯着那些缠绕的枝条，也听到了叶片扇动着飒飒风声。原来，郑寡妇正朝他走来，那风声，原是她肚兜上绸布摩擦之音，保仔看到的，是移动的丛林——热烈的南中国的黑夜，密林中瞬间移动的花斑豹，闪烁不定的猛兽眼睛，恶鸟在林木之巅盘旋，丛林之外，则是无边无际的海洋，蛟龙与鲸鲵潜跃之所在。帝国的边陲，是猛兽生息的乐园，也是大盗沉潜的渊薮。

终于，郑寡妇解开肚兜，她抽动一截丝绳，红绸滑脱，擦着身子坠地，委顿作一团。保仔低头看着地上的红绸，看了很久。

荣华之盛，或如狂花之不可久也。少年保仔心中生起了这般隐忧，但他的注意力很快就转移了，是郑寡妇把他从少年人的多愁善感中解救了出来。当他抬起头时，眼前白光大炽。

保仔深深吸一口气，他想起少年时代随父亲去北地，亲眼看见的一场大雪。眼下，他正像儿时头一回见到雪一样，一头扎了进去，失却了归路。当此之际，归路显得多余，迷失才是最好的选择。

她胸前的刀疤，是在白刃战中被划伤的。在那些年的战斗中，她从一条船跃到另一条船，在数丈之间纵跳。她从天而降，数不清的刀伤，就是在这时落下的，当然还有枪伤，火药灼出的环形疤，她的皮肤在这里黯淡无光，仿佛提前衰老了。

在她的众多伤疤中，唯有胸前这条最深，当然也最长。险些使她丧命的一击，来自清军中的一名技击高手，而那个高手在清军中，居然只是一个不起眼的士卒，她原先大加提防的总兵，却在交手时不堪一击，这令她大为困惑。帝国的细枝末节，实在多有她难以理解之处。海与陆，是颠倒的、难以兼容的两个世界。

少年保仔盯着这条刀疤，恍若雪地中翻出的辙印，更衬托出雪地的空旷与宁静。令人窒息的美，美得令人心痛。

为何美总有残缺？这刀疤，摄住了少年保仔的心魄，他眼前的妇人身躯开始颤动，那道刀疤也变成紫红色，仿佛要滴出血来，张保仔赶紧掩住了这道伤口，唯恐血水喷涌而出。他的手按在刀疤上，却感到了血的搏动，来自身体内部的火焰，在他掌心燃烧。他掌中按住的，是一条附着在郑寡妇身上的血蛇，随时都有可能飞去。或许不是血蛇，而是毒蛟，龙嫂的称号，或由此而起。

郑寡妇高声说道："今夜，让陆地上的农夫们愤怒吧！圈养的家畜所秉持的礼，我们今夜就要拿来冒渎，不单礼教，还有神明，就算人间的君王，也未必有你我称心快活。"

张保仔回应道："世间所有的黑暗，都因我们而降临，世间所有的白昼，也都因我们而升起，他们口头宣扬世间最完美的神圣，就等于弃绝神圣，我们背负世间最深重的骂名，就如同没有骂名。”

〔1〕袁永纶《靖海氛记》：嘉庆十二年十月十七，郑一为飓风所沉。其妻石氏，遂分一军以委保，而自统其全部，世所称郑一嫂者是也。

〔2〕朱程万《己巳平寇》：张保居郑一部下，事郑一侄安邦，安邦软懦不能驭众，恃张保左右之，保每劫掠，不前者手斩之，得财瓜分不私蓄，虏人不妄杀，赏罚仍请命于郑一妻石氏，或云张与石阳主仆，实夫妇也。

〔3〕徐珂《清稗类钞》：公任朱温二公入盗船中说贼匪张保投降，保观望未果，朱知其妻郑一嫂颇勇健，保素畏之。温故美少年，乃设法诱郑，郑因慨然曰："同辈中几见白首贼也？"

二二　蔡牵妈

乾隆年间的大海盗蔡牵，横行海上十五年，他在攻伐上的节节胜利，得益于他的妻子吕氏。

吕氏原是浙江平阳人，年轻时放荡成性，在和第一任丈夫成婚之后，夜里仍出门与男人野宿，丈夫难以禁止，便将其转卖给本乡的剃头匠为妻，却仍本性难改，剃头匠束手无策，只得听之任之。

这一日，海盗蔡牵乔装改扮，上岸来理发，正巧剃头匠不在家，吕氏也学得手艺，在店里支撑门面。蔡牵见她貌美，而且举手投足之间极为张扬，便留了意。

在理发时，吕氏居然谈论起最近在海上劫掠的蔡牵，蔡牵听了不动声色，问吕氏对蔡牵这个人有何看法。吕氏答道："固是豪杰，可惜用兵太拙，反害己身。"

蔡牵闻言大惊，忙请教其中缘由。

吕氏笑道："蔡牵在海上损兵折将，是指挥失策，官兵的水师在海湾里埋伏，蔡牵居然连刺探情报的哨船都没有，大大咧咧往湾里闯，见到水师之后，是战是走，犹豫不决，导致贻误战机，让水师给冲散了。"

蔡牵听了，不由得从椅子上站了起来，瞪着眼前这个女人，而这个女人居然毫无惧色，迎着蔡牵的目光，不躲不闪，一对黑眼珠正冲着蔡牵，毫无扭捏之态，蔡牵也为她的爽利而感到吃惊了。

吕氏眼中的蔡牵，身材矮小，甚至比吕氏还稍矮了一些，这个男人长得简直有几分猥琐了，又黄又瘦，左太阳穴还有刀疤，身穿短衫和青纱裤，手带金镯，从衣着打扮来看，俨然是个乡下的暴发户，但看眼中却有光芒，汩汩流淌出来，这双眼睛不是等闲之辈所能有的。

看了多时，眼前这个女人仍盯着蔡牵，盯得蔡牵反倒不好意思了，只得移开了目光，迈步出了理发店，朝海边走去。吕氏追出门来，望着蔡牵的背影，她感到刚才这位客人似乎挺特别，但是特别在何处，一时又说不上来，只觉得他的眼睛亮得出奇。她眼睁睁看着那个客人走到了海边的礁石丛中，像钻进了一座古老的迷宫，三转两转，就不见了踪影。

第二天，有一条大船靠岸，下来一队披红挂彩的队伍，是蔡牵的部下，在街上招摇过市，打出了蔡字的旗号，可见其胆大。唢呐和锣鼓声中，蔡牵来到吕氏门前，找来吕氏的剃头匠丈夫，首先自报家门。蔡牵名头太响，吓得剃头匠一屁股坐在地上。

蔡牵蹲下身来，靠在剃头匠耳边，提出要将吕氏买走。接着，他让手下拿出了黄金二十两，塞到了剃头匠的怀里，剃头匠此刻点头如鸡啄米，蔡牵等人也不理会他。吕氏知道面前的这个人就是蔡牵，居然高高兴兴就跟蔡牵走了。大船扬起风帆，消失在海上，不知他们去了哪里。就这样，吕氏成了蔡牵的第二任妻子。

此前蔡牵有原配妻子郑氏，曾被蔡牵亲手杀掉。郑氏夫人贤惠，在灯下给蔡牵缝补衣服，缝衣针掉在了地上，找了半天，也没找到。可巧蔡牵进来，一眼就看见了针，俯身拾了起来，递给郑氏。郑氏喜道，你真是贼精。这句贼精惹怒了蔡牵，当时他已经开始在海上抢劫，正逢当日失手，遭到官兵追赶，险些难以脱身。气急败坏之下，又听到夫人说他是贼精，不由得火起，他最忌惮的就是这个贼字。

他手起刀落，将郑氏夫人斫杀，砍下人头扔进海中。不久便又后悔，命人打捞郑氏的人头，遍寻不得，只好用黄金铸造了人头，与尸身合拢安葬。蔡牵为人之凶狠暴戾，也由此可见一斑了。

相较于蔡牵，吕氏似乎更为凶悍，与郑氏的柔弱截然不同，甚至更压蔡牵一筹。在当地称长辈妇女为“妈”，所以跟蔡牵以后，吕氏又被称为“蔡牵妈”，很少有人记得她姓吕，名字也被人淡忘了，蔡牵妈的才能也在这时大放光彩。

自从随蔡牵上船后，蔡牵妈学会了放炮，作战时经常亲自燃炮，冲锋在前时，也是勇不可当。她又有指挥筹划之智，蔡牵用其计谋，每每得手。在群盗之中，蔡牵妈也有了极高的威望，部下称蔡牵为“大出海”，称蔡牵妈为“老板娘”。

当时有清军参将项统前来与蔡牵部作战，项统带几十艘战船，在海上与蔡牵夫妻的船队遭遇，双方近在咫尺，都能看清各自的面目了。项统正在抽烟，蔡牵夫妻并肩站在船头，双方僵持不下，都未敢轻举妄动。这时蔡牵妈突然发炮，炮弹落座坐船上，震落了项统手中的烟管，俯身去拾烟管的空当，又一炮打来，击中了项统身后的侍从。蔡牵妈放炮如此密集，令项统喘息不迭，急忙撤兵。后来闽浙水师提督李长庚在和蔡牵的决战中，也被蔡牵妈开炮击中，当场阵亡。

蔡牵妈在跟随蔡牵以后，仍不改放荡的本性，甚至与劫持来的人质相好，并因此将人质放回，此举破坏了海盗绑票的规矩，蔡牵也睁一眼闭一眼，假装不知。后来，蔡牵夫妇遭到官军水师的重兵围困，弹尽粮绝之际，蔡牵开炮自沉坐船，双双沉海而死。

〔1〕《平阳县志》：炎亭内岙，有女貌美，已嫁而夜喜野宿，其夫禁之不得。乃转售于剃发匠，已而复然。适海寇蔡牵上岸剃发，见而悦之，以数十金买去。助牵约束部伍，井井有法，临战猛不可当，海滨人呼为“蔡牵妈”。

〔2〕《平阳县志》：蔡妻勾燃炮击统，适统俯首拾烟管，回顾则持盖者颠矣。提督李长庚殁，闻亦为蔡妻轰毙。

〔3〕焦循《神风荡寇后记》：官兵尝追牵，将及，一红衣人自舱中出，缘桅而上，斧其篷索。却令兵船乘风不可留去。红衣者，蔡牵妻也。

〔4〕刘绍宽《咏白桃花》：毕竟夭桃薄命花，不教锦伞拥香车。横行海上蔡牵妇，亦是当年碧玉家。

二三　瓦氏夫人

瓦夫人走出中军帐，抬头仰望北斗，那柄大勺的尾端指向了东南，在风中不住地抖动，象征着变幻无常的世事，当此之际，个人的兴衰际遇也难逆料，不禁叹了口气。东南正是倭寇来犯的要冲，连年来贼势甚张，频频登陆劫掠，海疆一日不得安宁。

瓦氏夫人本是田州土司之妻，自幼熟习武艺，惯于骑马征战，能在马上使用双刀，冲入敌阵取上将首级，如探囊取物一般，又能拉开硬弓，箭矢力沉而准，足可贯穿敌人的甲胄，稳稳刺进心窝。在东南海疆震荡之际，朝廷征调田州土司出征，瓦氏夫人主动请战，率领六千俍兵，开赴东海之滨。

在战场上，瓦氏夫人的俍兵作战勇猛，连克倭寇。时人有谚语说："花瓦家，能杀倭。"征战之时，瓦氏夫人还携带幼子，将其放在身后的竹筐之内，有箭从身后飞来，瓦氏夫人的双刀也像长了眼睛，随着皓腕急转，双刀抡到了身后，拨开了那些飞来的暗箭，背篓中的孩子安然无恙。在敌阵中冲锋之时，两旁刺来的长矛也都被她的双刀削去了矛头，所过之处便是一条血路，把敌军的战阵切割成碎片。席卷而来的倭寇，变成了松散的小块，阵形大乱，渐成溃败之势。

瓦氏夫人杀得正酣时，背后的孩子开始哭叫，经过马背上的一路颠簸，背篓中的孩子又饿又乏。每逢此时，瓦氏夫人便把胸前的奶从肩上甩到身后，一直探进竹篓中，竹篓中的孩子吸到了奶水，便不再哭闹，兀自吮吸着，小嘴吞咽时声如巨雷。

阵前的敌兵停止了进攻，战场骤然安静下来，敌兵们耳中听得真切，婴孩的小小身躯，何以发出如此巨响？孩童的吞咽之声，传进了每个人的耳鼓，敌兵纷纷停下了手中的兵刃，一时不知该如何是好。

据说瓦氏夫人双奶甚长，号称“丝瓜奶”，足见其长，所以能甩到身后。在阵前喂奶，瓦氏夫人也算是第一人了，因此人们又亲切地称她为“长奶夫人”。

〔1〕董斯张《吹景集》：嘉靖甲寅，倭寇吴中，广西女土官瓦氏率万人来援，泊胥关月余，驭众有法度，约所部不得犯民间一粒。军门下檄，辄亲视居亭民诉，部属夺酒脯者，立捕杀之，食尚在咽下。

〔2〕徐宗鲁《松寇纪略》：瓦氏虽妇人，军法甚整，下无侵。

〔3〕吴殳《双刀歌》：女将亲战挥双刀，成团雪片初圆月。麾下健儿二十四，雁翎五十齐翕忽。岛夷杀尽江海清，南纪至今推战伐。

二四　周秀冰

周秀冰是广东顺德武术家周维登之女。顺德今属佛山，自古便是闻名遐迩的武术之乡。周维登武艺高强，又兼有武德，故而受到十里八乡的尊敬，有投师学艺者不辞路途遥远，前来登门求教。周维登的门人弟子遍及岭南一带，声誉素著，习武者莫不以习练周家武艺为荣。

周秀冰自幼随父亲习武，尽得其父真传。秀冰虽是女子，却练得一身好武艺，周维登的弟子中，无人能胜过周秀冰。在顺德，习武人众多，周秀冰的武艺颇受时人称羡，前来求亲的年轻子弟络绎不绝，但都被周维登挡出去了——周维登认为前来求亲者都不是秀冰的佳偶，于是一一婉拒。

周维登与同乡医士梁文芬交情莫逆，习武之人难免磕磕碰碰，有些跌打损伤，一来二去，便和梁文芬成了好友，过从甚密。周维登在梁家见到了梁文芬的儿子梁之屏，便留了心。梁之屏随父学医，周维登与之屏论起医术，之屏对答如流，论及国事，之屏言语之间又颇多慷慨之气，周维登大奇，认为此子见识不凡，后辈中无人能及得上，便将秀冰许配与梁之屏，定了婚约。

秀冰十九岁时，两家商定为其完婚，吉期将近，却赶上海盗张保仔登陆劫掠，所过之处尽成焦土，尤令人痛心的是，官兵防御空虚，坐视海盗烧杀。海盗一路杀到顺德，周维登带众弟子与群盗激战。秀冰先自保护女眷撤离，后听说父亲被困，急忙赶来救援，见父亲受伤，不由得怒发冲冠，挥舞着双刀加入战斗，瞬间格杀十几名海盗，杀得群盗连连倒退。

盗首张保仔站在高处指挥，见一女子忽然杀进重围，手里的双刀挥舞得风雨不透，群盗碰着非死即伤，势难取胜。张保仔急忙命群盗退下，转而开炮轰击周家父女，一声炮响，可怜周家父女皆命丧阵前。

贼兵退后，秀冰的未婚夫梁之屏听说周家父女力战而死，不禁悲道："何其壮烈，真不愧是吾妻。"于是，梁之屏以婚娶之礼迎回秀冰及岳父的遗骸，在周家父女就义之地大哭，从此发誓不再娶。

二十余年后，之屏仍孤身一人，有人劝他纳妾，他也坚辞不允。周维登之勇，周秀冰之孝，梁之屏之义，时人谓之"三绝"。

〔1〕周瑞生《海寇劫玕滘外纪》：初，秀冰父维登，以武艺授徒，并授秀冰。四方就学武艺者以千百计，莫敢与秀冰比手。

〔2〕周瑞生《海寇劫玕滘外纪》：张保坚垒而观，见冰往来冲击，双刀飞花滚雪，众莫能逼，初欲生致之，计不能得，遂大呼发炮，矢石猬集。冰父女力尽援绝，竟没于阵。贼退后，之屏闻秀冰父女战死也。曰："勇义孝烈，出于一门。虽死，是真吾偶也。"以丧礼归其骨而瘗之，以昏礼迎其主而祀之，大哭于所战地，誓不再娶。

二五　杨梅英

还有一位女子在海盗登陆劫掠时慷慨赴死，这便是杨梅英。

杨梅英与周秀冰同乡，是杨继宁之女，以美貌闻名于乡里，时人皆知杨家有女初长成，天生丽质，然则正逢海盗之乱。乱世之中，佳人命途多舛，前有周秀冰，后有杨梅英。

嘉庆十四年八月二十九，有海盗大举登陆入侵玕滘，拳师周维登、周秀冰父女力战而死。在此之前，周秀冰曾带着村中妇女躲在稻丛中，听说父亲重伤，难敌群盗，才赶往战场厮杀，一去无回。此时，梅英正和一群妇女躲在稻丛中，不敢出一声。直到急进的海盗们发现了稻田里的众妇女。

妇女们被手持亮刃的海盗押在了道旁，哭声载于道路，她们徐徐经过，盗首张保仔在人群中一眼就觑着了梅英，只有梅英怒目而视，却并未哭泣，这使张保仔大感诧异，再往脸上看去，张保仔不由得浑身一震，那脸生得如明月一般，在褴褛的人群中，独自放射光华。

张保仔叫停了前进的队伍，伸手点指着梅英，手下立刻明白，在他的身后，早有两个大汉冲过去，把梅英揪了出来。梅英这时破口大骂，张保仔却不恼怒，抱着肩膀在一旁看得饶有兴致，他当众宣布，要纳梅英为妾，这时梅英骂得声音更高了，嗓子都要撕裂，张保仔终于被激怒，当即将梅英押送回船。

这时，海盗的船队停靠在内河中，他们从海上蜂拥而来，由河流的入海口驶入内河，一路上溯到内陆腹地，见城镇便即登陆劫掠，沿途杀伤无数。内河本有航运之便，如今成了海盗横行的水上坦途。那时节，海盗随时都会潜入，而官兵毫无布防，任凭海盗来去自由，只有乡民自发组织的武装在抵抗，先前战死的老拳师周维登，即是隐于乡野的武林高手，家园的稳固，竟然要由他们来支撑。

梅英被群盗推搡到船上，捆缚之后，又用绳子吊到了桅杆上，越升越高，直到升入云端，海鸥从她脚下飞过，船上的海盗们手搭凉棚朝空中观望，哄笑不断，哪知梅英在桅杆上仍骂不绝口，直把这骂声送到了高空，反而更加响亮，她将在场的每一个贼人都冠以狗贼之名，她居高临下，群贼都被她的声音笼罩。

挨骂之后，张保仔忽然意识到，将她吊起来是一个错误的决定，好在他可以随时更改命令。他让人放下梅英，又命左右敲掉了梅英的两个牙齿，满嘴血水喷溅，血水中还夹杂着气泡，石榴般的锦绣之中，赫然翻滚出了两颗门牙，跌落在船板上，弹跳不止。张保仔命人把梅英重新捆到桅上，拿起弓箭作势要射，问梅英答应不答应，捆着的梅英点了点头，张保仔大喜，赶紧上前给梅英松绑，待松绑后，却冷不防被梅英喷了一口血水，溅满了张保仔的前襟，张保仔低头一看，胸前的血污绽开一簇团花，正在不断翻出新瓣，不禁大怒，刚要掣出钢刀，梅英已经纵身一跳，跳进了滚滚波涛中。

〔1〕袁永纶《靖海氛记》：杨继宁之女梅英，有殊色。贼首欲纳之，英大骂，贼怒。悬于帆樯上，胁之。英骂愈烈，贼放下，凿去其二齿，血盈口颊。复悬上，欲射之。英阳许焉，及放下，英以齿血溅贼衣，即投河而死。

〔2〕袁永纶《靖海氛记》：余道经半边月，因感梅英之贞烈，而慨诸人之被获也，吟诗一首以吊焉，曰："战气今销歇，追思重溯洄。当时谁犯敌，有女独能摧。溅血撄狂孽，捐躯陨水隈。水魂波上下，英烈尚徘徊。"吟毕，流连四望，见水碧山青，不复烽烟樯影矣。咨嗟者久之。

二六　罗衫记

夏夜里，常有剧团来岛上演出，演的是柳腔戏，这使他想起当年在海岛看《罗衫记》的情形了。这出戏说的是海盗故事，就发生在他出生的这个岛屿。不过，那时他对故事还不感兴趣，他感兴趣的是剧团临时搭建起来的戏台，尤其是后台，才是他流连忘返之地。

对他而言，后台是一座锥形的城堡，由篷布和木架搭成。唯一的出口，与舞台的上场门相通，之间还连着狭长的篷布暗道。他掀起篷布一角，就钻进了剧团的后台，立刻进入了梦幻般的世界——金黄而又刺眼的灯泡，令刚从黑暗中进来的他眯起了眼睛，许久才能睁开。迎头撞见一个丫鬟甩着翠色水袖，在灯下飞旋，袖面上放射出雾气绰绰的碧光，让他头晕目眩，不敢直视。内中又有一眉清目秀的少年，将假胡子的髯口挂在双耳，脚底也模仿年迈者的蹭蹬步履，年轻人瞬间变为须髯似雪的老翁，手捋胡子冲他颔首微笑。还有一女子对镜上妆，在耳前以墨色描出假鬓，墨色蘸得过饱，流到了下巴，她急切中抬手背去擦，却擦得满脸花。

后台总是充满奇异的变形术，真与幻之间暗中偷换。这里也有扭曲的时空褶皱，潜藏着各色古时人物。一切不合常理之事，居然也能并行不悖，世间的法则在这里显得毫无用处。

与平庸的生活相比，后台总是堂皇富丽，因此吸引他频频出入。

最吸引他的，是兵器架，刀枪剑戟插在木架，刀似镜面，能照出人影，他忍不住伸手去摸，却被斜刺里冲出的一个身穿朱衣、腰横玉带的官员给喝止了。盛怒之际，官员头上的纱帽扇动着翅膀，扑棱棱的，整个头颅仿佛要飞起。他吃惊非小，赶紧掀开篷布逃走了。

当他钻出后台的篷布，眼前猛然一黑，他又回到岛屿的夜色之中了。他掀起的那片篷布，分明是白昼与黑夜的分界。这时，开场的锣鼓响过，方才所见的那个朱衣官员出现在台上，迈着方步四处走动，台上人影凌乱。他那时隐约猜到，海盗的故事再次开演了。

在锣鼓声中，花脸的海盗徐能登场了。他是个船掌柜，身着亮闪闪的万字员外服，台步沉雄有力。他明里安分守己，手下船只接渡往来客商，暗地里却在岛屿一带截人财货，专做没本的生意，不几年便悄然发迹。此时他甫一亮相，台下就有人喝了倒彩，徐能早就习以为常，兀自不乱阵脚，或许，海盗本该有临危不乱的过人定力。

倒溯回十八年前，徐能的客船载了苏玉和郑月素夫妇，在海上启程。徐窥见月素貌美，立刻生出了歹心，就在岛屿附近的海域，徐能骤然翻脸，将苏玉及随行家人一一砍杀，扔进海中，只把郑月素留下，带回海岛，逼其成亲。彼时郑月素已有身孕，见丈夫惨死海上，仇人又逼她成亲，她又哭又闹，打算以死相拼。徐能知道再强逼下去也是无用，便把她关进花园，想等她把孩子生下来，再逼她成亲。

在海岛的夜晚，郑月素开始了逃亡。她逃出徐家后花园，急切中迷失了方向，在路上生下儿子，撕了裙子，将孩子包裹。这时徐能带人马追来，人喊马叫，郑月素忙把孩子放在大路边，她怀着一丝侥幸，希望有过路人把孩子抱走，而她自己，却朝海边奔去，在岛屿的南端，她飞身投进了滚滚洪流。

徐能追到海边，只发现了月素的一只鞋子，以为她已经投海而亡，只得悻悻而返。在归途中，徐能听到路边草丛有婴儿啼哭，又见了包裹婴儿的裙子，知是郑月素所生。想到膝下并无子女，忽而动了恻隐之心，便将孩子收为己有，取名为徐继祖。但谁也没有想到，徐继祖后来竟然高中状元。

可以想见，考中状元，几乎是古书古戏中男主角的常见归宿，其频率之高，羡煞天下举子们，而且，得中状元之后，不是得报大仇，就是喜结良缘，喜事接连不断，徐继祖亦是如此。

在赶考途中，徐继祖在一个老妪家讨水喝，老妪见眼前的书生是赶考之人，便把十八年前儿子苏玉和儿媳郑月素离家再无音信之事，从头到尾说了一遍，随后又拿出一件罗衫，并告诉徐继祖，这罗衫一共两件，是她儿媳郑月素亲手所缝。老人叫徐继祖带上罗衫，帮着访听一下，若碰上穿这罗衫的人，或者认得这罗衫之人，让他捎个信，就说家中老母日夜挂念着他们。徐继祖带着罗衫上了路，罗衫就压在他的包袱底，他哪里知道，这罗衫是出自亲生母亲之手，那个老妪，正是自己的祖母。

直到徐继祖得中归来，忽有一道姑拦轿喊冤，原来这道姑正是昔年的郑月素，她当年刚跳进海里，被出夜海的渔民们网起，后来躲进山中出家。郑月素唱道：

有了我儿十八岁，
今天下山把状告。
大人准了这一状，
水贼举家该遭抄。

那时她还不知道，轿中坐定的，正是她的亲生儿子。戏台下坐定的妇女们开始抹眼泪。直到徐继祖得知自己的身世，拿出老妪赠的罗衫，郑月素也拿出一件，母子相认，一时间天旋地转，或许只有在岛屿的逼仄空间里，才能有这样巧的遇合，毕竟，岛屿太小了。徐能被下狱，活活饿死在狱中，这时才欢声雷动，女人们先前的泪痕还未干，悲与喜的交接如此剧烈，笑中亦含泪了。

岛屿固然是乐土，却也可能是黑暗的渊薮，所幸深渊终被光明照彻，故事在大团圆的结局中收场。然而，这种团圆却又被悲痛裹挟。

在养父徐能死去时，徐继祖做何感想？他的仇恨能否像郑月素一样炽烈？观众散去时，无不拍手称快，却没有人愿去关注徐继祖的内心，恩与仇的巨大撞击，将使这位新科状元备受煎熬。这个来自海岛的年轻人初尝人世悲欢，却是通过这样残酷的方式。

海盗的故事在岛屿传唱了二百年，甚至左右了岛民的价值观念。岛屿早年间的暴力、昏聩以及残缺，在徐能死后，好像尽数消失了。在遥不可及的大海深处，岛屿会在一个风平浪静的午后凭空消失，把全部恩仇尽数葬送，只留下空空荡荡的海面。

〔1〕冯梦龙《警世通言·苏知县罗衫再合》：正欲回身，只听得小孩子哭响，走上一步看时，那大柳树之下一个小孩儿，且是生得端正，怀间有金钗一股，正不知什么人撇下的。心中暗想："我徐能年近四十，尚无子息，这不是皇天有眼，赐与我为嗣？"轻抱在怀里，那孩儿就不哭了。

〔2〕无名氏《罗衫记》：如今老身欲将此衫，交付与官人，倘有人认得此衫者，就好问我孩儿媳妇的消息了。

二七　王翠翘

王翠翘在深夜揽镜自照时，在镜中又看到了自己的面容，五官中的每一件都似乎格外小巧，合在一处，却又极为相宜。这个来自山东临淄的女子，丝毫没有北人的粗犷，倒像是生长在江南水乡。她看着自己的脸，就像看着一个陌生人。

此刻，她身在海船的主舱中，海船的龙骨分开波浪，带她去往未知之地。时有大浪袭来，镜中的美人摇摇欲坠，她的面容也在震颤中模糊起来，青春的美，容易破碎，她赶紧踩住了镜架。稍纵即逝的幻象，浮在波浪上的身躯，多像这悬置的命运，随时都有倾覆之忧。

镜中出现了一个虬髯大汉，比王翠翘的发髻还高出了一头有余，不用看，王翠翘只从脚步声中，就知道来的是徐海。徐海贴在王翠翘耳边说："明日我便去投诚，早早安歇了吧。"

翠翘点点头，髻上的簪环碰撞出一阵清音，那些金属的抖颤，即便闭上眼睛也能感知到它们表面的光洁与轻脆。然而，这些似有若无的长吟，最终都消散在青丝的密林中。徐海捻着蜷曲的胡须，眼中迷离，像是沉浸在雨夜的梦境中。

许多年前，徐海还是个出家的和尚，法号明山，在杭州虎跑寺中谋食，敲钟时便敲钟，做法事时则穿得像个大红灯笼，闭着眼睛唱经，本想就此聊度一生。在徽商罗龙文处，明山和尚见到了罗包养的歌妓王翠翘，不由得暗暗心惊，当时便留了意。此后萍踪难觅，明山受不得寺庙中的清苦，入海作了海盗，这时他也不再叫明山，头发也蓄起来了，仍恢复了俗家的名字徐海。

在进犯江南的一次战斗中，徐海的部众在奔逃的百姓中巧遇了王翠翘，此时罗龙文已经撇下王翠翘独自逃走，不知去向。在俘虏营中，徐海打马路过，王翠翘认出了昔日的明山和尚，赶忙呼救。徐海一见大喜，即刻带回船上，纳为夫人，宠爱非常，甚至军中机要也与翠翘商议。自今而后，三日一小宴，五日一大宴，视翠翘若拱璧，百般宠爱集于一身，这时翠翘才知道，当初见到明山和尚时，和尚便已经动了凡心。如今明山和尚摇身一变，变作了徐海，已经是拥兵海上的巨盗，常使得东南震动。

此刻，翠翘离开镜前，镜中的美人消失了，只留下一面明亮的光斑，烛火熄灭，明镜也隐入黑暗。

徐海对王翠翘言听计从，徐海杀人，也多被王翠翘劝阻，因此救活无数人。次日平明，徐海带人去投诚，也是受了王翠翘的劝说。哪知徐海一去不返，翠翘在船上听到来报，说徐海已经被砍头，说完，这个喽啰也翻身栽倒，背后还插着一支箭。官家翻脸，将徐海扣押，然后斩首，轻易除掉了海上的霸主。

徐海一死，群龙无首，不战自溃。当翠翘被押送到总督胡宗宪面前时，胡宗宪也觉光彩耀目，不敢直视。胡宗宪想把翠翘许配给幕僚徐渭，也即当时的大名士徐文长，翠翘不依，又将翠翘许配给当地的土酋。

翠翘自知不免，于是假意应允，在押送途中，翠翘声称要祭奠徐海，在船头设供，弹琵琶数通，痛哭失声，趁人不备之际，纵身跳入海中，海上波浪起，一跳便失去了踪影，众人救不得，霎时船已掠过，王翠翘投海之处，早已被波浪覆盖，难辨其踪。

王翠翘的故事不胫而走，人们坚信这个海盗的女人已经成为水仙。她的故事由海上而至内地，又经内地复播于海外。越南诗人阮攸出使清朝，取道南京，在南京见到了王翠翘故事的抄本，感慨久之，回越南后写下了长诗《金云翘传》。搁笔之际，阮攸离王翠翘投水，已经有二百多年了。

〔1〕余怀《王翠翘传》：王翠翘，临淄人，幼鬻于娼，冒姓马，假母呼为翘儿。美姿首，性聪慧。携来江南，教之吴歈歌，教之弹胡琵琶，则善弹胡琵琶。吹箫度曲，音吐清越，执板扬声，往往倾其座客。平康里中，翘儿名藉甚，然翘儿雅淡，顾沾沾自喜，颇不工涂抹倚门术。

〔2〕余怀《王翠翘传》：徐海者，杭之虎跑寺僧，所谓明山和尚者是也。居无何，海入倭为舶主，拥雄兵海上，数侵江南。嘉靖三十五年，围巡抚阮鹗于桐乡，翠翘绿珠皆被掳，海一见惊喜，命翠翘弹胡琵琶以佐酒。日益宠幸，号为夫人，斥诸姬罗拜。

〔3〕余怀《王翠翘传》：观西施沼吴，而又从范蠡以归于湖，穷

谓妇人受人之托，以艳色亡人之国，而不以死殉之，虽不负心，亦负恩矣。若王翠翘之于徐海，则公私兼尽，亦异于西施者哉。嗟乎！翠翘故娼家，辱人贱行，而所为耿耿若此。须眉男子，愧之多矣！

二八　吴平妹

吴平的妹妹没有留下名字，人们只称她为吴平妹，或者吴姑娘。后来她成为南海一带的女财神，今人知道吴平，多赖其妹。

在南澳，有吴平妹的雕像，一个圆脸的渔家姑娘，她左手按着宝剑，右手托着金元宝，在她的身边，还有堆成高丘的金元宝，这些财宝，造就了一个女财神的形象，远道而来的游客争相前去摸她手中的金元宝，那个金元宝被摸得又黑又亮。摸到了金元宝的人，就会获得健旺的财运，海盗的妹妹，成了财富的象征。

当初吴平在南澳时，兵锋日盛，朝廷派来俞大猷和戚继光，合力才将吴平战败。吴平见战船都被焚毁，部众战死的战死，被俘的被俘，败势难以挽回，便无心恋战，多年来搜集的金银珠宝，早已分作十八缸，藏在十八处。因担心妹妹落入官兵之手，吴平便将妹妹砍死，分尸作十八块，分别与十八缸金银埋在了一起。这是一种古老的巫术，借由如此残忍的手段来布置，可令掘到财宝的人受到诅咒。

官军攻上岛来，吴平趁着夜色突围，后来不知所踪。吴平的妹妹成为财宝的守护者，在她的守护下，十八缸金银不知所踪，人们并非掘不到那些金银，只是吴平妹暗中动了手脚，她在地底将十八缸的位置挪来挪去，使人难测其地，即便找准了位置，在开挖的刹那，吴平妹就施法把缸平移了几步，近在咫尺的宝贝，却永远得不到。

二九　林姑娘

明朝嘉靖年间，潮州府吏林道乾私下参与海上经商，触犯海禁之法，遭到官府缉拿。当他得知消息之后，舍家逃往海外，从此往来于闽粤之间，漂泊无定。后来他到了台湾活动，聚集人马后又远走南洋，在海上做着亦商亦盗的营生。不久，又赴暹罗一带，在北大年，终于有了自己的土地。

北大年的王见林道乾人才出众，机智而又有勇略，大为激赏，便把女儿许配给林道乾，林道乾就在北大年做了驸马，过起了锦衣玉食的安稳日子。而在大明国内，他仍是被通缉的在逃要犯，在帝国的集镇、街巷、码头、商埠，到处贴满了林道乾的画像，作为捕拿林道乾的参照，画像上标注的高额赏金，令围观的行人为之咂舌。林道乾留在国内的母亲和妹妹，也在通缉之下东躲西藏，过起了颠沛流离的生活。终于，林道乾的妹妹在荒僻的山乡找到一处安身之所，将其母亲安置。她早就听说兄长在海外，便托人照顾母亲，前去寻兄。为了出行方便，她女扮男装，混到了商船上，渡海前来寻找林道乾。

自从招了驸马，国王便赐给道乾一块封地，道乾从此带着自己在海上为盗时的旧部，在北大年的封地里做了王，与他走散的那些旧部，也都闻讯赶来，队伍日渐壮大。林道乾的妹妹也在这时来到了林道乾的封地。

兄妹相见之处，是在尘土飞扬的工地，彼时林道乾正奉老国王之命，在主持修建一座寺庙。兄妹相认之际，林道乾拒绝了回国的要求，说国内正在通缉，回去无异于自投罗网，且有王命在身，修建寺庙的工程不能停止。

道乾之妹大怒，直斥道乾不孝，道乾低头无所回应，这是无声的拒绝。殊不知道乾已经贪恋富贵，此间乐，不思蜀，没有还乡之意，因此迟疑不定。

道乾的妹妹劝说无效，于当天夜间自缢于寺庙工地旁的一棵树上。上吊之前，她对着绳索的圆环——一个封闭的死亡之环，开始了冗长的诅咒。

她诅咒道："这座庙宇永远不会建成，无行之人必将死于非命。"

说完，她探头进入缳中。环状绳索即是前往幽冥的门户。她的头颅先行进入另一世界，而她的肉身未能穿过狭小的绳圈，也连累了头颅，连同肉身一并滞留于世间，只有难以遏制的怨念，化作一阵长风，绕着寺庙新砌的基座盘旋一圈，便匆匆赶往幽冥世界。她的诅咒被她化身长风时播撒于北大年的上空，凝结不散。有晚归的行人抬起头，看到空中黑云郁郁，星斗之光在黑云的碎片中一亮一灭地闪动着，这时才知云动之速甚急，云层间有看不见的风在搅拌。

第二天一早，人们在树上发现了她的尸体，林道乾闻报以后，追悔莫及。正想回国去找母亲，但转念一想，王命难违，正在修建的寺庙不能停工，即便回国见了母亲，也没法对妹妹的死做出交代。于是息了念头，安葬了妹妹之后，继续动工。

哪知动工不久，有雷电从天而降，将建了一半的寺庙震塌，正在施工的士卒多有死伤。道乾又命人重新修建，一连到第三次，都被天降雷霆给毁坏掉，这时道乾便不敢再建了，寺庙的遗址，一直保存下来。

道乾之妹的诅咒还没有结束。不久之后，道乾在试放新铸造的大炮时，炮膛震裂，铁霰四射，道乾因此而死。

道乾之妹的诅咒惊动了当地的华人，她以性命为代价，换来了无与伦比的神力，她所诅咒的，都一一应验。华人们视其为贞女，便把她自缢的那棵树伐倒，用树干雕成她的半身像，并修建了庙宇加以供奉，庙宇的名字叫作灵慈圣宫，人们称她为林姑娘。

华人视林姑娘为神明，起初因她诅咒之灵，又念她孝义可钦。于是，对林姑娘的信仰不胫而走，每年都有盛大的纪念活动，风俗延续至今，据说在庆典中能摸到林姑娘神像的人，便会获得意想不到的好运——这种好运也是人们争相追逐的。

〔1〕《明史》：嘉靖末，倭寇扰闽，大将戚继光败之。倭遁居于此（鸡笼），其党林道乾从之。已，道乾惧为倭所并，又惧官军追击，扬帆直抵浡泥，攘其边地以居，号道乾港。

〔2〕郁永河《海上纪略》：道乾率舟师登山结茅，自谓海外

扶余，足以据土立国。奈龙出无时，风雨倏至，屋宇人民多为摄去，海舟又倾荡不可泊，意其下必蛟龙窟，宅不可居，始弃去。复之大年，攻得之，今大年王是其裔也。

三〇 来财山

来财山是澳门一带的女海盗，也是有史可查的最后一位女海盗。作为海盗首领，她手下的帮众来自她父亲留下的基业。她的父亲就曾是海盗首领，是这支海盗队伍的老当家。父亲过世后，来财山接管了海盗队伍。父亲给她留下的基业包括七条战船，以及操作战船的水手，还有能征惯战的兵卒。她的船队日夜巡弋在澳门海面，往来渔船及商船，也必挂她家的旗号，否则便不得通行，还会遭到抢掠。而她家的旗号也并非轻易所能得，要缴纳一笔颇为可观的保护费，才会被授予旗帜。

在她的幼年时代，父亲为了躲灾避祸，从内地来到了澳门，组织武装力量，以保护捕鱼船，收取保护费为生计。澳门捕鱼业之勃兴，使其父获得了源源不断的银钱。彼时海上群盗蜂起，捕鱼船朝不保夕，皆愿出资寻求海上武装的保护。在为渔船护航的同时，父亲的队伍也开始扩张，还插手做劫持商船及绑架勒索的生意。来财山在父亲的船上帮忙，父亲把她当作是部下，当作一个忠实而又勤勉的副手，而不是当作女儿。

父亲过世之前，拿出一尾风干已久的干鱼，干鱼的脊背上，用锉刀抠出了大小不一的豁口，这些豁口都已被父亲抚摸得油亮。来财山打眼一看，就认出了鱼背上豁口的来历，这些豁口都是澳门沿岸的港汊，平缓的豁口是海湾，尖细的深槽是河道入海口，何处可停泊避风，何处可登陆，都在这条干鱼上标得清清楚楚，即便在黑暗中航行，干鱼背上的地图也只需用手一摸，即可识别。手指肚触碰到的坚硬，正可与心中早已熟知的海岸一一印证，手与心的默契，豁然洞彻海与山的高下之形。父亲打下来的江山，都在这尾干鱼的掌握之中。使用之时，鱼肚抵在胸前，鱼背朝外，鱼头指向左，鱼尾指向右，在实际地形中是鱼头在东，鱼尾在西，鱼背之外，就是风暴密布的南海。每至一处港口，都有干鱼脊背上的一处豁口与之对应。在触摸之时，她喜不自胜，原来她早就熟知了这一切。

她的真名无人知晓，只知道她的财富确实堆积如山。她衣着粗布，财富在她身上并未外露，有人说，这种简朴之风，便是她心机深沉的一处明证。毫无疑问的是，父亲的基业在她手里又有壮大。她接手之后，船队中又增了五条船，她成为葡澳政府的督查，在合法的身份保护之下，她的海上势力早就超过了父亲当年。

父亲传下来的那条干鱼的脊背，在她手里又新添了无数细小的沟壑，干鱼这时也变得摇摇欲坠，随时都有可能崩坏。显然，她深入到了父亲并未涉足之地，并且做了标记，一切皆入其掌控之中。那时节，在欧洲人眼中，她已是当之无愧的澳门海盗女王。

〔1〕来财山，真名不详，为 Lai Choi San 的音译，其事迹见 Lilius 的 *I Sailed with Chinese Pirates*。

卷四　财货

三一　乳头香

在古老的东方，香料像黄金一样珍贵。这些散发着奇异芬芳的晶体，来自遥远的海外国度，我们对此一无所知。与香料相关的奇谈怪闻仿佛来自神明的居所，令人对几万里之遥的土地心生向往。

那时节，海外还有多重的平行世界，那里面有驾云飞行的人，还有九头的猛兽，以及吸人骨髓的食人树。而那些万里舶来的香料，或是珍稀草木的萃取物，或者来自深海龙族的唾液——也即闻名遐迩的龙涎香。作为可遇不可求的奇宝，总被藏匿在船舱的最底层，在黑暗中闪烁着不易察觉的磷光，仿佛有生命的活体，光亮随着呼吸的节奏起伏，变得忽明忽暗。在暗夜里下到舱底，走进由货物堆积成的山丘与丛林，总能轻而易举地找到香料的踪迹。

香料的燃烧，成为炫示财富的手段，亦能彰显主人的品位，相较于金玉之类财帛的恶俗，香料更显得矫然不群，富商大贾们竞相追逐。香料的昂贵只因其稀有，且耗费人工甚巨，其纹样中的虫鸟及文字，来自当世名匠的手工镌刻，描摹出世间万物的形貌，为日月星辰及山川河流写照。

香料的主人有着包举宇内的野心，在繁复的纹饰间暴露无遗。在块状香料的表面，由工匠们留下了雕琢的痕迹，他们勾勒出花纹的轮廓。在这些深壑里，暗香缭绕，香料的主人迷失在其中，而那些工匠们，正趁着主人不备，把刻下的残渣偷偷收进贴身的暗袋里。

大唐天宝七载，大和尚鉴真遇到一位富可敌国的香料主人，并在其家宅中盘桓多日，受到了空前的礼遇。到达南国的第一夜，大和尚在梦中就看到了一场大火，火光蔓延到了房舍，他醒来，但见窗口明晃晃，不知是什么时辰。

连日来的海上风浪颠簸，令大和尚全身骨节错位。此时正是寒夜将近，黎明即来之时。堂上火光跳动，燃烧着香料。身在南国的瘴疠之地，满是出离尘世的喜悦。当他意识到，欢喜与忧愁都不是出家人应该有的妄境，一念甫至，心生惊觉，忙把方才的愉悦忘却，如同羽毛拂去蓝布书封上的尘埃，或者像佛堂窗口的一阵暗风，吹散了篆香上悬浮着的青烟。大和尚为自己能及时放下外物的干扰而略感宽慰，却又忽然想到，连这宽慰也是不合宜的吧，就连这些对心念波动的警醒，也是不该有的吧，甚至对这种警醒的警醒，也是不该有的吧。大和尚陷入了循环不休的困境中去，他甩甩头，想把这些心魔甩到脑后。

此刻困扰大和尚的，不仅仅是心念上的魔障。在白蚁蛀蚀的雕花窗格间，正有浓香蛇行而入，使大和尚沉入到更深的定境中去了。正厅里燃成灰烬的乳头香，在熄灭之前愈发浓烈。乳头香来自波斯，从香木上采撷而来，是香木身上的油脂凝结而成，形似乳头，故名。呈水滴状的金黄色半透明颗粒，大和尚极尽一己的日力，才勉强看透了包裹在核心的雾蒙蒙的尘埃。乳头香见火即燃，取一粒即可使其芬芳填满一座宫殿，经久不散。在火盆中，他们边燃烧边融化，流淌为胶着的液体，燃尽之后，剩下的是不透光的黑渣。大和尚看着黑渣，这想必就是乳头香内核里的尘埃吧。烈火也难烧融的劫灰，有不少随着热流飞散到空中，大和尚的视线被它们牵引着，一直攀上了卧房的梁柱之间。

乳头香这般名贵的香料，在中土抵得上黄金的价格，是生长在天边的宝物。海外世界杳不可及，又有风涛险阻，乳头香的身价因之节节攀升。许多人终其一生也无缘得见，而在这里，却用作长夜里照明的灯烛，任凭它们在烟雾中化作乌有，世间的奢靡无过于此。

此间的主人是驰骋在南海的大盗冯若芳，波斯商船每被其截获，所得财物难以胜计。人们依稀记得，冯若芳把从船上俘虏的奴婢，安置在海滨居住，形成一个个相互连接的村落，南北行走三天，东西行走五天，皆走不出奴婢村的范围。来自殊方异域的女子，在奴婢村中改易唐人衣冠，金黄的云鬟雾鬓之下，不时显露出凹陷的眼窝，橘红的眼珠，当然还有鹰嘴一样带弯钩的鼻子，还有她们嘴中吐出的缠夹不清的鸟语。高高隆起的胸随处可见，在她们走动时，罗衫半掩之下的雪峰也随之闪转腾挪，散发着令人目盲的白光。

坐在肩舆上的大和尚目睹了这一切，在人群簇拥之下行经奴婢村时，耗费了三天的行程，出离奴婢村的道路何其漫长。这浩大的时空阻隔，给了大和尚深铭肺腑的记忆，他在心下暗自叹息：“真是人间地狱！”这交缠着罪恶和欲望的渊薮，却有着妖冶旖旎的状貌。

他想不到，还有什么样的恶能与此间的主人匹敌。主人却谦恭有礼，展现出难得的教养，全然不见大盗的痕迹。

大和尚本欲东渡日本，却在这次大风中被吹到南海之滨，与筹划中的道路背道而驰，这是他再一次东渡失败。海盗首领冯若芳听说大和尚被风吹来，不禁喜出望外。大和尚受到海盗的敬奉，这也是大和尚后来备受诟病之处。

在信众面前，大和尚极力铺陈自己无善无恶、无是无非的超然观念，并搬出佛祖曾度化五百盗贼皈依的故事，但仍然难以服众。毕竟，在为海盗说法的过程中，海盗仍自劫掠，大和尚的感化并未见效。海盗们请他来，是为了给恶行之后的恐惧找到安全所在，使内心深处的怖惧得到稳妥的安放，并且在佛前祈求更多的财货送上门来，如能如愿，大海盗将献上更多的财物作为敬奉。

这岂不是在为海盗的恶行做加持？观众席中有人站起来这样提问，还带着满面怒气，瞋目欲裂。

大和尚却不这么认为。一开始他还心有戚戚，不知该如何回答，后来被质问得多了，他就想出了应对之策。他在东渡日本之后的一个公开场合指出：“海盗的泼天富贵，转瞬就会消逝，就像那天晚上燃烧着的乳头香，还会在长夜里燃烧么？主人已经不在，本想荫庇子孙的大宅也已破败，改换了主人，当年燃烧着的乳头香，如今在哪里？”

说到这里，大和尚顿了一顿，仿佛回到了当年的南海之夜，异香弥漫在记忆中，烟灰的微小颗粒，驮载着香气飞来飞去，把乳头香的浓烈到处涂抹，使得白墙也微微泛黄，有不少颗粒落在他的袈裟上，他低头看自己的肩头，栖着几颗黑色的尘埃，浓香已尽，只留下这些一触即碎的尸骸，在他的袈裟上留下黑渍。这黑渍中也有油污，膏腴之黑一经沾染，便久久难以漂洗干净，多像大和尚的早年无法挥去的经历，大和尚对此苦恼不已。他面上镇定如常，兀自滔滔不绝，不时蹦出些令人听不懂的梵文，这也使大和尚的讲述显得莫测高深。

烈火烟熏、奇香照夜的炽烈繁华，宛在昨日，白昼似的夜晚，终难长久。于是，他口中喃喃说道："正像世间的所有富贵一样，来路不明，去处不知。唯一不变的，是这来和去的往替，以及来和去的匆匆。"

台下响起了经久不息的掌声。

〔1〕真人元开《唐大和上东征传》:（万安）州大首领冯若芳请住其家，三日供养。若芳每年常劫取波斯舶二三艘，取物为己货，掠人为奴婢，其奴婢居处，南北三日行，东西五日行，村村相次，总是若芳奴婢之住处也。若芳会客，常用乳头香为灯烛，一烧一百余斤，其宅后，苏芳木露积如山。

〔2〕郭义恭《广志》:乳头香生南海，是波斯松树脂也，紫

赤如樱桃者为上。仙方多用辟谷，兼疗耳聋，中风口噤不语，善治妇人血气。能发粉酒，红透明者为上。

〔3〕冯贽《云仙杂记》：曹务光见赵州以斗盆烧乳头香十斤。

三二　赠金

晚清时，林先生在广州某大户家做塾师，教大户的公子们读书。这是读书人的一条出路，考中科甲的可以出仕为官，然而这毕竟是极少数擅长考试者的门径，更多的读书人科举遥遥无望，便从事教书、幕僚等行业。去大户人家做家塾的先生，又是一种不错的营生，可以保持读书人的体面，还有优厚的待遇，这一行还有个雅称，谓之“舌耕”。

林先生学问渊深，精通五经要义，工于篆隶，又有课徒之法，用力颇勤，检查课业甚是严格。自从林先生来后，公子们学业精进，深得东家的赞许。林先生也极顺心，课徒之余也是读书写字，不知不觉中，已经过了一年。

直到有一天，他收到一封家书，展信之后，才知母亲重病，这封信是兄长写来的，嘱他速归。听说母亲生病，林先生赶忙跟东家告假，乘船回去看望母亲。若从广州乘船，出港后一路向西，即可赶往粤西的老家，若是顺风顺水，比陆路上的还乡之旅快了不啻十倍。

林先生所雇之船还未出港，就有两个行客人匆匆赶来，要求同载。当时天已向晚，船只剩下这一条，林先生想也没想，就一口答应了，让船家打起跳板，请二人上船。来的这两人遥遥抱拳致意，然后从一窄条的跳板上走过。常人走过时，跳板会压出陡弯，一次只能勉强载得动一个人，而这二人一前一后，几乎同时从跳板上通过，跳板只是微微抖颤了几下，却未出现弯曲。两个大汉的身子，这一条木板居然承受得住，船夫看了，暗暗吃惊，收起跳板时，忍不住拿起跳板看了看，发现这还是平日所用的跳板，并无特异之处。这时候船夫就留上了心，不住拿眼睛瞟那两人。那两人丝毫也不介意，明明看见船夫盯着瞧，也只当不见。

新来的两人上船后，靠在船舱内壁上，不发一言，只是观察林先生的举止。林先生对这二人恍若不见，只顾愁闷，兀自唉声叹气，忧愁之色满面，眉头皱成了一个川字。来搭船的两人见状就问："先生为何如此忧虑？"

林先生答："母亲有病，正要回去看望，所以心中焦虑，乱了方寸。"

同来的两人中又有一人问："不知先生在哪行发财？"

林先生道："在广州教家塾，所得脩金之外，又借了一些，除去路费，恐怕也难够医药费了，故此忧虑。"

二人凛然为之一振，起身施礼道："先生是真读书人，亦是真孝子，令人感慨，我兄弟二人听了，也深受教益。"

说罢，二人从怀中拿出十两黄金相赠，林先生坚辞不受，所谓无功受禄，寝食不安。

二人道："先生何必推辞，我们本是海盗，看先生单人独行，有心加害，夺先生随身钱财，却没想到先生是如此孝子。我们只取不义之财，先生是正人君子，我等不敢加害，赠金给先生奉养老母，还望先生不要嫌弃，咱们就此别过。”

说完，二人各自长啸，啸声在水面上传出很远。长啸之后，二人跃入大海，瞬间没了踪迹。这时船已经离开广州，行在海面上，贴着岸线一路西行，岸上的点点灯火遥遥在望，两个人不知到了何处。船夫吓得面无血色，倒是林先生镇定，收了金子，唤回了惊愕中的船夫，此后海上一路平安，两日后返回了故乡。

还乡后，林先生用海盗所赠的黄金为母亲治病，延请名医，精心调理，两月有余，母亲的病情好转，十两黄金数目甚巨，所用寥寥无几，剩下的钱，就都留给了母亲，作为养老之资，又买房买婢伺候老母。

把母亲安置妥当之后，林先生返回了广州，继续做家塾的先生。在课徒之余，他想起了那两个大盗，神龙见首不见尾，又有急公好义的古侠士之风，从那以后，再也没有见到他们，母亲病愈，晚年优游卒岁，免去了贫病之忧，全赖二人所赠的黄金。这天又接到了长兄的家书，说母亲一切安康，病愈之后身子康健，有婢女的服侍，日子过得遂意。

接到家书时，正是黄昏，他想起了在另一个黄昏里遇到的两个海盗——他们面有风尘之色，来去如风，全然不着痕迹。又想起世风日下，世上之人尚不如海盗有节操。他提起笔来写下一首诗，回忆当时与海盗相见的场景。

许多年后，人世代谢，林先生的诗稿散佚，关于海盗的诗，也只有这两句流传至今：

相逢不用相回避，

世上如今半是君。

〔1〕《点石斋画报》：粤人林某以课读糊口，馆于羊城某姓家，馆政弥勤，宾主颇相得也。一日接家书，知萱帏病亟，唤艇赶归，蓦有二人来求附搭，不能却，遂同载焉。

〔2〕《点石斋画报》：林在艇内长吁短叹，默默无言，一人问曰："先生何忧之深也？"林曰："闻母病亟，方寸乱矣。"又问：君何业？"答曰："在城舌耕脩脯无几，今向居停筹贷，只得数金，病费恐不能支，奈何？"二人肃然，起曰："君文士，又孝子也。"探诸怀中，出十金赠之，林固辞，二人曰："君毋却，实告君，我乃绿林豪客也，平日但取不义财，从不敢犯正人。"

三三　藏宝诀（一）

在乌猪岛，人们做着一夜暴富的美梦。濒海的岛礁与密林，山上的溪流与幽谷，都是寻宝的好去处。甚至一棵模样古怪的大树，一处凹陷的石壁，或者倒塌的古桥，都会引起人们的怀疑。

近海之地有两间石屋，来了一只怪鸟在屋顶盘旋，每天早晨都在屋顶怪叫，这也引起了寻宝之人的注意。

按照民间神秘文化的观念，但凡宝气充盈之地，必有怪异生物出现，而这只通体漆黑，长喙，圆滚滚像皮球的怪鸟，终于引起了人们的关注。众人抬来梯子，刚攀到屋檐，就会被怪鸟啄中额头，鲜血长流。

当他们用弓箭射死怪鸟，登上房顶时，只见怪鸟塌陷为一张皮，它倒毙在屋顶的斜坡上，周围是它连日来遗落的花白粪便。人们翻遍屋顶一无所获，在失望之余，石屋被推倒，地基之下也遭到深掘，后来变成了深坑，离海太近，不多时坑里就渗进了海水，坑边泥滑，有多人失足溺死其中。

人们在寻找海盗张保仔留下的宝藏。张保仔曾在乌猪岛一带活动，并留下了许多秘密的手抄本，内中有藏宝的歌诀，按照歌诀的指引，就可以找到惊天的财富。

乌猪岛有一个牧羊人，在放牧途中捡到一个手抄本。此人不识字，便扯了书页来卷烟抽，包裹着烟叶的字迹化为青烟，难以复见，直到那些寻宝人看到他嘴角叼着的字纸，才获得了残存的几页，只见纸上写着一段文字：

乌猪有石船，
船头穿石心。
石下一香炉，
香炉下井字。
黄金三百两，
白银三皮箱。

诗中所提到的地名，多是来自乌猪岛的地名俗称，但井字是什么，却无从破解。黄金三百两，白银三皮箱——纸上的财富可望而不可即，谶纬之书，是留给未来的预言，只待发现者无意中打开宝藏的那一天，才会洞彻这字句的真意，这是预言的悖论。同样，还有一首歌诀写道：

榄仔对峨眉，
十万九千四。
月挂竹竿尾，
两影相交地。

这说的是榄仔与峨眉两座山头之间，藏有十万九千四百两金银。寻找宝藏的方法，也极为奇特，在两山之间插两根竹竿，待夜间月亮爬上竹竿顶端，投在地上的两条竿影交错之处，便是宝藏所在。插竹竿之处如何确定，要用多长的竹竿，以及要等哪个日子的月亮，歌诀中都没有说清。

这类隐语似乎从一开始就是写给自己人看的，外人不明就里，只能空抱着歌诀号哭于山坳中。榄仔与峨眉两座山头见证了太多为了财宝发疯的人，它俩低头俯瞰之际，或也能为其疯狂感到心惊。两座山心知肚明，它俩从不吱声。

闻名遐迩的藏宝洞，也只在洞口崩坏的一瞬间露出其尘霾缭绕的咽喉。洞内空无一物，石壁上刻有图形，引得寻宝的人纷纷摹拓，以为是藏宝图。无人解得图形中的秘密，后来真相大白——那些图形是上古先民的岩画，与海盗的宝藏毫无关系。珍若拱璧的藏宝图，一时之间变为废纸，弃置于洞口——层层覆压的纸与墨，愿它们在即将到来的大雨中归于泥泞。

应验的歌诀似乎只有写在乌猪岛破庙门前的这一首：

石神仙，
本来天，
远在天边，
近在眼前。

神庙中有三座石佛像，吸引了众多前来烧香请愿的善男信女，有一天，大风卷起石槽中燃烧的纸片，吹落在了石佛像的肩上，出人意料的是，石佛燃烧起来。在一场冲天的大火中，佛像涅槃重生，变得金光灿灿，在场的所有人都被这突如其来的变化惊呆。原来佛像表面涂抹了一层石蜡，日积月累的尘埃，使其看上去与石像无异，火种坠落的那一刻，火焰底下露出了光华流溢的纯金的颜色。

三四　藏宝诀（二）

福建嵛山岛有一首流传了二百多年的歌谣，其中隐藏着大海盗蔡牵的宝藏秘密。歌谣唱的是：

大瑶南，
小瑶北，
大水淹不到，
小水淹三角。

大瑶和小瑶是地名，但三角为何，就是隐秘的暗语了。在北竿岛，还有几首类似的藏宝口诀，其中一首说：

芹团芹连连，
七缸八钵连，
大水密埋着，
小水密鼎干，
谁人能得着，
快活千万年。

这其中的隐语似乎更多，只有“快活千万年”这句，暗示着宝藏数额的巨大，可以受用不尽。从字面的意思来看，藏宝的位置似乎是在某处大潮和小潮之间的潮间带上，恐怕只有做歌的人才能看懂。据说这些歌谣的作者就是大海盗蔡牵，歌谣中隐藏着蔡牵惊天财富的秘密。

蔡牵把金银珠宝埋藏在安全地带，只有自己能找到。他留下的口诀，也是写给自己看的，是一份备忘录，也是海上漫长岁月中的消遣之作，传到了今日，也难解其踪。藏宝诀不提供路径，只能用来印证，然而功利主义者们仍然坚信这些口诀有用，于是出现了众多学究式的人物，充当着盗宝团伙的智囊，为盗宝团伙解读口诀，指点风水，顺便赚些散碎银两。如果这些学究式的人物真知道宝藏的秘密，自己去寻找就得了，何必为他人服务，可见这类学究历代不乏其人，像蚊蝇一样充斥于尘世。

蔡牵在海上劫掠多年，所获甚丰。他出资收买一个清军将领，动辄开出数万金的高价，可见其财富之惊人。他战死之后，巨额财富就成了谜，清军从他的船队中所获无几，那么，必有更大的藏宝窟，既收纳所得财富，也提供源源不断的财力，支撑着船队的日常用度，船只的修缮，海盗团伙的吃穿使用，以及兵刃火炮等器械，还有微服上岸时的花销，都在秘密的藏金窟中支取。除了身边少数几个亲信，没有人知道藏金窟的所在。

蔡牵早就料到了有失败的一天。在弹尽粮绝，遭到团团围困之际，炮弹打光，便用银两装进炮膛，当作炮弹发射，银两用尽，便在船首和船尾同时放炮，炮口指向自己的船，把船震碎，坠海而亡。

在民间故事中，人们固执地相信，这个横行海上的大盗并没有死，而是在船裂之际跳海逃走了，作为一个熟识水性的海盗，会在海中像鱼一样穿行无阻，他找到了自己的宝藏所在地，靠这些钱隐居起来，过上了逍遥的日子，昔年的海上亡命生涯，都已成为过去。许多年后，人们甚至还发现了蔡牵的题诗，还有他题写在石壁上的藏宝歌，也不知真是蔡牵所写，还是好事者伪托。世殊时异，唯有海与山浩浩荡荡，一切皆无凭据。

〔1〕昭梿《啸亭杂录》：台湾之役，公已将蔡牵贼艇围于鹿耳门，计日可擒，其时所率多闽兵，公浙中精兵只五百余人，蔡牵以贼钱四百余万遍掾闽中将卒，诸将遂解体，不为力战。

〔2〕《金门志》：刘求生，水头人，短小精悍，临阵辄持火器登桅尖，掷入贼舟，所当靡烂，功为诸将冠。蔡牵尝啖以万金，不为动。镇帅知，益重之。

三五　打鼓山

海盗林道乾之妹曾在打鼓山上埋藏金银财宝，时人难测其踪，只道打鼓山是座宝山，山中樵夫偶尔可见宝气上腾。在山坳树梢之间，有黄白二气作蛇形，由下而上，在空中舞动不止。樵夫们隐约知道一些关于宝藏的传闻，赶紧发足狂奔到近前，宝气早就不见，四下里张望，但见先前的宝气仍在前方不远处，再行追赶，却永追不到，许多樵夫因此累死在途中。后来人们见得多了，便习以为常，再也不去追逐那些随处移动的宝气了。

在打鼓山上，还有不知名的奇花异果，山中樵夫又饥又渴之时，会采野果来吃，这些果子从未见过，起初也无人敢碰。后来，有心人发现了野果的秘密，这些野果有大有小，大个的约有一拳，金黄外皮，两头尖，中间翘，是元宝的形状，小者则是葡萄大小的莹白珠丸，果实中空，成串穿在藤萝上，俨然珠串之形。于是有人想到，这是山中埋藏的金玉珠宝幻化而成的果子，因此外形才会与财宝相似。

有樵夫采来野果吃了，顿觉神清气爽，在山中数日也不觉得饥渴，这才知道野果的神奇之处。饱食之后，登山便觉身子轻健，还能在云雾缭绕的山中望见远处，山的另一侧，猛兽喉咙里的颤音，听上去都像天空中滚动着的雷声。

消息不胫而走，有人上打鼓山寻找野果，在山中吃了，也都无事，可以平安回返。有人贪心顿起，摘了果子藏在布袋中，想带出山去，这样的人都在山中迷了路，直到他们把果子吃完，下山的道路才会在他们面前赫然打开。远来的人并不会因此而死心，虽然这些野果只是财宝的幻形，而并非财货本身，但人们认为这也是至宝，人吃了便会得到金玉之寿，拿出山去，也可以卖到高价，慕名前来打鼓山的人越来越多。

还有一位不死心的樵夫，在山上采了野果打算带回家去，每次照样迷路。山中耽搁多日，把身上带的果子都吃掉，丛林和岩壁从中裂开，给他让出一条下山的道路。他仍转身回山上采集野果，下山时再度迷路。如此往返不知多少回，下山的道路一次次朝他开放，他终未离开。后世有人在山中遇见这个樵夫，他浑身已经生出了绿毛，活了不知多少岁，仍然重复着当年采野果的活动。在他常走的一条小径上有一斧，斧柄早已朽坏。

入山寻宝的人看到这柄烂斧，纷纷停下了脚步。斧柄被时间吞噬，斧头还在，在风雨中萎缩为木炭般的黑色方块，投石试探，才能从响声中听出这是铁器。寻宝的人们看罢多时，不禁摇头叹息，不知该进还是该退。

〔1〕江日升《台湾外纪》：相传道乾妹埋金山上，有奇花异果，入山樵采者或见焉，啜而啖之，甘美殊甚，若怀归则迷路，虽

默识其处，再往则终失之矣。

〔2〕施陈庆《打鼓山》：闻道山中有白金，百年遗迹却难寻。山中寂寂金无语，惟有哀猿泣茂林。哀猿鸣狖两为偶，怪石巉岩如吼虎，破址颓垣今尚存，埋金侠女终尘土。茫茫不见埋金人，白云来往埋金坞。须臾山上有樵来，一担枯株一柄斧。告我曾知埋金事，笑指青山为钱虏。

三六　乌金砖

每到月圆之夜，从福建马祖岸边登上礁石，能够看到海面上冒出七彩的光亮，相传这是海盗当年埋藏的黄金珠宝，宝气直冲霄汉，海中的怪物也受到吸引。每到此时，有大龟浮出海面，游向光华闪烁之处，张开口吞吐那些光泽。在海波之内，又有看不清面貌的怪物忽隐忽现，是海中怪物赶来吸取宝气，从而增长神通。

海怪聚集之夜，毫无喧哗之声，它们之间早有默契，在海上有亮光之处团团围绕，互不干涉。它们各自相识，都是东海上的老妖，也互不点破。宝物放射光华之时，最忌吵嚷，它们都默不作声了，共同守着这一团光亮。目光相碰时，它们也只互相点点头，并不开口打招呼，虽然那时它们都已经学会口吐人言。

月光下的海面，怪物们张开血口，把那些宝气丝丝缕缕吸进嘴里，再看那堆宝气，并没有因此而黯淡下去，反而更加炽烈。至于海底埋藏的到底是什么宝贝，就难以预料了。也有好事者望准了宝气上腾的所在，乘船出海前去打捞，也总是空手而回。只有一个采珠人潜水捞得了一口缸，用绳子把缸兜住，拽出水面，缸中探出一条龙，张口就把绳子咬断了，那口缸仍旧落回了海中。看来宝物难以轻得，来寻宝的人们知道后，心有戚戚，息了念头，各自回返。

海盗的财宝不单在海底有，海岛上也有零星的分布。嵛山岛上一口井里，就有海盗藏下的乌金砖。从整座井的内壁，一直到井台，都由乌金砖砌成。乌金砖外面抹了灰浆，乍看与普通砖没有区别，也没人能发现。多年以后，有一艘路过的商船坏了船灶，船老大带人上岸，发现了这口废弃的井，拆了几块井上的乌金砖，回船上砌灶。

这些砖拿在手里格外压手，船老大心中纳罕，刮去了泥浆，才发现里面的乌金。本来他们已经回到了船上，船老大又带人折返回来，把废井上所有的砖都拆下，装到船中带走了。

三七　干鱼

海上往来的大船和小艇，样样都逃不过海盗的眼睛，远远望去，就能发现哪条船上暗藏有好货。在船只往来如云的海面上，迅速识别出目标，是大盗的必备技能。他们多数是渔民出身，善识鱼群，在做了海盗之后，其机敏则更见精微。

一队运载干鱼的小艇打海盗船前经过，这种运干鱼的船随处可见，在海上，干鱼像稻草一样寻常，甚至比稻草还要廉价。干鱼与船舷齐平，船中水手无处落脚，只得踩着干鱼行走，好在这些干鱼晒得如同铁石，不会被踩坏，只沾了些脚底的泥土。

在这队干鱼船中，唯独有一艘，比其他船更显笨拙，远不及别的船轻快，海盗在对面的船上看到这艘干鱼船吃水深，堪堪不支，再看其他船，船舷都在水面上高高露出。干鱼哪有这般沉重。群盗开船截住了落在最后的这艘干鱼船，这艘船慢，所以落在了最后，与那些轻快的小船拉开了距离，自动暴露在海盗的视线之中。

海盗拨开干鱼，内里藏的是白光灿然的纹银，银两上还有星星点点的鱼鳞。还有些干鱼没有干透，粘在了银两之上，手撕才能扯下。拿起一锭银子细闻，还有干鱼的腥气，以及腐败发酵后的温热，在鼻腔里来回冲荡，带来轻微晕眩——也不知这晕眩是干鱼带来的，还是满船的银子带来的。

这是哪家富商大户在搬家时想出的妙计，可惜被海盗一眼就给识破了，混迹于干鱼船中的银两，就这样被揪了出来。海盗们跳上这艘干鱼船，用刀掘，也用脚踢，干鱼落水，漂浮在海面上——晒干之后，它们仍然识得水性。在海面上漂荡了一阵后，都扎进了水中，不知去向。

三八　猪船

海盗的截获物不光是银钱，也有货物，不分贵贱，大盗一般不屑于劫夺小货船，小股海盗迫于生计，在衣食短缺时往往铤而走险，刀伤人命，而所得货物又甚微薄，本不值得为此杀人。在海盗的日常生活中，杀人已经不分轻重，哪怕所得甚微，也要暴起伤人，这已是他们习以为常的生活。

曾有一艘运生猪的小船遇到海盗，船上共有活猪三十三头，别无他物。海盗来时，船上的活猪都被劫去，搬运生猪到海盗船上，原本就被捆缚的生猪不老实，踢腿拧腰做着挣扎，都被海盗捅了刀子。另外，在与海盗的冲突中，船员四人被杀，小船顺流漂走。

小船上血水漫灌，人血和猪血浸透船板。横在船上的尸首，以及砍掉的残肢，都暴露在天光之下。往来船只见了，无不惊诧难当，不敢直视，有好事者向官府报告了这起劫案。

接到报官以后，官府开始对盗案进行调查，发现贼伙劫取的仅三十三头猪而已，即便折成现钱，也不过百千文，为了价值如此之低的货物而斫伤人命，实在不值，人命在盗伙眼中显得一钱不值，随意屠戮，岂料到案发之后，罪在不赦。

负责审案的官员看罢了冗长的案卷，在卷底批道：“何其愚也。”

〔1〕《点石斋画报》：有猪船一头，装猪三十三头，突然遇盗，猪被劫去，船伙杀毙四名，船则随风逐浪，任其漂流。

〔2〕《点石斋画报》：以若干一班人，而所劫之猪仅三十三头，就使尽数变卖，值钱不过百千文左右，分赃所入为数几何。而破获终须正法，该盗何其愚也。

三九　金银岛

在南澳附近有一处由礁石聚拢而成的小岛，今人呼之为金银岛。这里是明代海盗吴平的藏宝之所，岛屿周围水深无底，是海上危途，难以窥测，此种地形，谓之深澳。今人每逢晦涩难解之事，便冠之以“深奥”，实是对“深澳”一词的延展。

在不知深浅的水域，最易滋生海盗。吴平、曾一本、许朝光等大海盗都在这里建立过巢穴。其中又以吴平最擅敛财，富可敌国的传言，终使他在群盗林立的南澳脱颖而出，时至今日，人们仍对他的宝藏垂涎三尺。他留下的未解之谜，或许永远不会解开，只留下两段近似于谜语的歌谣。其中有一首歌谣流传最广：

九瓮十八缸，
一缸连一缸，
谁人能得到，
铺路到潮州。

这里说的是宝藏的数量，谁能得到，便可从南澳岛铺路到潮州，可见财富之惊人。至于宝藏的具体位置，则又有另一首歌谣做了暗示：

我道向南北，

东西藏地壳。

水涨淹三尺，

水涸淹不着。

可惜至今没人能领会这首歌谣的真正含义。自吴平事败后，后人猜来猜去也不得要领，做着发财梦的人们，在金银岛上翻遍，又深潜到水下，也是遍寻不得。

这两首歌谣的作者，都被认定是吴平，藏宝本不为张扬，他作歌的目的，或是为了混淆视听，故布疑阵，真正的宝藏未必在此。许多年后，还有人亲眼看到自毁容貌的吴平寻访旧友，并在旧友那里挖出了埋藏已久的财宝，随即扬长而去，可见宝藏另有其所。也可能是他的亲信知悉了其歌谣，却不可解，于是代代流传下来，逐渐为外人所知。

金银岛，传说中富可敌国的一座宝岛，金山和银山都在古老的故事中散发光泽。在古老的故事里，泼天的财富只为奖赏某个品行端洁的寒士，于是，每个人都在梦幻中认为自己即是最佳人选，并为之辗转反侧。

有人说，吴平杀了自己的亲妹妹，用妹妹的魂魄守护财宝。也有人说，那些歌谣是吴平杜撰出来的玩笑——他早就看破了世道人心，在为盗的十余年中，更是了然彻悟。他在离开海岛之前，在石壁上题了字，壁上的字即是这两首歌谣，吴平胸中文墨不多，所作歌谣与民间俚语相近。后来他又把两首歌谣秘抄了几十份，遍赠心腹，叮嘱各自珍重，若有机会活命，可待风平浪静后回来寻宝，然后分头突围。在生死关头，仍有心情做这种骗局，可见吴平对世人怨恨之深。

〔1〕《南澳志》：吴平寨前右山麓起，至腊屿天鹅抱卵止，系吴平将石填沉海中，以阻商舶。舟人过此，必拜舵始能行。

〔2〕《南澳志》：贼众大惊披靡，以为王师从天而下也，一日夜俘斩三千级，贼自杀死无算。吴平获小舟遁外洋，仅以身免。

四〇 藏宝图

清朝末年，广州北门外一座道观内住着一个跛足道人。道观不知建于何年，到了跛脚道人接管时，香火已经寥落无几，少有香客前来。道观本不大，只有三间房，勉强凑齐了三座大殿的阵仗，却也年久失修，多有倾圮。道人住在偏殿里，贫病交加。

道观旁即是村庄，有村民何大看道士年迈多病，常来看望，施以饭食。道士病体已沉重，自知不久于人世，从枕下掏出一本书，赠予何大，并对何大说，感君厚谊，无以为报，有此一书，读了便可受益终生。

何大将书收起，谢了道人。不久以后，跛足道人谢世，何大出面料理了后事，将道人安葬。这一日闲来无事，想起了道人的赠书，找出来翻看。本以为书中是道家的养生延年之术，起初便未加留意，细看却大吃一惊，这原是一本手抄的地图，开头几页是图，再往后，是歌诀和地名方位。书中提到的香港大屿山，竟是昔年大海盗张保仔藏宝之地，地图中的宝藏埋藏处，用红笔圈出了圈，圈内还打了个叉，以显郑重其事，也不知这个道人与当年的张保仔有何关系，不过，这对何大来说，已经不那么重要了。

何大立即动身，从广州乘船赶赴香港大屿山。大屿山上寺庙颇多，何大扮作进香的香客，四处走动，装作游山玩水的样子，实际却是在观察地形。他边看边喜，原来所见的山水地貌，与地图上的记载可以一一对应，分毫不差，愈发觉得地图中所记不诬。

按照地图的指引，何大找到了一处山谷，谷中有河流，在河床的转弯之处，即是地图上标记出的藏宝窟。何大默默记住了方位，次日再来时，已带了雇佣的民夫，到了指定地点，便开始指挥众人掘土。掘土一整日，一无所获，只掘出了一个土坑。在土坑附近，又掘了几处，皆不见宝藏的踪迹。

再与地图对照，掘土之地与地图上的标记毫无偏差。是被人捷足先登，还是地图有误？何大百思不解，这本地图，成了他挥之不去的心魔。

何大寻宝不得，郁郁终日，最后病死在大屿山。

卷五　风习

四一　飓母风

有一伙海盗乘船从他们藏身的海岛出海，不久就在中途遇到了飓风，也就是水手们所惯称的飓母风。

海盗们本想回陆上大行劫掠，以补充海岛巢穴中日益损耗的粮食。飓风起时，船队乱作一团，呼号之声彼此相闻。在主船上，海盗大头目的座椅被掀翻，他的身子在船舱里翻滚。他的头不知磕到了什么硬物，脑壳里一阵大哗，险些失去知觉。正在失魂落魄之际，舱壁上张贴的一张妈祖像，被风卷起了边角，随风飞去，一直飞到了船舱外，似有人在用线拎着，径直升入了云层中。海盗头目心中一惊——海神妈祖离开了船，她的庇佑也不复存在了。不多时，海盗的船队尽数沉没。

次日云开日出，风浪止歇。经过一夜的飘荡，波浪把海盗船的残片冲向了陆地——海盗船在风浪中触礁，撞得散架，断茬上还留有木板撕裂时拉伸出的败絮。海盗的尸身也有不少漂上了海滩，经海水浸泡，外加磕碰，早已面目模糊。

海滨的百姓清晨出海，看到海滩上的景象，不由得欢呼起来。他们不害怕死尸，那时节，海上漂来的浮尸都是隐秘的财富。溺死的海盗腰里还挂着刀剑，有的只剩下空鞘，被人们一抢而光。海盗怀里的散碎银两也都被摸走，海盗头目腰带上悬着玉璧，这枚小小的圆环，还引发了民众的哄抢争夺，最终坠入泥滩，被踩进了淤泥深处。涨潮之后，海浪带走了一切，再也没人能找到那块玉璧，这成为当地人难以治愈的一块心病，困扰好几代人。每有发家致富者，众人便疑他找到了失落已久的玉璧，轮番上门盘问，主人家不胜其扰，便举家迁往内地，这似乎更印证了人们的猜想，众人一怒之下，拆分了他家的房屋，把砖瓦木料运回自己家里，用来修葺宅中破败之处。

那次海难事故之后，在滩涂上的浅水里，有一伙人为了争夺一只船桨大打出手，中有一人眼疾手快，两手抓住桨叶，猛一绞动，抓着桨柄的手都脱开了，然后他拖着桨朝海浪中冲去，抱着桨跳了海。海滨之人熟识水性，他打算沿着海岸游出一段再返回路上，好甩开那些追赶的人，哪知他身后的人们早看穿了他的把戏，他在海中游，追他的人就在岸上陪跑，这一伙人喧腾而去，不知要纠缠到何时才会罢手。

船板的碎片也捡走了，大块的做成板凳，或者切菜的案板，小块的劈碎了当柴火，帆布钉在窗户上遮风挡雨。还有人比较手巧，用搜集来的桅杆拼接为两扇门板，作为自家的院门。这院门也终惹得嫉恨，落成之后的第三天夜里，就遭到火焚。不知何人在门前堆积了稻草硫黄等引火之物，将两扇门引燃，发现时已经救不及了。院门倒地，船桅绽裂，化作一团黑炭，碎石砌成的门楼，也给熏得黑漆漆的，其色常年不褪，成为饶有趣味的见证。

闻讯赶来的人越来越多，他们从海边的石屋中钻出来，赶赴海滩。这些后来者见好货已被先到者掳去，懊悔不迭。他们只好从海盗尸身上扒衣服，把海盗们扒得精光。海盗的头发也被剃去，做成假发，死尸们满嘴的牙也让一个牙医给撬了去。后来人们看到他的行医幌子上嵌满了血肉模糊的断牙，本地人都知道那些牙的来历，他只得去外地行骗，成为游方郎中。布满牙齿的幌子为他赢得了广泛的尊敬，病人误以为他经验丰富，医术高超，日子久了，连他自己都信以为真。

〔1〕张岱《夜航船》：飓风之作，多在初秋，作则海潮溢，俗谓之飓母风。明正德七年，流贼刘大等舟至通州狼山，遇飓风大作，舟覆，贼尽死。

〔2〕无名氏《海游记》：不愁下海风波险，只恐还乡盗贼多。

〔3〕无名氏《海道经》：电光西南，明日炎炎。电光西北，雨下连宿。辰阙电飞，大飓可期。

四二　海兔

明清两代的海盗，尤其是闽广一带，出门劫掠生死难料，故而不带女眷。再者，行船时有一种风俗，认为有女人在船上不吉利，主翻船。此风俗起自八仙过海的传说，说的是八仙泛海而过，船上有何仙姑这样的美丽女子，被龙王三太子相中，为了把何仙姑弄到手，施法掀翻了船，因此女人在船上则被认为不吉，会导致翻船。此风不知起于何时，直到后来，女人在海上发挥的作用已经不亚于男人，这一规矩才逐渐打破。

帆船时代的海上行旅，动辄一年半载，海盗外出劫掠，也要在船中度过漫长的时日，无处排遣的寂寞，使海盗将兴趣转向船中的同性，尤其是同船年轻的男性。海船舱中的逼仄之所，则成为同性恋的高发地带。

比如张保仔少年时代被海盗郑一掳去，就成为郑一的男宠。在这种关系中，年龄相差较大，且有抚养关系的，则被称作“契父契子”，年龄相近的，则称之为“契哥契弟”，比如张保仔名义上即作为郑一的义子，自郑一在飓风中丧命后，张保仔一跃取而代之，可见契父子关系之亲密。

作为盗首的契子，能借助这种关系，迅速在盗伙中提升自己的地位，由资历最浅的后辈而跃升为与前辈盗首相当的角色，因此又有少年不以为耻反以为荣，舍身投奔。因此，士大夫阶层对海盗中的同性恋关系最为不齿，认为既丧仁义，又失伦常，是无耻之尤。

契哥契弟的例子，也不在少数，比如海盗铁英横行海外，却钟情于台江都指挥使之子攀桂，偶然一见，便即倾心。铁英为了接近攀桂，不惜隐姓埋名，入学府与攀桂做陪读，铁英有文才，而攀桂驽钝，铁英屡次为攀桂捉刀作文，一来二去，二人交好，难舍难分。后来战事起，铁英为救攀桂杀入敌群，在混战中，两人战死一处，死时紧紧拥抱，四五人掰不能开，人们见了无不称奇，只好将他们合葬一处。

其中，海盗的契子和契弟还有个专有名词，叫作“海兔”，比如在清代小说《闽都别记》中，海盗林来财为报复江涛“海兔之嘲”，将江涛劫至海船带入舱内奸淫，使江涛也成为海盗团伙中的海兔，其手段可谓残忍。

兔本是对男宠的蔑称，而海兔一词则是带有鲜明的海上印记，属于海盗船上的专用名词。

〔1〕沈德符《万历野获编》：闻其事肇于海寇，云大海中禁妇人在师中，有之辄遭覆溺，故以男宠代之。

〔2〕《得泰船笔语》：我邦京师及宦游远客，不能携带妇女者，往往以龙阳为消遣，闽省地方人人皆好，过于女子，故谚有“契兄契弟”之说。

〔3〕施鸿保《闽杂记》：胡天保亦曰蝴蝶宝，其像二人。一稍苍，一少皙，前后相偎而坐，凡有所悦姣童，祷其像，取炉中香灰，暗撒所悦身上，则事可谐。谐后以猪肠油及糖涂像口外，俗呼其庙为小官庙。

四三　曲蹄

在明清福建沿海的渔船中，又有专门提供性服务的男妓，他们构成了特殊的花船，供往来的海盗和海商们消遣，这类花船的组织者和经营者也有专门的名词，谓之“曲蹄”。

曲蹄本是对疍民的蔑称，后来才有这一特指的含义。曲蹄四处收购未成年的男童，置于船中，专加以调教，类似于妓院中的鸨母，是经纪人，亦是业师，具备多种才能的带头人。曲蹄多由海兔发展而来，海兔发迹后多有转为曲蹄者，经验丰富，亦懂得察言观色，至于何处有客，何处客商阔绰，无不精熟于胸。

花船所在之地，也多选在港口及航道附近，打出旗号招揽生意，海盗船上虏获的男童，也有售卖于花船者。在海上活动中，海盗既为客人，又充当人贩。

曲蹄及其所经营的男妓花船，每为士大夫所不齿，但在闽广一代，曲蹄之风盛行。这种产业的出现，与海盗活动的蓬勃有着千丝万缕的联系，在海盗中间，男风甚是风靡，视之如常，而在士大夫们看来，海盗并非善类，所作所为，无不是恶魔之举，曲蹄一出，更被看作是禽兽之行。

〔1〕里人何求《闽都别记》：福州之渔船即是秦楼楚馆，勾引人家之子女落局，会台此品貌不凡，必坠其局，须早离此，另寻安逸之处。

〔2〕里人何求《闽都别记》：大和尚在船中见一个渔家之子，好人貌，可惜作曲蹄仔无出息，将他带回。

四四　肉票

海盗也有大小之分。大海盗坐拥船队，盗首俨然海上天子，率兵在海上抢劫商船，所获巨万。小股海盗则以绑架勒索为主，绑架来的人质，称之为肉票。在绑架之前，难免要做一番侦查的功夫，富商大户是绑架的最佳目标，可以勒索到高价，做一票就得到巨额财富。捉到人质，就写了赎票捎给其家人，告知赎金几何，在何处赎人。

赎票一式两份，除去给家属的一份，另一份在海盗船中留底。体系完备的海盗团伙中，有专人掌管赎票，过期不来赎人，就给肉票施加酷刑。更为凶悍的海盗则割下肉票的耳鼻手，托人捎给家属，以此催促。实在无力赎人，海盗会将肉票杀掉，谓之撕票，把肉票的身子坠了石头沉入大海。赎人的过程是：由中间人出面，与家属定下协约，讨价还价，在指定的地点，以金银交换肉票。

肉票也有贫富之分。在闽广一带海盗的黑话中，富者称为沉香，贫者称为柴，反映了肉票各自的身价。清代中后期，由于海盗众多，所绑的肉票也变成可以流通的商品。海盗中也有富裕者，便出高价包买沉香，等待家属来赎买，从中赚取高价，这种行为称之为挑香。海盗中也有手头不宽裕的，便去挑柴，也可从中牟小利。

当此之际，肉票还可以囤积居奇，成为大宗的生意。有专门的海盗贩运肉票，在船上罗列开来，肉票被捆住手脚，颈后插草标，注有姓名、籍贯及家世，供买主挑选。也有以柴冒充沉香者，一旦被发现，作弊的海盗就会遭到驱逐，在海盗帮会中失去立足之地，以后便没有海盗敢再作弊，可见其信誉之佳，虽是血腥的行业，却在恪守着原始的道德。

在肉票生意中，甚至还出现了专门的中间人。中间人给海盗提供资金支持，使海盗能维持绑架活动所必需的日常用度，同时又勾结贪官，以及衙门中的衙役和皂隶，互通声气，贪官从中得利，便不闻不问。若有海盗被捕下狱，也由中间人出面纳贿营救。海盗、官府和中间人结为利益共同体，钱财由此循环有序，无疑是变相的盘剥，官与盗勾结之后，肉票的境遇可想而知。

海盗对肉票的绑架和敲诈，往往使肉票倾家荡产，即便大富之家，也难以承受。富户轻易不敢出门，沿海的富户多有修建堡垒者，为防止海盗上岸，出门时则有保镖跟从。即便如此，也难保安全，海盗诡计多出，保镖中也有海盗混入，真假难辨，当时富户难有幸免者，人人自危。

被绑架的肉票中还有外国人的身影。英国富商格拉斯普尔曾被郑寡妇的红旗帮绑为肉票，作为富商，格拉斯普尔当然是沉香，同时又是洋人，因此该肉票显得格外有价值。格拉斯普尔在船上目睹了海盗的日常生活，他后来被七千余西班牙银圆赎出，回国后写成了回忆录，这使他在无数的肉票中脱颖而出，成为见证者和讲述者。

被绑的肉票何止千万，他们被绑，他们获救，他们遭逢酷刑，又在漫长的岁月中艰难愈合，留下触目惊心的创痕，他们又回到各自生活中，默默隐忍，绝口不愿提起往事，格拉斯普尔愿意撕开伤口，把血展示给后人看。

〔1〕屈大均《广东新语》：山海多劫质，盗得人，则窒其耳目，灌以蜡膏系之，遣疯人往候赎者于野，赎者至，亦复窒其耳目，束缚以归。既定要约，先纳花红手帕，次输金帛，乃使疯人导所释者于野，委之而去。

〔2〕屈大均《广东新语》：所捉男女，富者曰沉香，贫者曰柴，贼中有金多者，包买沉香以待赎，是曰挑香。金少则挑柴，更得厚利。然其为盗也，大屯小伙，皆有大猾主之。贼以大猾为资，大猾又以贪官为援。其人耳目甚广，牙爪多，急则行贿赂，缓则舞文，持吏短长，与胥役相为橐橐。

四五　绰号

大出海，二出海，两头翘，粗皮，滚海蛟，牛大眼，海精，袁八老，刘三老，小尾佬，海里青，扒平王，臭红肉，沙捕六，沙捕七，谢老，徐仙姑，乌石大，乌石二，乌石三，麻叶，青筋茂，小肥饼，赖窟舵，李夫人，蔡牵妈，郭婆带，梁婆保，弯弯绕，香山二，活蟹腿，辛五十七，张五小子，豆皮光，总兵二，何大眼，陈老三，捞蚬陈，虾蟆青，许一，许二，许三，许四，梁十二，梁十三，张十五，郭老寇，张四老，白沙爬，总兵保，陈八佬，金古养，虾蟆养，郑老童，泰老翁，符老洪，东海霸，吴十一指，乌鲨，鲸鱼嘴，魟鱼刺，来财山，王阿海，电白大，电白二，榻定球，泥菩萨，龙嫂，老均十，刘大，赵大，信天翁，押葫芦，独眼仔，一只眼，孙尿泥，诸彩老，朱难驮，冯摆荡，萧鸡烂，鲇鱼仔，陈火烧，金纸老，任不留，周光头，严老山，夜叉保，矮牛，乌贼邓，鲇鱼头，沙五仔，赤尻仔，海螵蛸，沙梭刘，郑虾蟆，洪水八，毛毛刺，何阿八，何阿九，吕小娘，锯齿鲸，阿宝尾，余阿尾，大白鲨，白须蛟，叭喇虎，蚁阿愚，大炮榎，舷上飞，十八芝，杨六，周三,六香，海里蹦，炮打灯，快桨忠，海外夜郎，赤须大哥，耳聋京，林老货，陈二泼，肚猴顺，偷食油鼠，上海客，义来薯，分筒公，单鞭，皂隶，侯大汉，阿肥，林阿相，李阿来，李阿才，李阿呆，李阿皆，李阿缯，黄阿凤，黄阿九，二十三仔，老二猴，萧大肚，权师，妃肥仔，翁鼻涕，杨辣嘴，范剥皮，沈胡子。

〔1〕《番禺县志》：吴知青，号东海伯，黄旗，李宗潮附之。麦有金，号鸟石二，蓝旗，其兄麦有贵、弟有吉附之，以海康附生黄鹤为谋士。郭婆带，黑旗，冯用发、张日高、郭就喜附之。梁宝，号总兵宝，白旗。李尚青，号虾蟆青，青旗。郑一，红旗。又有闽贼蔡牵为声援，海寇愈炽。

〔2〕《清史稿》：自安南夷艇散后，余党留粤者分五帮：曰林阿发，曰总兵保，曰郭学显，曰乌石二，曰郑乙。

〔3〕蓝鼎元《鹿洲公案》：李阿才叩首曰：实不知也，平日所相呼者，有陈二泼、肚猴顺、偷食油鼠、上海客、文莱薯、芬筒公、单鞭、皂隶、侯大汉、阿肥、二十三仔、老二猴、萧大肚、权师，皆不知其姓名。

四六　假倭

明代的倭寇有真倭和假倭之分。真倭是日本人，而假倭是被裹挟进了倭寇队伍的中国人，被剃了发，冒充倭寇，开战时被推在阵前，先打头阵，充当炮灰，真倭紧随其后，在后面坐享其成。

官兵哪管真假，砍了倭寇的头，即可领赏。那些被裹挟进倭寇的中国人也开始拼命，是以假倭渐成真倭，数目占到了七八成以上，真倭则不足二三成，甚至仅一成左右，比例悬殊。

后来有人索性剃发易服，充作倭人，在海禁之下从事走私贸易，往来于海上，与官兵开战，也在濒海一带就地抢掠，这是主动做假倭，混淆视听，从中获利。生计艰难的社会边缘人，如渔夫、商贩、手工业者和水手们，因穷困铤而走险，卷进了倭寇的行列，假借倭寇之名行事。他们当中有的去日本贸易，也学着倭人的髡发，穿着宽袍大袖和木屐，腰里挎着狭长的倭刀，嘴里还硬着喉头，学会了几句日语，这使他们看上去更像是真倭。变发易服之后，真倭和假倭更是难以区分，在东南海疆，这支不存在的倭寇，或者说，主要由中国人组成的倭寇，成为明季海疆扰攘多年的大患。自海禁以来，海滨之民无以为生，除了被迫加入倭寇队伍的俘虏，还有更多从事走私贸易的冒险者，兼及海盗营生，假倭后来越积越多，实是海禁之弊。

除了真倭和假倭之外，明人对倭寇的称呼还有装倭、伪倭、倭贼、倭奴、勾倭、残寇、贼帆、荒夷等，如此繁多的名目，无外乎真假之分，可见倭寇队伍的芜杂。

〔1〕《明史》：大抵真倭十之三，从倭者十之七，倭战则驱其所掠之人为军锋。

〔2〕郑若曾《筹海图编》：今之海寇，动计数万，皆托言倭奴，而其实出于日本者不下数千，其余则皆中国之赤子无赖者而附之耳。

〔3〕冯梦龙《喻世明言》：原来倭寇逢着中国之人，也不尽数杀戮。其男子但是老弱，便加杀害；若是强壮的，就把来剃了头发，抹上油漆，假充倭子。每遇厮杀，便推他去当头阵。官军只要杀得一颗首级，便好领赏，平昔百姓中秃发瘌痢，尚然被他割头请功，况且见在战阵上拿住，哪管真假，定然不饶的。

四七　买水

海盗对海上的商船征税，名曰买水，即缴纳银两买取水路之意。买水之后，海盗给商船颁发通行信物，一般是印有特殊标记的旗帜，后来也发给路条，路条上印有日期和路线，在遭遇海盗时即可出示此类凭据，然后放行。

买水之法，始见于明代海盗许朝光，后来有郑芝龙、蔡牵、郑寡妇等巨盗，都模仿许朝光的方法，以武力威胁往来商船买水。未能买水的，便大行劫掠，将钱财尽数掠走，把商船中的水手抓走，胁迫入伙，使之成为海盗船上的喽啰。

买水之后的商船，缴纳一笔不菲的银两，获得通行信物，不但不会遭到抢劫，沿途甚至还会受到海盗们的保护。对海商来说，买水后可使商船安全，久而久之，买水之法已被海商们广泛接受。

买水之法盛行以后，各地海盗竞相效仿。海盗与官府争夺海上商税，官府无力掌控海上局面，只得听之任之，水师在巡逻时见到盗船，也以所辖疆界为限，不做穷追，事发则互相推诿，以致海上的赋税多被海盗夺去。

海盗团伙之多，又以海域之广，买水之后行不多远，便失去了效力，前方进入另一股海盗的管辖范围，海商便要重新买水，如此往复，多数海商无力承担高额的买水之费。海商们倒是愿意看到海盗内部的火并，火并之后，海盗帮派的减少。而海盗帮派之间，也在争夺地盘，意图扩大买水的范围。

当郑芝龙、蔡牵、张保仔等大海盗出现时，海商们乐见其成，这种大海盗可以控制更为广阔的海域，在大海盗那里买水之后，甚至可以满足一次远航，长达一年半载的航行，都可处在大海盗的照拂之下。沿途零星的小股海盗，也慑于大海盗的威势，每见到商船上挂着大海盗的旗帜，就知道这是买水的商船，远远就避开了，不敢下手。

买水使海盗坐收巨利，是稳固的财源，相较于劫夺和绑架勒索，更为省力。而且，保护商船的做法，也受到了海商们的一致认可，买水之后可高枕无忧，尽可放心行舟，不再有危险，因此买水之法渐成为约定俗成的规则。

郑芝龙曾控制东南沿海，保护往来商船，收取保护费，因此而成巨富，在众多的大海盗中，郑芝龙算是将买水之法发挥到极致的一位，这也使他的武装势力愈做愈大，成为游离于陆地之外的海上王国。

〔1〕《潮州府志》：商贾往来，给票抽份，名曰买水。

〔2〕黄宗羲《赐姓始末》：芝龙幼习海，群盗皆故盟或门下。就抚后，海舶不得郑氏令旗不能来往。每船例入三千金，岁入千万计，以此富敌国。自筑城于安平镇，舻舳直通卧内。所部兵自给饷，不廪于官。

四八　牌局

英国商人格拉斯普尔先生被掳到海盗船上做肉票，已经有半月有余。在格拉斯普尔先生看来，中国海盗完全是一群嗜血的魔鬼，同时，又是一群嗜财的魔鬼。这两种魔鬼叠加在一起，暴力和金钱的深渊，仿佛人间地狱，足以让格拉斯普尔先生心旌飘摇了。他的手被反绑着，没法在胸前划出十字，只能在心里默默祷告。

在与官兵的一场战斗中，船舱中仍有牌局，格拉斯普尔先生被反缚住双手，蜷缩在阴暗的舱角，正目睹着海盗们在赌牌，四个海盗为一组，玩着一种印满图案的纸牌，格拉斯普尔想，这是来自南中国的一种赌具吧，海盗们把这赌术从陆地带到了海上，这是他们来自陆地的胎记。

从街头赌场到船上，场所的转换，并未妨碍他们赌博的热情，即便是在战斗中，他们也会继续下注，有一拨人投入战斗，另一拨继续赌下去。作战的海盗们乏累了，便回到赌桌上去，赌桌上的海盗起身投入战斗，如此循环往复，恐怕是世上最奇怪的战斗序列了。

船外炮声交加，船内喊声连天，在巨大的聒噪中，格拉斯普尔先生几乎要昏厥，紧接着，发生了奇诡的一幕，令格拉斯普尔先生目瞪口呆，原本要昏沉下去的心神，立刻被挽救了起来。在海浪和炮火的连番颠簸之下，他所在的舱角反而成了最稳固的所在，绳索将他固定在角落里，动弹不得，反而获得了安稳。而到了夜里，格拉斯普尔先生会被扔到甲板上，即便是暴风雨之夜。他开始试着学会在雨中入睡，最后都以失败而告终，这使他在白天也是昏昏沉沉的，久而久之，眼前多生幻觉，他开始怀疑自己看到的一切，而这些幻觉又太过真切了。

这一天，格拉斯普尔先生看到，在新开始的牌局上，四个年轻的海盗正借着暮色中的微光，吃力辨认纸牌上的花色。亡命海上的艰辛，更容易使海盗们沉湎于纸牌之类的赌博，或者说，他们的整个生命也是在拿来赌博，哪怕是在战斗中。

一部分海盗开始发射炮弹，他们当中却还有人在甲板上赌牌，战斗在他们身边打响，隆隆的炮声也未能分散他们的精力。在炮声中，燃烧着的火箭也纷纷射到船上来，有一支火箭从天而降，钉在了牌桌上，离火箭最近的那个海盗手疾眼快，揪住了箭杆，拔出来扔到海中，箭头上的火苗落水时“嗞啦”一声熄灭。这样做的目的，也无非是为防止火箭烧着桌上的纸牌。

眼下这一局，四个人辨认着纸牌，陆陆续续出牌。他们所乘坐的，是千余海盗船当中的一艘，船舷之外，是黑压压的官兵船队，正与海盗船对峙，双方开始炮战，并且互有死伤，仍是僵持不下，而牌桌上还在继续。

一块崩飞的弹片从船头飞来，背对着船头坐着玩牌的海盗，后脑正让这块弹片给击中，立刻脑浆迸裂，血水从他的双眼中喷射出来，溅到了他手中的纸牌上，当然，他拿着纸牌的双手立刻垂了下来，整个人都瘫软在牌桌上。这时，旁边走过来一个海盗，把死者的尸体拖起来，像扔麻袋一样，扔到了甲板的另一边，然后他作为替补，坐下来接着玩牌，他捡起了死者手中滑脱的一摞纸牌——这摞纸牌在死者手里曾被折叠，因此没能散落。

牌局还在继续，刚才的死者，就像从未出现过一样。

〔1〕据理查德·格拉斯普尔（Richard Glasspoole）的*Mr.Glasspoole And The Chinese Pirates*。

四九　结伙

海盗的结伙，起初是松散的组合，几个贫苦渔民因生活所迫，相约前去海上冒险。出面组织联络者为首，提供船只和器械，得手后觅得安静所在进行分赃，然后各回各家，仍自为渔民，他们将打劫作为捕鱼生活的补充。在鱼汛到来之际，他们即会变成渔民，渔闲之时便互相串联，跑到海上去做盗贼。

还有以银钱诱惑者，比如南海巨寇曾一本，曾经花巨款招兵买马，凡入伙者赏白银一两，有能招到十人，并带十人一起入伙者，即赏白银三两，做小头目。在银钱的引诱下，曾一本一两年间就成为巨盗。似这般狂野生长起来的帮众，还有为数不少。

在劫掠过程中，劫掠的目标不单是财帛，人力也在劫掠范围之内。被劫的妇女儿童多被充作杂役，妇女有姿色者也被作为妻妾，儿童养大也可为海盗。青壮年男子则被胁迫入盗，日久也都成为海盗，比如大海盗张保仔，就是在随父亲捕鱼时，被海盗郑一掳去，被迫参加了海盗团伙，时年十五岁，不久升为头目，在海盗船上，他似乎找到了比做渔民更有趣的人生，从此乐不思返。

在南澳岛，海盗的结伙最为轻易。只需准备一支竹篙，在薄暮时分拖着竹篙，从街上走过。竹篙在石板路上摩擦出令人心焦的噪音，人们听到竹篙响，就知道有人要邀约同伙去海上做贼了。只要想入伙的，就走出家门，默不作声，跟在拖篙人的身后。不多时，拖篙人的身后就聚了一支队伍，眼看人差不多了，就集结出发。获得财物众人平分，为首者可以多分到一些。即便互不相识，也可随时成为同伙，做完随时解散。人人都可以做盗首，只要在天黑前后拖着竹篙就可以了。

〔1〕袁永纶《靖海氛记》：或因结交不慎而陷入萑苻，或因俯仰无资，而充投逆侣，或因贸易而被掳江湖，或因负罪而潜身泽国。其始不过三五成群，其后遂至盈千累万。加以年岁荒歉，民不聊生，于是日积月累，愈出愈奇。

〔2〕《揭阳县志》：打劫得金银，分些与总兵。谁人敢厮杀，冠带送来迎。可惜痴呆汉，不来从我们。

五〇　食人

海盗食人的问题，多见于明清两代被捕之海盗的供词中。在海盗船上常有人质被海盗割了肉来吃，有生吃之法，也有过油烹炒者，以示对被征服者的彻底胜利——不仅是精神上的震慑，亦有身体的征服。

有一种更为古老的观念则认为，吃人，尤其是吞下人的某些器官，可以获得生命的延展，比如吃人心可以增加寿命，喝人血可以将死者的精气神转化为自身所用，吃人肉可以获得智慧、勇气和力量，甚至获得永生。

在海盗的供词中，某盗魁一天之中要吃掉四副来自活人的心肝，还有专门的厨师用快刀将俘虏的心肝剖出，趁热下锅油煎，出锅之后，盗魁则就着酒大口咀嚼，死者的身子被抛入大海。俘虏也常用作祭神的牺牲，如同牛羊一般宰割，参与祭祀的群盗则在某种意义上获得了更为紧密的精神联系。海盗们认为，那些受到祭祀的神明，会给予海盗庇佑，因此，人祭的恶习在海盗中屡见不鲜。

在士大夫阶层看来，海盗食人的恶习与魔鬼无异。旧时神魔小说中的吃人妖怪，或是佛道两家提到的夜叉、鬼，都在海盗身上找到了可供比照的现世例子。在海疆，由士绅们出资发起的自卫民兵组织，也在草创之初大力渲染海盗的食人事件。通过张贴布告，将海盗食人之事以图文并茂的古老方式传播。在港口码头，通都大邑，乃至乡村集镇，阅者无不哗然，进而群情激愤，海盗的食人暴行是对帝国乡土稳定结构的公然挑衅，使安居乐业和富贵寿考的人生理想随时受到威胁，最为恭顺的百姓也会被动员起来，加入到保卫秩序的战斗当中。

不过也有例外，来自古老帝国的一位长衫学者曾与海盗船暗通款曲，后来事发，便索性投奔海盗，在海盗船上做了师爷，专司账簿及赎票，兼及往来信函。这位学者认为，按照佛家因果报应的观念来看，被吃者都是前世或今生作恶，故而海盗吃人的理由又显得无比正当，且兼有罚恶之功。此论一出，各方嘘声一片，且不说来自帝国腹地的学者掀髯大怒，众海盗也对此颇不以为然。

这位为海盗服务的学者，终于成为一个振振有词的帮凶。

〔1〕《倭志》：正统四年，寇大嵩，焚劫发冢，束婴孩于竿，沃之沸汤，视其号为笑乐，捕孕妇，忖男女，刳视中否为胜负。海滨赤子莫自坚其命，咸患苦倭，以为甚于虏。

〔2〕《晋书》：于是恩据会稽，自号征东将军，号其党曰长生人，宣语令诛杀异己，有不同者戮及婴孩，由是死者十七八。

卷六　博物

五一　枯骨

皇帝在梦中曾多次游历东海之滨。这是帝国的边缘地带，陆地的终结之处。都城传来的命令到了海滨就显得力不从心，漫长的驿路，穿越帝国绵延无尽的疆土，到达海滨时，已成强弩之末，每过一驿，皇帝的命令便要削弱一层。那时节，海滨之民甚至不知皇帝为何物，这令年轻的皇帝深感忧虑。

在御花园的凉亭中，皇帝就对他的近臣说道："我曾梦到东海之上的滔天巨浪，还有浪峰之间时隐时现的鲸鲵和鲛人，以及喷云吐雾的蛟龙巨鼋，万物苍生，皆在王化之中，理应让它们知道君王的德操，东海必要亲去走一遭。"

近臣们俯伏于汉白玉的石阶下，唯有山呼万岁，不住叩头而已。皇帝看厌了磕头虫似的帝国官员，心中一阵憎恶，拂袖而去。

就像每一个初到海滨的内陆人一样，皇帝也对海抱以狂热的兴趣。在一次海滨垂钓中，皇帝一无所获。正欲动怒，娴于辞令的近臣忙上前献诗一首，其中有"鱼畏龙颜不敢来"的句子，皇帝这才转嗔为喜。

海钓既已失败，皇帝借着近臣献诗的时机，顺势结束了垂钓，转而观看海上渔夫捕鱼。他命人唤来不远处的一个渔夫，对渔夫说道："朕前来看你出海下网，你第一网中捕得之物，朕将以同等重量的黄金交换，以酬你终日劳苦。”

渔夫闻言，自是不敢怠慢，忙乘船出海，一网抛出，收回时感到手上甚轻，渔夫心中暗暗叫苦，这一网或许是空的吧。拉网上船，网中只有一截枯骨，并无他物。这节枯骨不如手掌长，托在手里只比羽毛稍重些，想起黄金的承诺，渔夫有些懊恼，在他平时下网，总要有百十来斤吧，不想这次失手。

皇帝对网里打上来的骨头倒是很感兴趣，拿在手里翻来覆去。骨头两端的关节已然不知去向，或许是被海中大鱼嚼尽，只留下这一段竹筒似的残骸了，外壁灰白，死亡与枯槁的颜色，唯有来自海藻刮擦的大片绿渍，尚显出一线生机。皇帝把枯骨拿在手中，眯起一只眼，从空心的骨节中望着海面，跃动的蓝与金，将骨节的孔洞填满。

这下，皇帝可以轻松兑现承诺了。他命手下把枯骨放在天平的一个碟子上，另一个碟子则放入等量沉的黄金。奇迹出现了——黄金堆满了天平一端的碟子，枯骨那头仍然纹丝不动，触到了地面，金灿灿的那一坨则被高举入海滨的天空，直与红日相争辉。皇帝和群臣手搭凉棚抬头观望，黄金折射的强光令他们眼底隐隐作痛——千万枚针扎的酥麻，汇合而为剧痛。

皇帝揉着眼睛，命人伐木为横梁，吊在古木的枝丫上，横梁的两端各挂一个大竹筐，筐里装满了黄金，皇帝随身携带的已经不够，有不少是从地方府库现搬运来的。而枯骨的筐子看上去空空荡荡，仍然沉在底下，纹丝不动，满筐黄金都压不住它。

皇帝这时感到额头见汗了，海风吹过时觉得冰凉，带来阵阵头晕。皇帝心想，搬空整个帝国的国库，恐怕也不会压住这根骨头了。正在迟疑不决之际，海滩上走来一个老妇人，她的拄杖在海滩上戳出一排圆孔，而她身后没有脚印留下。皇帝刚看到老妇人，老妇人就已经来到皇帝面前。

她好像专为解决皇帝的困惑而来，她从筐里拿出那节枯骨，放在最初用过的小天平上，然后抓了一把土放在天平的另一个托盘上，枯骨居然在天平上高高扬起。

皇帝不解，便问老妇人，为何黄金压不住的枯骨，一把土却可以做到？

老妇人说，我认识这节枯骨的主人，二百多年前，他在东海上横行，是个不知餍足的海盗，黄金再多，也难满足他的欲望，他的财宝堆积如山，如今都沉没在海底，泥土却是他不想要的，他便毫不犹豫地放弃。

话说完，老妇人在皇帝面前凭空消失了——皇帝看到她整个人的颜色瞬间变淡，化作透明的旋风，呼啸而去。

五二　鳄鱼头

海盗刘香，诨名刘香老，在日本时，曾与郑芝龙结拜，后因不满郑芝龙接受明廷招安，二人反目成仇，互有攻伐。

刘香的座船上有议事厅，是手下众头目聚义之所，其布置仿陆上厅堂之势，只是船中狭小，不能极尽铺排，令刘香深以为憾。他的座位为了昭示身份与众不同，罩了整张的鳄鱼皮，头和尾都在，鳄鱼头在地下，可以踩在脚底，鳄鱼尾在椅背上，朝天扬起，颇壮声势。鳄鱼的身子则是整张摊开的皮，铺在座位上，有冬暖夏凉的奇效，刘香对这张鳄皮甚是喜爱。

在议事之时，有海盗头目瞥见刘香脚底的鳄头睁开了眼睛，该头目惊惧之下便呼喊出声来，刘香责问时，头目说看见鳄鱼开眼，众人低头看时，鳄鱼仍是闭着眼的，刘香怒斥其诞妄，命左右以竹杖笞之。

这张鳄鱼皮在偶尔开眼之后不久，刘香听说鳄鱼齿能解毒，佩戴在身上就会百毒不侵，于是命人从鳄鱼口中凿下一颗，穿孔打磨后挂在胸前，哪知过了一夜，次日平明之时，鳄鱼口中的牙齿又长了出来，与先前的一般不二。于是刘香命人把鳄鱼口中的牙齿全部敲下来，遍赐众头目。只过了一夜，早起再去看座中的鳄鱼，微张的口中又盈满了白牙，比先前的牙又白了些，众人看了无不惊奇。

刘香手下的大小头目，都配带有鳄鱼齿，时人称刘香的帮众为鳄鱼帮。

〔1〕《太平广记》：南海有鼍鱼，斩其首，干之，椓去其齿，而更复生者，三乃已。

〔2〕黄云翼《南海纪略》：海贼刘香座中罩鳄皮，头尾皆具，凿去其齿，次日复生。

〔3〕林日瑞《渔书》：沙有怪鱼，其名为鳄。其身已朽，齿尚三作。

五三　魟针

魟鱼是海中最有毒性者，其中，又以黄魟鱼为最毒。黄魟的身子是接近于菱形的薄片，两个尖角成为翼片，扇动着前进，尾部细而长，末梢有毒针。将毒针扎到树上，每有雷声，刺就往树里进一分，打过几次雷后，毒针深入树心，就可把树毒死，可见其毒。海盗捕获人质后，用魟鱼尾部的针刺入人质的臂膀，致其出现短暂的昏迷，昏迷状态下的人质被带回海岛上的海盗巢穴，再灌输解药将其救醒，能防止人质中途逃逸，或者暗识贼巢的路径，也免去了绳索捆绑的烦琐。那时的海盗船上总要备一些黄魟针的，有收购魟鱼尾的商贩，从渔民手中购得，再与海盗船进行交易。魟鱼虽少，却也有人以它的尾针为生计。

旧时沿海地区有金盆洗手的海盗，家中仍藏有从海盗船上带回来的魟针，藏在红漆的木盒里，盒盖的四角上包着银。木盒中的魟针胡乱堆放，每抽出一支，就要带动盘根错节的全部魟针。

这些魟针弯曲着，暗紫色的针，接近于木质的荆棘之刺。放得年代久远了，有些已经发黑，像是烧焦了的麦芒。离开海盗船，回到陆地上隐居的海盗，多数藏有这类小物件，是对昔年海盗生活的追忆，还是迷恋魟针的毒性？

当年的魟针是易得之物，出现在秘密交易中。装有魟针的木盒，从一个袖口递到了另一个袖口，在黑暗中，木盒角上的镶银还没来得及闪出白光，就已改换了主人。魟针贸易随着海盗们的败亡而无人问津。早年的过度消耗，使魟针的产量一蹶不振，魟鱼更是难得一见。

退归林下的海盗，开始迷恋园田。魟针当然也已无用，不过，在海盗的田中，正有新植的烟草，为了防止烟草蹿秆，只消找出魟针，在秆的底部扎一个小孔，魟针的毒素郁积，烟草的秆委顿下来，不再蹿高，养分都停留在烟叶上，这样一来，烟叶便更肥硕。若是直接将秆掐掉，则会令整株的元气大伤，经魟针刺过，却能收到全功，烟叶丰产的同时，也不致有大的毁伤。

在一个老海盗的园田里，本已告别了刀头舔血的日子，效法老农学稼穑，却也终归难改海盗的习气，优哉游哉的隐逸生活，仍有魟针出没其间。后来种植烟草者，都学会了这一方法。直到如今，海滨一带种植烟草仍多学海盗之法，只不过，魟针难寻了，针扎之法只剩下了传说，不见于操作。

〔1〕聂璜《海错图》：黄魟色黄，其味甚美，青魟之所不及也。尾亦有刺，螫人最毒。海人所谓黄魟尾上针，正指此也。

〔2〕《招远县续志》：土鱼，尾有大针，最毒，著物立毙。渔人得之，先技其针，埋沙中闻雷声即下入，其性然也。味不甚美。

五四　鲫鱼

乌石二带领的海盗帮众以蓝旗为号，在雷州一带劫掠，官府不能制，前来征剿的官兵也是屡战屡败，乌石二一时风头无两。他在海上横行多年，从未遇到过敌手，其时南海海盗还有黑旗、红旗、黄旗、青旗等数股，其中又以乌石二的纪律最为严明，当其全盛时期，聚众数万，战船千艘。乌石二也颇为自得，曾作歌曰：

蓝旗飘飘，
好汉认招，
海外天子，
不怕清朝。

这一日，乌石二劫掠归来，船中财货堆积，途中遇大风，便到海湾里避风，放碇之后，乌石二走上船头，望着空中变幻的云层，他开始显得焦躁不安，在他低头的瞬间，忽见船头附近的浅水中，有鱼群游来，这些鱼都在三尺左右的青黑色长条身子，似乎从未见过，出奇的是，它们头顶都有一块方形的红色印记，内中有笔画纵横交错，状如文字，这些鱼用头顶的红方块来触碰船身，铿然有声，水面上起了一阵骚动。

乌石二大为惊奇，急命人取网兜，网住一尾，拿起来细看，这怪鱼的头顶方块鲜艳欲滴，其中有字形如古篆，虬曲盘绕，群盗传观之后，无人识得。乌石二想起有海康县的书生黄鹤，是当世堪称渊博者，学问淹博，于书无所不窥，于是遣人持鱼前往黄鹤家中请教。

黄鹤见了鱼，不由得吃了一惊，对来人说道，这是海中的鲫鱼，是龙王的印信，海中大鱼被贬之时，就先用鲫鱼头顶的朱红印加盖在大鱼的身上，经鲫鱼头顶触碰过的大鱼，无一幸免，在海滩上时见搁浅而死的鲸鲵，头上都有鲫鱼留下的红印，如今有鲫鱼用头加盖船身，真不是什么吉兆。

乌石二听说后，只微微一笑，并未放在心上。不久之后，乌石二就被投降朝廷的红旗帮盗首张保仔擒杀。

〔1〕郝懿行《记海错》：鲫鱼形似红姑，青黑色，长三尺许，有印方长，在鱼颠顶，文理纵横，略如缪篆，头颅坚硬，大鱼被触靡不僵毙，船艇著处亦为罅漏。

〔2〕黄云翼《南海纪略》：乌石二见异鱼，鱼头有红印，以头触船，良久乃绝。问以海康书生黄鹤。黄惊曰：“是鲫鱼矣，海中贬大鱼，辄以此鱼加盖大鱼之身，大鱼无不立死，今加盖船头，殊非吉也。”

五五　虾山

郑芝龙的兄弟郑芝鹄博闻强记，随其兄芝龙飘荡多年，其兴致多在搜罗海上奇闻逸事、亲闻亲历之怪事，以及水手们经历的奇遇，都被他一一记录在册。这是一本无限的书，若后来郑芝鹄不死，这个手稿本还会继续增殖，成为包罗万象的书册。随着郑芝鹄死于炮火，随身携带的这个秘本也连同战船一起，被炮火击沉。

起初，芝龙认为芝鹄所学无用，后来才改变了看法。那一次，他们的船行在东海中，忽有水手进舱中报，前方有青山出现，是以往航路中没有的一座小山，芝龙和芝鹄出船舱去观看。

二人见那座山起于海面之上，高可十余丈，正在不住地蠕动，隐隐有光华闪耀，是反射的阳光，定睛细看，这座突然出现的大山是由青虾组成的，在山的尖端，不断有虾像瀑布一样流泻下来，堆积为山体的斜坡，积压在山底的虾，难以承受重压，已被巨大的山丘压成了肉酱，沉陷下去，山顶又有新的虾堆上，循环往复，使山高保持不变。

兄弟二人立在船头，但觉心驰目眩，虾肉酱的腥味刺鼻，后来愈发浓烈，也呛得眼中流泪，而虾山底部翻滚的虾肉中，不断闪现出虾的螯与刺，翻卷的甲壳，以及糊状的白肉，二人胸中便欲作呕，不敢再朝虾山上看，绞肉机式的山丘，正把死亡的气息传递过来。

这时郑芝鹄反应最快，他急忙命人转舵，远离这座虾山。水手听命，赶紧掉转船头，从侧翼绕开虾山，急急避去。当他们的船跑开不远，虾山的背后就游来一张上可接天的巨口，红光大现，未及看清来物为何，这张巨口已将虾山囫囵吞下，迅速沉入水中，只在海面上留下一个巨大的漩涡，郑芝龙和郑芝鹄的船险些被吸了进去，若船还停留在虾山旁，方才这张大嘴一过，船也会被吞下去。满船人都吓得面如白纸，郑芝龙和郑芝鹄也暗道侥幸。

后来郑芝龙问郑芝鹄，怎知虾山背后有此危险。芝鹄答，听人传讲，海中有大鱼，身长几千里，好以虾为食，每当进食之前，大鱼就会驱赶虾群，形成虾山，层层堆累，虾山有多高，大鱼开嘴就有多高，看虾山的斜坡，可知大鱼的来势，大鱼来的方向，群虾爬坡，爬到顶端再行坠落，我们方才看到的一面坡上，有虾坠落如瀑布，忽记起此事，山的背后，正有大鱼袭来，再不躲避，就有鱼腹之忧。

郑芝龙闻言，深服其博闻多识，从此出海多倚仗芝鹄之力。

〔1〕郭宪《洞冥记》：有丹虾，长十丈，须长八尺，有两翅，其鼻如锯。载紫桂之林，以须缠身，急流以为栖息之处。马丹尝折虾须为杖，后弃杖而飞，须化为丹，亦在海傍。

〔2〕郝懿行《记海错》：船行海中，或见列桅如林，横碧若山，舟子渔人动色攒眉，相戒勿前，碧乃虾背，桅即虾须矣。

五六　海井

东海某处港口，有一家客栈，客栈的掌柜藏有一件器物，乍看像一个没底的盆，只有一圈盆沿，厚度约有一指，非金非玉，非竹非木，却是一团漆黑的坚硬，盆壁上布满气孔，能透水，却看不到这些气孔的走向，它们个个相通，像缠绕的根系，理不出头绪，错杂的孔隙，使这件器物显得如此之轻，而它的质地又是如此坚硬。

掌柜的甚至认为，这件器物是由气孔构成的，捉一只蚂蚁放到一个气孔中，蚂蚁走进去便会迷路。它走向了何方？掌柜的把这无底的盆拿在手中挥舞，希望那只走失的蚂蚁能从迷途中脱离出来，当他晃动数百下之后，地上也未见蚂蚁落下来——或许那蚂蚁穿行到了另一个世界，这使掌柜的大感惊奇，在他的频频试验之下，已有上百只蚂蚁走失在那些蜿蜒的歧路当中了。

因濒临大港口，往来于客栈中的人物多是带着船队前来贸易的商人，也有来自波斯的金发的胡商，以及来自倭国，用木屐把楼梯踩得山响的东洋人。当然也有潜逃至此的要犯，想通过搭乘商船逃往海外，去过那逍遥岁月。

客栈里各色人物汇聚，掌柜的借此便利，把那个无底盆拿出来给往来的客商看，希望这里面有人能认出这是什么器物，众客商一一摇头，不知此物为何。前来住店的人中，每逢有相貌清奇古怪者，掌柜的都特别留意。在他看来，有古怪的相貌，必有古怪的能耐，这是他半生开客栈的经验。

直到有一天，店中来了一位虬髯大汉，卷曲的胡须几乎占满了整张脸，勉强留出了五官的位置。此人相貌粗犷，举止却极尽礼数，掌柜的心中称奇，遵照其吩咐，酒菜摆上桌来，掌柜的再次出示了他的宝贝，虬髯大汉见了，两眼放光，酒也不吃了，一把夺过这无底之盆，在手中徐徐转动，向着窗外的阳光又看了多时，忍不住高叫道："噫，得之矣，得之矣！"

厅堂中有不少人正在吃喝，听到这怪叫，纷纷把头扭向这边，瞧着虬髯大汉，而这虬髯大汉只顾将手里的宝贝翻来覆去地看，众人投来的目光，他恍若不见。

掌柜的忙上前请教，大汉道："你们俗世中人不识宝货，此物名曰海井，是罕见的宝贝，在海上行船时，用此物浸到海水中去，这圈里的水，即刻变为淡水，任凭汲引而不竭。海中有大鱼，名曰井鱼，井鱼头顶有窍，吸入海水，便从窍中喷出，喷出的便是淡水，这就是井鱼的头骨，海水变淡，全赖此物，不想今日被我得到，我在海上为盗，此物正用得着，多谢掌柜的厚谊。"

说完，即从楼上飞身而下，掌柜的追之不及，这时，在楼上的食客们纷纷甩掉斗篷，掌柜的只觉面前黑蝴蝶乱飞，不等空中飞翔的斗篷落地，满楼的食客们各寻窗口跳了下去，落地时毫无声息，他们紧随在虬髯大汉身后，朝着海边奔去，原来这些人都是海盗装扮而成，他们只几步即跨到海岸，打声呼哨，瞬间船只云集，原来停泊的商船都是海盗船。

在一众人马的簇拥下，虬髯大汉由跳板登上座船，那所谓的海井，正套在他的右臂上，他回身朝客栈楼上的掌柜拱手作别，然后带着他的船队消失在海上，偌大的港口顿时空空荡荡。

〔1〕周密《癸辛杂识续集》：此至宝也，其名曰海井，寻常航海必须载淡水自随，今但以大器满贮海水，置此井于水中，汲之皆甘泉也。平生闻其名于番贾，而未尝遇，今幸得之，吾事济矣。

〔2〕段成式《酉阳杂俎》：井鱼脑有穴，每翕水辄于脑穴蹙出，如飞泉散落海中，舟人竞以空器贮之。海水咸苦，经于脑穴出，反淡如泉水焉。

五七　磁石洋

官兵被引到了外洋，这是海盗布置的圈套。

当时有海盗林老货，麾下的乌艚船用的都是卯榫，用的钉子和楔子也都是毛竹削制而成，锚也是石锚，谓之石碇，也甚为沉重，这是一种古老的固定工具了。而官兵的大船是有铁钉的，还有各种属件，比如船头的铁环，系泊用的铁链，以及沉重的铁锚，需要五六人才能合力将铁锚绞起。

久追不得的海盗船，令水师提督极为恼怒，追得兴起，就直入了外洋。而海盗船疾速前进，眼看就要甩开官船了，却在距离拉远时放慢速度，似乎在等待官船追上来。水师当中也有偏裨看出蹊跷，奏报提督大人，不可再追赶，所谓穷寇勿追。提督大人求功心切，丝毫不为所动，仍自挥刀命令水手加速追赶。

官船在后，海盗船在前，不知不觉中，就驶入了一片宽阔的海面，海水在这里显得极为安静，虽有大风，篷帆胀得鼓鼓的，海面上却不见有大浪起，水师将领善识水性，提督在船头看了水面，只有微微的波纹，也是船队所过之时才荡漾的纹路，船过后，就立刻平复了。这种平静中，终于预感到了危机的到来，水师提督马上下令，调转船头，回师。

船头调转之际，战船二十艘，顷刻散了架，船板开裂，座舱进水，不多时，海面上只剩下一堆木片，手疾眼快的，及时抱住了木板，才未能沉陷，提督大人也在其中，他扳住了一块船板，半身浸泡在海里。

这里是磁石洋，海底有磁石，战船上的铁钉，都被吸了去。海盗船上未用铁钉，全是卯榫，才畅行无阻。这时，海盗船回头，将水师围困在内，提督大人连同手下兵将，尽数被海盗捉去。

〔1〕王大海《海岛逸志》：磁石洋在南旺之东，山谷间及崖岸皆有磁石，磁石性能引铁，其地船钉用竹，来往海舶戒不敢近，或有遭风驱迫而近者，被磁引制不能脱矣。

五八　鲎脚桡

吴平在海上为盗时，所向披靡。在连年征剿失利之后，朝廷调来了俞大猷和戚继光，俞和戚皆是一时名将，二人率兵联手对付吴平，杀得吴平大败，在海上斩杀海盗无数，时人有谚曰：

俞龙戚虎，
杀贼如土。

吴平经此一战，元气大伤，舰船折损多半，眼看就要被擒，官兵的水师正从后面赶上来，吴平带着残兵败将扬帆而去，官兵紧追不舍。吴平见难以摆脱，赶忙命人舍了大船，登上小舟，这是用来逃生的小舟，又尖又长的船身，用赤松木拼成，两侧船舷密布短桨，每边五十桨，两边共百桨，开动时要动用百人同时划桨，船行迅疾如电，俗称鲎脚桡，或曰蜈蚣舟，极言其桨之多之密。

吴平率亲信跳上小船，百人齐动桨，海面撕开了一道裂口，海水朝两边分开，鲎脚桡从裂口里滑过，船过之后，海面上立刻平复如初。在鲎脚桡的船尾，总挂着一串白色的泡沫，新的泡沫是船身和海水激荡而成，边走边破碎消散，而新的泡沫源源不断地生成，泡沫在船尾总保留着数丈的白线，像是屁股上着了火，急急忙忙往前赶。海盗在慌乱中却仍保持着敏捷，鲎脚桡从燃烧的大船之间钻出，载着这支海盗队伍的主要头领，一边躲避着身后的炮矢，一边往深海里扎去。

在逃亡的那一刻，吴平彻底放弃了自己的残余的船队，只以性命为念，汲汲于逃遁到外海去。在鲎脚桡上，吴平也亲自划船，众位头领也都充作桨手，鲎脚桡狭小，难以容下他们的兵卒了，在他们身后，大船中炮沉没，他们的兵卒落水，被官兵用挠钩套索捞起，押到了官船上去补刀，有的被当心刺中，而有的被砍掉了头颅，海水也染成了红色，血水已经浸染到了身后。

鲎脚桡上的首领们看了海水变色，急忙奋力划桨，逃离这片血海。有了鲎脚桡，吴平等人和水师的战船距离越拉越大，官兵眼睁睁望着吴平的鲎脚桡像箭射一般，瞬间就消失在海平面上，这时再放炮矢，也都来不及了，吴平驾着鲎脚桡逃走了。

吴平在平日里打造一艘鲎脚桡，时刻带在身边，拖在大船之后，暗地还有训练，就是想到了这一天。为了逃亡而做的准备周密而又细致，终于派上了用场，这早就超过了他用在战斗上的准备。时刻在为逃走而煞费苦心，败亡也是预料之中的了。后来的海盗多笑吴平贪生怕死，鲎脚桡这一逃跑时用的法宝，也在这嘲笑中失传了，此后鲎脚桡不再见于海盗帮会之中。

不过，吴平也因此得以善终，算是海盗中下场比较好的一个，他逃走之后，没有遭到杀身之祸，也没有受到招安而成为朝廷的鹰犬，而是成为真正的漏网之鱼，而且过得还不错，做海盗时积累的财富仍在秘密的所在，归他自己所有，仅此便俨然富家翁，过着优哉游哉的后半生。

以后的许多年，有人在京城亲眼看见吴平变作了富商，往来于京城和浙江之间，聚财亿万。彼时的吴平已经隐姓埋名，并且自毁其面，将脸炙伤，满脸皆是疮疤，难以辨识，又趁热吞下火炭，忍受着巨大的痛苦，烫坏嗓子，声音也完全变得嘶哑。他开口时，已经是另一个人的声音，这是一个从未存在过的声音，他说话的口气和口头语也都刻意更换掉了，但当年他身边的追随者们对吴平都过于熟悉了，仍会从他的举手投足之中看出蛛丝马迹，容貌显得多么微不足道，五官的形状与高下关系，只是旧时记忆一部分而已，一个人与其他人的区别，不止限于五官，在相貌之外，还有数不清的细节，还有抹不掉的旧时的行迹，以及与之发生过交集的故人，这些如海洋一样深广的线索堆累起来，才共同织成一个人。

吴平走路的姿态，他摘帽子和脱外套时的动作，甚至拿筷子的手势，都埋藏着过去的影子，让人记起他在海盗船上时的嚣张，失势之后，他放弃了这些习惯。要变成另一个人，重新获得自由，是要付出难以想象的痛苦作为代价的，然而吴平却做到了，他把做海盗时攒下的凶狠，都用在了对付自己。

后来又有人看见吴平去看望故友，挖出了当年在故友处埋藏的金银财宝，谢了故友，携着金银财宝扬长而去。

从那以后，再也没有人见过他。

〔1〕顾炎武《天下郡国利病书》：平败，遁南澳，料大师必追之，与其从百余人，驾小舟遁去。舟用短桡，如今俗名蜑脚桡，百人齐荡，舟小力疾，虽淤泥浅水，其行如飞，平竟以得脱。

〔2〕顾炎武《天下郡国利病书》：或言林道乾今王东南海岛中，平亦变姓名，浪游江湖间，皆不可知，然往有人亲见平鲜衣怒马，在京浙间为富商大贾，平已炙其面，面皆炙疮，人无识者。后平又乘肩舆过故友处，掘取金银诸宝物，后不知所之。

〔3〕苏愚《三省备边图记》：呜呼！海贼吴平，闽尝征之矣，然徒费饷远追交趾，竟无功。

五九　海和尚

船靠岸系缆之时，会有一种叫作“海和尚”的海怪从海水里冒出头来，与此同时，它那双带蹼的手掌早已搭在了船舷上。从船身一侧露出的光头，霎时间就把船上的边边角角都照亮，就连船的每一个卯榫也在海和尚的光头照耀之下无处躲藏。每当此时，海和尚嘴里还会不停地发出呼噜声——像一头小猪仔进食的声音，急促而又含混不清。它的身子是龟形，浑身赤红，背甲上是难以索解的图谶。它的头却是人头，一张娃娃脸，如八九岁的孩童，脸上光洁无褶皱，双颊接近于浑圆的满月，只是头上无发，令人想起寺庙里刚剃度的小沙弥。

那是在一百多年前的东海，那时候，海和尚只是俗名，其雅称为“在子”，用藿叶引火炙烤它的眉心，便能听到它发出汽笛似的尖锐长鸣，在海面上逆风也可传出几十里。曾有海盗船捕得海和尚一只，忽然想到用海和尚的长鸣来壮声势。当燃烧的藿叶触到海和尚眉心的那一刻，青烟在藿枝一端袅袅上升，火光隐藏在青烟之内，不多时，海和尚的眉心被烙出一枚黑斑，外圈焦黄。海和尚挺不住，立刻长鸣不止，以该船为中心的几十里之内，所有人都觉脊间一凛，颅腔似要震裂开来，海盗船因此声威大壮，往来船只无不惊骇，纷纷转舵躲避。

海盗们在船头喜形于色，在海和尚的鸣叫中，群盗胆气陡增，他们的满身横肉在海和尚的叫声中不住抖颤，趁此声威，海盗船冲进了商船队，接连手刃绑缚来的海上客商数十人，手起刀落，一时间血光迸溅，就连海盗们的狞笑也沾染了红色。

黄昏到来时，漫天火烧云把海水都染红了。在这大红的海天背景下，海和尚的哀鸣渐趋嘶哑，当它力尽之时，天边的红云退去，海上的长夜来临，海盗船借着夜色遁走。在遥远的海平面之外，似乎还隐隐传来海和尚喑哑的喉音，搅得海平面也一阵抖颤，海和尚的痛苦在彼时被我们触及，似乎感同身受，我们不禁为它的安危而揪心，海盗船却早已驶出了海平面之外，随着船影的消失，波动不止的海平面也终于恢复如初，变成了一条毫无瑕疵的直线——那里是万事万物开始的地方。

几天之后，滞留在海盗船上的海和尚便因眉心创痛难忍而死去。有渔夫看到海盗把海和尚扔到浅滩里，落水时发出的闷响使那个藏在礁石后的渔夫瑟瑟发抖。其他海盗纷纷效仿，开始大规模捕捉海和尚。

在海盗船上，海和尚的消耗量极大，几乎每隔两三天就要死掉一只，渔村的夜晚再也没有了海和尚的身影。侥幸漏网的海和尚们则逃至深海不敢露面，海盗们四处寻不得，只好作罢，以海和尚的长鸣充作号角的做法也就取消了，但幸存的海和尚们是再也不敢回来了。

许多年以后的今天，海和尚的鸣啸已成遥远的绝响，当年的海盗多已不在人世，他们当中有一位仅存者，已是百岁开外的老翁，不需借助拐杖，依然可以健步如飞，他常出现在海滨地带的滩涂和沟汊上，那是他晚年的活动场所。他在一次谈话中指出，在海盗船上时，他还是个孩子，是群盗的跟班，每当海和尚死后，他们会把海和尚抛到岸上，他也跟着搭手，触到海和尚的皮肤时，他的手被牢牢吸住了，费了好大力气才挣脱。不多时，被弃置的海和尚寸草不生的光头上会生发出密密匝匝的新发，转瞬即可垂肩，一夜之后，长发雪白。

这忽然生出的长发是海和尚的生命由荣转枯的真实写照，仅仅一夜，就再现了普通人一生的时光。原本头上无发的海和尚，终日在海边厮混，看到了人们头上的发丝，便有了生发的渴望，在它死后，这一愿望居然成真，人们见了无不悲伤唏嘘，不忍直视其头顶，纷纷把身子扭到了一边。

就在他们转开身的刹那，时间的怪兽拔地而起，从众人的肩膀中间腾跃而去，影影绰绰的，俨然是海和尚的光头形象。它飞过了人群，不少人的两鬓因此而平添了不少白发，你知道，这是许多年以前的事情了。

〔1〕黄衷《海语》：海和尚人首鳖身，足差长而无甲，舟行遇者率虞不利，宏治初，吾广督学大佥淮阳韦彦质先生将视学琼州，陆至徐闻，方登海舟，此物升鹢首而蹲，举舟皆泣，谓有鱼腹

之忧。

〔2〕袁枚《子不语》：出网，中并无鱼，惟有六七小人趺坐，见人辄合掌作顶礼状，遍身毛如猕猴，髡其顶而无发，语言不可晓。开网纵之，皆于海面行数十步而没。土人云："此号'海和尚'，得而腊之，可忍饥一年。"

六〇 摩伽罗鱼王

唐玄宗继位时，东海有五百大盗，他们入海时有十条大船，每船五十人，来去如风，海上客商多被劫去，而五百大盗尤为骁悍，官兵就算遇上了，也无可奈何。五百大盗于十载之间，一人不曾减，也未曾增，仍是五百整数，可见这五百大盗的特异之处——他们是不可分割的。如果不是一次意外，五百大盗还会在海上继续横行下去。

这一日，五百大盗出海，遇到了一番奇异的景象：天上有三个太阳同时出现。五百人都走向船头，举目望着白光迸溅的天空，天上有三个太阳正在闪烁，互不相让，不知哪个才是真的，再加上海水里的倒影，恍然有六日并出。不多时，海面上有了动荡，有白色山峰涌起，一座接着一座，峰顶的海水流泻，灌入白色群峰之间的低谷，水声震耳欲聋。五百大盗的船遭逢剧变，有的被托举上了顶峰，有的则跌到了谷底。

五百大盗中也不乏饱学之士，其中有一人道："这是摩伽罗鱼王开口，三界之中身形最巨的鱼，才有此尊号。天上三日当中，只有一日是真，其余二日，是摩伽罗鱼王的眼睛，涌起的白山，是鱼王的牙齿，流入深谷中的海水，正是流入了鱼王的口中。

这时，方才的诸般景象都已不见，身边左右皆陷入黑暗。船上有人点起了火把，他们已在鱼王腹中，在他们船下，是鱼王腹中的积水。火把亮成了长蛇，人们才分清彼此的面目。火把的热气蒸腾而上，上达鱼王的腹肉，鱼王吃痛，潜到了深海，一个翻滚，便把五百大盗的船尽数淹没，火把也被倒转的大水压灭，五百大盗葬身鱼腹之中，从此海上再也没有他们的消息。

许多年后，安史乱起，当年五百大盗的故事早已无人知晓。这一日，有一群海客从海外归来，聚在海边的酒楼中，高声谈论海上奇闻逸事。他们来自不同的海船，有水手，有商人，还有一些来路不明的人，从衣着举止看不出身份，海港码头本就是人流芜杂之所在，酒楼的南窗外正对着海面，涛声在窗格间出入，起落的节奏颇能牵引人的心神。

已近半夜，食客们散去，只剩下这一群，计有十余人，于是不问来历，拼作一桌，坐下连吃带喝。酒酣耳热之际，他们轮流讲述海上的奇遇。在席间，有一长髯的老者提到了摩伽罗鱼王开口，把五百大盗吞入口中的故事。老者讲道，五百大盗被吞入鱼腹时，黑夜提前降临。彼时五百大盗中有人惊问："为何天色忽暗起来了？"

这时有人插话，问："那五百大盗都死了吗？"

老者答："皆被摩伽罗鱼王吞灭。"

又问："既已被吞灭，何人听到他们说话，又为何会流传出来？"

老者答："只有我能听到。"

话音刚落，老者衣衫崩裂，饭桌的上空有布片乱飞，裸露的身子上遍布鳞片，瞬间化作一尾大鱼，从酒楼的窗口腾跃而出，飞旋在空中，身形暴长，遮住了满天星斗。窗外即是海，大鱼坠海时则激起一场急雨，次日平明雨才停下。

〔 1 〕《大智度论》：船师问楼上人：“汝见何等？”答言：“见三日出，白山罗列，水流奔趣，如入大坑。”船师言：“是摩伽罗鱼王开口，一是实日，两日是鱼眼，白山是鱼齿，水流奔趣是入其口。”

〔 2 〕谢肇淛《五杂组》：相传海上有驾舟入鱼腹者，舟中人曰：“天色何陡暗也？”取炬然之，火爇而鱼惊，遂吞而入水。是则然矣，然舟人之言，与其取炬也，孰闻而孰见之？

卷七　梦兆

六一　南澳老人

行经南澳时，沙洲和石塘遍布，又有长沙、石塘等名目，船行不便。海盗在此等候洋船，偌大的海上，只有远洋而来的船只偶尔经过，再远处是项链式的岛屿链，漂浮在雾气沉沉的海面。也不知有多少岛，小块的暗礁在水浅时露出峥嵘，也可看作是小型的岛屿，水与石杂处之地，便是南澳了。这里是海上的旷野，却也是商船南下的必经之地，去往南洋的船只，都要在此路过。

南澳常年有暑气，行经南澳的水手会在奇热之下生出幻觉。他们昼伏夜出，白日里躲在船中睡觉，晚上出来活动。在睡梦中，有个海盗梦见了须发皆白的老人，胡须和头发翕张，像飞旋的葵花，绕着脸盘转动，只有他的脸是平静的，与那些极速转动的毛发形成鲜明的比照。

海盗醒来时跟他的部下说："老人的脸居于中心，中心地带是最平静的，而这平静却被狂躁不安的须发簇拥着。无所不在的白发与白须，将海盗的梦境打扫得一尘不染，杂念都给扫除了，却也睡得香甜。"

这个怪梦颇难索解，醒来之后，海盗也曾回忆过这个梦，但他醒来时，总是黄昏时分，黑夜降临之际，正是外出劫掠之时，刀头饮血的日子，让他把白日昏睡时的梦境淡忘了。

在后来几天的航程中，老人不断出现在海盗的梦境中。梦中出现的老人身穿白袍，最为醒目的是他的白须和飘散的白发，他的须发顺风而渐长，甚至盖过了他的身子。那时，老人站在黑色的岛礁上，从一块礁石跳到另一块礁石，瞬间就踏遍了附近的所有黑礁石，他登上最高峰，冲着海盗船连连摆手——不要在这里停留，快快北返吧。

海盗从梦中惊觉，虽不知梦中的老人是何来路，但梦中却如实境，他坐起来回忆老人的相貌，记得老人面色红润，虽有皱纹堆累，五官却极为周正，年轻时必是一表人才吧。老人的根根白须还分明飘散在他面前，根根透风，毫无黏滞之处。

他一边回忆，一边走出船舱，强光刺得他睁不开眼，抬头往天上看去，浑身为之一震，天上的云正聚集成漩涡，在漩涡的周边，丝丝缕缕的云絮正像梦中老人的白色胡须与头发，就连摆动的样子也是毫厘不差，绞动的云层，分明是一场风暴的前兆，熟知天气的海盗，一望之下便吓得一跳，方才模糊的睡眼也瞪得圆了。

正是午后，船中的海盗还都在昏睡，他们的船停泊在一处小岛，离众人醒来的时候，尚有大半天，没有人注意到风云突变，之前的夜晚，他们刚与波斯商船有过一场彻夜不眠的激战，大战之后的疲惫，令他们个个都睡得像死人一般。

提前醒来的海盗头目急忙叫醒水手，命水手起锚北返，在返程的当天夜里，身后便起了飓风，所幸转舵及时，只受了虚惊一场。回望他们曾经停靠的岛屿，岛上的绿树都让飓风连根卷走了，只剩下山石，船中群盗看了，无不暗叫侥幸。

次日，风浪止歇，受了一夜惊吓的海盗们在船中睡去。频频梦到老人的海盗头目，再次梦到了南澳的老人，这一次，老人出现在他梦中，是一边朝他微笑，一边倒退着在空中飞远。滚动奔涌着的须发中间，海盗头目认出了那微笑——是他多年前葬身于南澳的祖父，标志性的微笑，是海盗头目在童年时最熟悉不过的了，彼时祖父抱他于膝上，任凭他拉拽祖父的胡须，祖父虽然吃痛，却也一直保持着这般微笑。后来祖父去南洋经商，途经南澳时遇到风暴，船毁人亡，从那以后，他再也没有见过祖父。祖父过世后，家道中落，到他这一辈，竟然落得无以为生，只能到海上为盗。却原来，富贵只是转眼间的事情，祖父的泼天财富，与祖父一起沉没在南澳。

他哭着从梦中醒来，奔向船头，只见天空中有一个站立的身影，所有的云片都围绕那个身影旋转，最终，云层包裹之下的人影向远处飞走了。

〔1〕《东里志》：黄岩士夫，皆归咎于澳主徐碧溪，陈诉移文徽州，拘系家属，严谕捕之，碧溪乃造万人巨舰，立国显为船主，欲以报仇，舟大卧沙冈上，扯拽多人，断为两截，乃改为小舟航海，遇官兵追至，退札南澳。……国显遂逃入倭国，勾引倭奴，以掠闽广。

〔2〕王临亨《粤剑编》：总戎黄君为余言，尝至南澳，见一

蚺蛇盘踞水次，视之有角，以为龙也，逼而视之，蛇乃吞鹿，鹿角出其腹外耳。

〔3〕陈伦炯《海国闻见录》：南澳气，居南澳之东南。屿小而平，四面挂脚，皆嵝岵石。底生水草，长丈余。湾有沙洲，吸四面之流，船不可到；入溜，则吸搁不能返。

六二　雷州梦

这个故事发生在雷州——一条深入南海中的陆地，像是巨人的手指，也像是大地的盲肠，这是帝国最南端的一块土地了，每年都有惊雷盘桓不去。在大地的尽头，是雷神的居所，雷神于此处起身，奔赴内地，到处播撒惊雷，此地是谓雷州。

在雷州的最南端，是海盗的巢穴，就在海盗巢穴里，雷声缭绕在夜晚的水寨，负责留守的二当家做了一个奇怪的梦——在梦中，他梦见了出门在外的大当家一个人在座船的卧榻上睡觉，在卧榻的上方，船舱的侧壁，悬着海神妈祖的画像。

彼时大当家正外出劫掠，船行多日，毫无收获。此刻，大当家也躺在船里睡觉，远在雷州老巢里的二当家也在睡觉，二人虽远隔千里，但却在做同一动作。二当家梦到大当家正躺在船舱里睡觉，背对着外面，宛如亲见。二当家梦中的大当家鼾声如雷，正像雷州上空此刻隐隐滚动着的雷声，郁结之后的恣意喷发，似猛兽发作前的喉音，鼾声和雷声有着惊人的相似。

被梦到的大当家虽在睡觉，总觉得背后有人在看他，是二当家的眼睛，大当家忽然惊觉，从睡梦中醒来，在卧榻上来了个急转身，身后不见二当家的踪影，却从舱口的缝隙中，发现一群盔甲明亮官兵，驾着战船包抄过来，他赶紧叫醒属下，一众喽啰急急划船，从浅水中斜穿而去，官兵的船大，难在浅水中通行，追赶不及，只能眼睁睁看着海盗船逃出了包围圈。

大当家得以活命。回到巢穴时，大当家对二当家说："奇事一桩，那天在船上睡觉，感到你就在我背后看着我，把我给惊醒了。"

六三　无穗之禾

海盗朱渍在嘉庆初年开始往来于闽浙之间，曾经一度在宁波沿岸停泊，补充食品和淡水，采办货物。这些举动冒犯了海禁之政，因此遭到追杀，朱渍不得已，后来聚众为盗，亡命于海上，商与盗兼做。

在宁波的日子里，他躲开官府，与当地百姓贸易。这天晚上，他在港口的船中沉沉睡去，忽然得了一梦，怪异非常。次日平明，他醒来之后，叫来左右心腹人，把这个梦向众人讲述。在船上，朱渍居中，众头领们环坐四周，人头密集，坐不下的人都站在了舱口，抱着肩膀坐在船板上，探头听着船舱内的动静。

朱渍不无沉痛地说："我听说梦是有先兆的，神明在梦中出现，点破玄微，给迷途之人指点机宜，许多人的命运曾经因此而改弦易辙。我昨夜有一梦，梦见不远处有一处水田，其中的禾稻挤挤挨挨，不见边际，稻已长成，唯独不见穗头，走进细看，穗头处的禾秆被齐刷刷切断了，断茬上有淡青的汁液流淌下来。稻田里每棵稻子都没有穗头，在风中晃动着的稻田，都被人切了穗头，切口锋利，穗头不知去向，是谁人在做这微眇却又浩繁的恶行？"

朱渍讲完，众人沉吟不语，朱渍开始在船舱里走来走去——能容他走来走去的空间，不过四五步而已，刚举步没几下，就要转身回返，这艘船的船舱过于狭窄了。他忽然归座，对众人说——这分明是个不祥之兆。

众人不解，忙问其缘故。

朱渍答道，禾苗无穗头，是大凶之兆，正是我辈项上人头，被莫名其妙之力斩断，说明敌人正在暗处，我们正在明处，传令下去，立刻起锚出港。

令下之后，所部各船纷纷起锚，驶出了码头。正当他们进入外海之时，远远望见南边海面上有水师的船队呈扇面形包抄过来，朱渍命手下船队扬起大帆船，跳出了官兵水师的包围圈，如果晚一步，就要被困在海湾里了。

群盗以手加额，暗叫庆幸，多亏大当家有这样一个梦，而且像猜谜一样，瞬间猜到了谜底。而对朱渍来说，这个梦纯属杜撰，这是他兴之所至，故意制造梦境，炫示奇异，从此他在群盗中间又增添了几分神秘。他在官府内部有线人，水师的伏击行动，他早就得到了飞鸽传书。他读了鸽腿上捆缚的字条，放飞了鸽子，开始思量对策。

在他初次讲述梦境之后，他看到手下众头领们满脸困惑，纷纷投来询问的目光，他体验到了虚构的乐趣，这让他的地位更加稳固，尤其是在解释梦境的时候，他成为众所瞩目的焦点，他说的每个字，都成为迷途中的路引，众头领在他的指引之逐渐开悟。

这些头领来自闽浙一带，多是穷苦的渔夫，也有失业的苦力，这些人多有膂力，不惜生死，但头脑却不甚灵光。为了驾驭部下，朱渍从此制造出一个又一个的梦，仿佛神灵在梦中降临，毫厘不爽。如果线人报来的军情紧急，难以用一夜的时间去从容做梦，他便会靠在舱壁上闭目假寐，只消片刻，一个新的梦就在他脑海中编织而成。他的梦效验如神，附近的海盗都认为他被神明所护佑，都赶来投奔他，他的队伍也因此迅速扩大。

〔1〕《厦门志》：朱渍，漳人，家饶富，好交纳。与盗通，乡里欲首之，挈妻子浮海去，后为盗，有船数十艘，自称海南王。

〔2〕《噶玛兰厅志》：越丁卯秋，朱渍大载农具，泊苏澳，谋夺溪南地为贼巢。

六四　席生花

黄萧养下狱时，已经是海上的惯犯了，只不过那时他还是独来独往，专干些没本的生意，一同被抓下狱的，还有山盗和海盗数十人。群盗在狱中相见，各陈经历，不久便熟络起来。

黄萧养在狱中沉默寡言，常在卧榻上抱膝危坐，一副莫测高深的样子。群盗中莽撞人居多，动辄大呼小叫，或者猜拳博戏，黄萧养的安静，在他们中间显得极为怪异，在群魔乱舞的囚室之中，他端坐如枯木，如老僧入定，对众人也毫不理会。

这安静却颇能吸引人注意，群盗在高声叫嚷之际，忽感到了那安静的存在，便像定住了一般，张开的口还未发声，只是张开着，挥动着的臂膀也悬在了半空。有一个人这样做了，会迅速蔓延到群体，整个囚室的喧闹中断了。人们都盯着黄萧养，黄萧养仍然无动于衷。群盗又开始吵嚷，每隔一段时间，都会被黄萧养的安静打断，如是再三，这时，群盗便不得不重新打量黄萧养，都认为他身上有特殊的魔力，黄萧养虽不说话，群盗却也不敢小觑了。

囚室中的日子漫长无尽，每天都是相同的。直到有一天，才出现了变化。这天，众人在囚室中醒来，铁窗中有四棱的光柱照射进来，这光柱来自他们久违了的太阳。在这一柱光的照射下，人们醒来，只有黄萧养还在沉睡，众人发现他的竹席上生出了一朵不知名的红花，是初绽之花。一花分五瓣，花瓣的尖角如剑鞘，有水珠滴落下来，让众盗想起了刃上滚血的日子，都陷入了沉默。

这株花从席上的枯竹中发出，开得如此娇艳，众盗皆以为祥瑞，而睡在席子上的黄萧养，自然也就成为非凡之人。黄萧养恰在此时醒来，宣布了筹划已久的越狱计划，群盗越狱而出，随黄萧养到了海上。黄萧养称东阳王，追随他越狱的群盗皆授官。

后来，黄萧养酒后说起当年事，他说：“那朵花是我从窗口伸手出去掐来的，连同清晨的露珠一道采撷进来，插在席子缝里，就像新发的一样，虽然无根，却也一样娇艳。”

〔1〕屈大均《广东新语》：黄盗名萧养，初为盗下狱，卧榻枯竹生花，诸囚以为祥也，萧养乃率囚越狱，纠集战船数百艘，直犯广州，于五羊驿僭位，称东阳王，改授伪官百余人。珠江之南，有伪南汉离宫故址，增筑居之。

〔2〕郭棐《粤大记》：黄萧养者，南海冲鹤堡人，貌甚陋，颇饶智术，一目眇。先是，坐强贼系郡狱。逾年，所卧竹床皮忽青色，渐生竹叶，同禁者一江西商人，谓曰：“此祥瑞也。”

六五　梦卜

东南沿海的妈祖庙中，旧时有梦卜之俗。

所谓梦卜，也即在妈祖神像前发愿，将所求之事在心中默念三遍，然后在神像下席地而眠，在睡梦中，就会得到妈祖的回应。

彼时的妈祖庙正殿里，躺着齐刷刷的求卜之人，后来者无处落脚，鼾声也在大殿中盘旋，来自不同喉咙的鼾，侧耳细听，能辨别出它们来自不同的身躯。肥硕者的鼾声在云端，在栋梁之巅；若有若无的雷声，其音浑浊，可知打鼾之人的喉头肉肥，又有滑腻的黏液浸润其间，听上去便知气息行走之艰难了；瘦骨嶙峋者，喉中似有哨音，江南丝竹的清亮，时有高昂，能抬起几阶，翻着跟头往上飞升。置身大殿中，不多时就昏昏欲睡。

在这些长短不齐的鼾声中，有人陆续醒来，起身朝妈祖神像叩拜，有的喜悦，有的悲戚，跳着绕开那些地上的手脚，还有头颅。他们离开妈祖庙，回到自己的生命中去。他们消失在人海，各自的命运难料，亦不为外人所知。

妈祖庙的梦卜之法，和妈祖当年的一段事迹有关。妈祖是湄洲的渔家之女，生来即能在梦中出游。她有一次随母亲织布，伏在机杼上昏昏欲睡，不多时便被母亲唤醒，睁开眼便大哭起来。原来她元神出游，在海上救起了落难的亲人，她先救起了父亲，正要飞身去救兄长，却被母亲唤醒了。第二天，父亲从海上回来，哭诉遇到风暴的经过，果然，其兄长沉入海中。后人始知妈祖能够梦中通玄，于是有了梦卜之术，通过梦境向妈祖问卜。

求神的人中，也有不少海盗，他们来求神的目的，多半不可告人。有一个暗藏白刃的红面大汉，在求卜的人中间卧倒，身材最是显眼，几乎占了两个人的位置，左肋边鼓鼓囊囊，明眼人一望便知，是暗藏的兵刃。于是人人忌惮，不敢靠近，在他的周围，出现了一圈空地，圆形的空地中间，赫然躺着这名大汉，早就鼾声如雷。

在他的梦中，妈祖的神像走下了神坛，脚不沾尘，仿佛飘浮在空中，只抬手一指，大汉的眉心就出现了一道黑线，紧接着，他的头一歪，鼾声停止，这段梦境也就中止了。

直到午时，人群散尽，人们才发现有一大汉倒在大殿中，探试其鼻息，已然气绝多时。并无异状，只见其眉心有焦黑的一道竖线，像火焰炙烤后的痕迹，却不见血流出来。庙里报官，官府来把尸体运走。

经过捕快辨认，这个大汉原来是久擒不获的海上惯盗，这时人们才知道，作恶多端的海盗，是被神明取走了性命，当地百姓听说这个消息，人心大快，那些横行海上的海盗们，再也不敢来求卜了。

〔1〕林清标《天后圣母圣迹图志》：后方织，忽心动，遂闭睫神驰，手持梭，足踏机轴，若有所挟而恐失之之意，机上凝神，

母怪急呼，后醒而泣曰："父得保全，兄已没矣。"始知顷所足踏者，父之舟，手持者，兄之舵，呼醒舵摧，竟不获救。

〔2〕洪迈《夷坚志》：兴化军境内，地名海口，旧有林夫人庙。莫知何年所立，室宇不甚广大，而灵异素著。凡贾客入海，必致祷祠下。

六六　大星入怀

海盗汪直出生时，他的母亲梦见有大星入怀中，明亮无匹，照耀一室，当夜便生下汪直。紧接着，一场大雪落下，草木为之摧折，寒冬降临，邻人皆认为这是孩子降生带来的异兆。

当时有道士路过庭前，拍掉了袍子上的雪，在门洞里避雪。道士抬头看着漫天雪片翻滚，手捻着须髯道："汪家产子，有此大寒，是天地间肃杀之气，从此东南不宁。"说罢，道士又走进了雪中，扬长而去。

汪父听到道士的一番言语，出门追赶时，道士已经难觅踪迹了，道士说的话，令汪父心中平添了几分隐忧，回到屋中，看到襁褓中的幼小生命，正在竭尽全力哭泣，汪父甩甩头，便把那些隐忧给驱散了，取而代之的，是得子的喜悦。他穿过门楼，回到内室，把这个孩子抱在怀中。

后来汪直想在海上起兵，便问起自己出生时有何征兆，汪母讲了这段经历，汪直不由得暗喜。天星入怀，是星宿降世为人，到轮回中走一遭；而天降大雪，是肃杀之象，也是兵燹之兆。难道这是上天在暗示，自己将以武力夺得天下？

有了这个梦的支撑，汪直遁迹海上，打造船只，募集亡命之徒，啸聚万余人，称净海王。

〔1〕民国借月山房汇抄本《汪直传》：直因问其母汪妪曰："生儿时有异兆否？"汪妪曰："生汝之夕，梦大星入怀，旁有峨冠者诧曰：'此弧矢星也。'已而大雪，草本皆冰。"直独心喜曰："天星入怀，非凡胎，草木冰者，兵象也。天将命我以武胜乎？"

〔2〕万表《海寇议》：汪直，歙人，少落魄，有任侠气，及壮，多智略，善施与，以故人宗信之。一时恶少若叶宗满、徐惟学、谢和、方廷助等，皆乐与之游。

〔3〕傅维鳞《明书·乱贼传》：直乃绯袍玉带，金顶五檐黄伞，其头目人等，俱大帽袍带，银顶青伞，侍卫五十人，俱金甲银盔，出鞘明刀，坐定海操江亭，称净海王。

六七　粉骨

蔡牵在海上做大时，清廷四处寻访，找到了蔡牵在同安县西浦乡的祖墓，欲将其祖挫骨扬灰，以此对蔡牵进行打击。海上征剿行动的频频失利，清廷终于出此下策，当然，这是上不得台面的手段，也是屡败之后的泄愤之举。

与此同时，在盛行祖先神的年代里，有一种观念认为，刨掘一个人的祖墓，能使其气运衰败，仿佛海上嚣张的贼势，也都与这些土馒头有关。帝国的官员在奏折中写道："南中国的某一处墓中，正有戾气在凝结，淤积不散，这被视作帝国机体上的创疣，如此微恙，如不及时割除，终将有性命之虞。"

不久以后，那位来自嘉庆朝的封疆大吏，在灯下起草奏折，写的是开坟所见的异状，所写内容的真伪，已经无从考证，但却足以令皇帝深信不疑。帝国宦海中浮出来的疆臣，自是娴于辞令，将开坟时的场景做了极尽工细的描绘，甚至具体到了坟头树枝上的一声鸟鸣，以及碑座上惊走的一只螳螂。皇帝读了，有亲临其境之感。还原和呈现，是文臣的一项基本功，是从幼年即开始的一项长久的训练，伴随其一生，在多年的为官生涯中，文字也变得圆转如意，介于有和无之间。

官员在奏折中提到，蔡牵祖父的墓地已经找到。通过走访逃逸的蔡氏宗族，才找到了这隐秘的所在，看来蔡牵对此也早有防范，但终究还是找到了。打开蔡牵祖父的坟墓时，骨架完好，但看骨架的颜色，已经都是粉红色，如初绽的桃花般鲜艳，观者无不称奇。当找到蔡牵父亲的墓时，格局又有不同，该墓坐落于山谷中，左右都有山峰拱卫，有溪流盘绕，又有一座山峰状如猛虎，蔡父之墓在虎形山峰的笼罩之下。据说这是聚拢地气的宝地，埋骨于此，后世子孙当贵。打开这座墓时，发现了更为异常的骸骨。

与蔡牵的祖父相似，蔡牵父亲的骸骨也变成了红色，但这红色更为鲜艳，棺盖移开，里面的骨架摆得端正，白骨上凝结着血珠，仿佛随时都要滴落下来，在红色骨架的关节处，还生出了一寸多长的白毛，密丛丛的绒毛，塞满了骨架的接缝处，堪比霜雪，俨然已不似人形。

在地方官的带领下，掘墓的清兵对这些发生异变的骨骸进行焚烧。在大火中，粉骨顷刻化作灰烬，粉色的骨殖，雪白的长毛，都在那一刻不见了，种种怪异，消失在上腾的青烟之中。在那一刻，地方官如释重负，瘫坐在了地上，他的随从们把他搀起来，塞进了轿子里，颤巍巍地离开了。

“火是最能祛除邪魅的法宝，一切邪魅，最终都会蹈火而亡。”另一位在现场指挥的清国官员如是说。他的嘴角露出了轻蔑的微笑，火光正照耀他宽广的前额，新剃的头皮爽利，遮掩在红顶子之下，他的双眼正处在帽檐遮挡的阴暗中，显得莫测高深，在火光中，他的两个瞳仁里各有一团火在上下翻飞。

经过层层上报，蔡牵的祖坟越传越神，到了这位封疆大吏手中时，已经变成了冗长的故事，每上报一层，其神奇便增添了十分。当这位封疆大吏的奏折到了皇帝手中时，皇帝看到的，是来自南中国民间的怪力乱神，这令身处宫禁之中的皇帝感到新奇，甚至是微微的激动，在他的帝国之内，还有这么多不为人知的奇迹，也还有这么多未曾亲历的异兆，这是难以抵达的秘境。皇帝甚至没有像以往一样，提及蔡牵必然动怒。在往来奏折中，蔡牵——这个挑战皇权的海盗，被称作蔡逆，对这个叛逆者，在折报的辞令中都会先行矮化。辞令上的胜利，来得尤为轻易。

皇帝的注意力，被异兆给吸引了。这位书写奏折的重臣，在不厌其烦地描述了这些异状之后，笔锋一转，适时提到了重点。他认为蔡牵久剿不灭，损兵折将，都与这些异状有关，这些异状中包含着山川凝聚的戾气，非人力一时可以胜，焚烧蔡逆祖墓的骨殖，正是走向胜利的第一步；他甚至认为，蔡牵终会因此而尽失所恃，一步步走向衰亡。

皇帝看罢奏折，戴着碧玉扳指的手指绿光莹然，又翻动着这薄薄册页，那些奇象异兆，再次被碧光照亮。在深夜的宫殿中，皇帝的眼前也燃烧起了一团大火，在火中，粉红的站立的骨架扭曲、崩裂，终于瓦解，倒在了耀眼的白光之中。他仿佛闻到了一阵焦臭——焚烧妖孽之后，必然有此一阵焦臭，以示正邪之分。焦臭从宫殿深处飘来，皇帝在这焦臭中抬起头来，从南窗的雕花窗格中眺望着低矮的黛色夜空，大星闪烁，宫禁之中不知岁月，流年又在暗中偷换，他的山河，也在随着星斗旋转。当天夜里，司天监的占星术士来报，帝星周围出现了一颗盗星，忽明忽暗，与帝星争光。皇帝闻报后心生厌恶，在金漆的条案旁边走来走去。

此刻，栖身于海岛的蔡牵也正身着蟒袍玉带，在榻上吸食鸦片，他在烟雾中，看到的是他的海上帝国，由无数战船构成的一片土地，时聚时散的城邦，桅樯构成的森林，在夜风里萧萧作响，凸起的船舱则模仿着山丘的样貌。蔡牵在举目远望时，看到了连绵起伏的高丘，这使他想起了早年在帝国腹地的生活。此时有无数小艇在他的船队间往来，运送物资，支撑起一支船队。当然，除了物资之外，还有巫医、百工，以及船妓，各色人等，乘着小艇蜂拥而来，他目睹了一个海上帝国的形成。他的海上帝国是活的，如蚁穴中的忙碌，又如星辰般暗中运转，是自行生长的活体。到后来，连他自己也说不出所以然，自行生长的海上帝国，已经超出了他的想象。作为缔造者，他完成了自己的使命，只有回到鸦片中寻找慰藉。

蔡牵躲在船舱里，翻看着连日来的赎票，绑架而来的人质，被赎走之后留下的记录，有时他也在船舱中与抢来的妇女闲聊，以此打发漫长的时光。在很长一段时间里，他的孤独与皇帝何其相似，然而他的根终究是在陆地上。在陆地上，皇帝从根系上对他的挫骨扬灰，终于使他与陆地彻底断绝了关系；从这一刻起，他才割断了与大地相连接的脐带。

〔1〕《明清宫藏台湾档案汇编》：左右群峰合抱，溪水回环，前对大帽山，后坐西浦社，过峡来脉，突起一峰，状如虎形，颇得受地气，遂挖掘见棺，棺木虽朽而骸骨井然，验其骨色亦带红色，骨上有白毛寸许，当将两填骨殖全行检出扬灰抛撒，用火焚烧以绝其暴戾之气。

六八　船木生芽

蔡牵初到海上为盗，做了几笔生意之后，终于有了自己的盗船，也组织起几个弟兄，蔡牵自任头目，与众弟兄一起，在水上做些劫道的勾当，他的盗船也伪装成渔船，以掩人耳目，其手下也多是渔民，他们熟识水性，惯于在海上生活。

那时他还没有自己的地盘，只是驾船出去碰运气，劫到了货船，分赃之后，便回到岸上，回到各自的家中，表面看起来，与寻常渔夫并无不同，这是他早年的大致行踪。未曾发迹时的遭际，仍是一片模糊地带，仿佛在海上大雾中穿行。

直到有一天，蔡牵的盗船上有了变化，显然，这是一条新船，方形船头上的横木，浸水之后返青，几天之后，便生出了一枝嫩芽，越长越高，碧绿的一条，在阳光下是半透明的。这一奇观，顿时吸引了其他海盗船，纷纷前来观看，群盗以为这是难得的祥瑞之兆，于是众人便推蔡牵为盟主，都愿意接受蔡牵的领导，蔡牵也不推辞，接受了众人的美意，不久后即卷集了上百艘船，一跃成为东海巨盗。

紧接着，蔡牵又自称皇帝。不过，他只要身穿龙袍，头戴冕旒，就会头痛欲裂；他除去靴子，赤着脚在船板上，便不会头疼。这个皇帝是漂浮无根的，就像他船上当初生出的那棵绿芽。

六九　鲸头人

郑成功入台湾后，其部将有一次在海边巡防，行至海角一片平坦之地，便就地安营下寨，一路鞍马劳顿，便解了盔甲，在营寨中歇息。不觉酣然入梦，忽有兵丁来报：“王爷到。”

部将听到郑成功到，立刻起身整理衣冠，顶盔贯甲，急趋出帐门，做好了迎接的准备。信炮响起，前驱已经来在了帐前，呈扇面状排开，然后一分为二，中间让出一条道路，红毡的圆筒在鼙鼓的催促中徐徐打开，所过之处铺满了耀眼的红，地面上有了这一道血线，矛槊的密林落地生根，拱卫在两侧，风从铁杆和尖刺之间吹过，擦出了长啸——在这些兵刃的喧哗之下，红色的道路更显得寥落。笔直的一线红，从地平线上斜刺出来，看不到尽头，这条红线像大地一样绵延无尽，只为等那个人的到来。

部将带兵卒侍立在红色的道路旁，久候不至，便低头看着红毡上的毛羽出神，风从海上吹来，把那红光吹拂到空中，贴近地面的低空起了浓雾般的红晕，淹没了兵卒的膝，战马的腿，还有矛的杆，黏稠迟滞的气息在膝踝之间起落，众人陷入了长久的虚空之中。

首先出现在视野中的是马蹄。一匹白马缓步走在红毡上，蹄声早就被红毡吞噬。众人抬起头，延平王的白袍里裹着风，鼓鼓囊囊的，这使他的身子看上去是个躁动的空壳——看似肥硕的肉身里，正有巨大的虚空，马背上臃肿的白袍罩住了黄金甲胄，在那一刻如此之轻，仿佛凭虚蹑空。

当迎接的人群抬头往上看去，不由得一怔，在他的项上，是一颗鲸鱼的头颅，脖子已经不见，鲸鱼的方形头直接嵌在双肩之上，并且与肩同宽。在他的鲸头上，还束着王冠——在平原广泽般开阔的头顶上，王冠缩为一个金光四射的疙瘩，遮住了头顶的喷水孔，他微张着嘴，露出了一圈白牙，他的眼波流转，扫视两厢之后，即恢复了平静，而这平静随时都会破碎，就像暴风之眼，片刻的安宁亦不可得。

侍立在两旁的部将和兵卒们都默不作声了，他们感到隐隐的不安，延平王的变形触目惊心，他们谁都不敢点破。他们不知该不该上前参见，在惊疑中继续观望，延平王的鲸头指向天空，他的巨口开合几下，即有糜烂的鱼虾气息飘散在空中，热烘烘的，逼近了每个人的脸颊，而他的急促呼吸，又使众人面颊上的温热忽远忽近，亲炙其气者，无不悚然心惊。不多时，众人已经大汗淋漓，汗水打湿了地面，像是刚下过一阵急雨，空中还有泥土的甜腥，令人喉中干裂欲焚。

这时，延平王策马飞奔，马蹄铁似四朵黑色火焰，托举着白马，在红毡的尽头，大地的尽头腾空而起，在众人眼中划出了一道圆弧，前蹄径直踏入海水中，连人带马不见了踪影。

一梦惊觉，延平王郑成功的部将翻身坐起，不觉暗自称奇，当他带兵赶回时，郑成功已然病重，不久便病逝了。

〔1〕黄叔璥《赤嵌笔谈》：癸卯，成功未疾时，辖下梦见前导称成功至，视之，乃鲸首冠带乘马，由鲲身东入于海外。未几，成功病卒。

〔2〕戴凤仪《松村诗文集》：芝龙娶日妇翁氏，孕，临蓐海上。居民见一人金冠红袍，骑鲸直入国中，震骇，千百聚观。翁氏昼眠，亦梦至港岸，鲸跃起，扑其身，惊寤而生。

七〇　飞龙石

广东饶平县的张琏，曾在饶平的府库里做小吏，因私用官银，案发后逃走，隐匿不出，暗中结纳猛士，有意揭竿而起。

因虑及出师无名，张琏自称夜间得了一梦。在张琏的讲述中，他的梦中有神人从天空中（一说是从房梁上）降落，落地时脚不沾地。张琏在梦中吃惊不小，据神的解释，神人是不沾凡尘的，这是堕落的象征。在接近地面的位置，这位神人就靠难以置信的法力，凌空悬浮着，神人以这种方式保持着对世俗的警惕，这是他们在世间行走的方式。

至于这位神人的出现，当然也是浑身上下闪耀着金光，乍一出现时，金光就令张琏睁不开眼，许久才能适应。光芒的中心，有一个道家装扮的仙人，须发皆白的老者，身穿八卦仙衣，怀里抱着拂尘，在浓密的白胡须中，有个来自另一世界的声音，源源不断地震动着。

张琏从梦中醒来。他声称只记得些梦的碎片，他依稀记得神人说，在县城外的四方塘里，有一块天降的陨石，其中有一面刻字，谁能得到它，谁就能主宰整个帝国。

神人说完就离开了——腾空而起，升到了目力所不及的高处，与此同时，金光也一并消失，眼前又恢复了长久的黑暗。张琏说，他被忽然到来的黑暗惊醒。

张琏立刻把这个梦告诉了身边朋友，饶平四方塘里有天降陨石的消息不胫而走，传得整个县城都知晓了。其时大旱，四方塘里的水已经落到了齐腰深，塘基的方石上有一圈绿色痕迹，那是四方塘当初的水位所在。

人们在水中摸索，都想找到那块陨石，四方塘忽然变得热闹起来，多年淤积的黑泥，也被寻宝者的赤脚搅动，塘里的水难以看透，只能凭双手在水中摸索。弯腰在水底试探，水已经淹没了头颅。人们闭住呼吸，不时抬起头来换气，脸上也都染了黑泥，难见本来面目了。

直到众人搜寻无果，纷纷铩羽而归，张琏才出现在四方塘上，他下水摸宝，在低头的瞬间，有一块方形石从他怀里滑脱，掉进了水里，还不等落到塘底，就被他在水中一把捉住。当他直起身子，手中已经擎着这枚方形的黑石，众人都被张琏的举动吸引，起身观看，只见那枚方形石中有四个循环往复的大字：飞龙国主。

这块闻名遐迩的陨石，后来被称之为飞龙石。虽然这块奇石是出于张琏的伪造，同时伪造的当然也包括张琏的梦境，但并不妨碍人们相信它的存在。

飞龙石的持有者张琏跃出了四方塘，人们纷纷追随他去了海上。张琏也自立为飞龙国的国王，按照飞龙石上的字迹，自称飞龙国主，以飞龙石为印信，从此横行海上，独霸一方。

〔1〕梁启超《中国殖民八大伟人传》：旧港番舶长张琏，广东潮州饶平县人。张本大盗，明嘉靖末作乱，扰广东江西福建三省。西籍言嘉靖间有海寇张士流夺据葡人之澳门，殆即琏也。中国人之胜西人，自是始。琏后为官军剿平，已报克获，万历五年，商人诣旧港者，见琏列肆为番舶长，漳泉人多附之。

〔2〕《广东通志》：琏故饶平县胥也，盗官银，觉，入贼中，阴刻石曰：飞龙传国之宝。投诸池，伪与众渔，得以出，众视之大惊，以为帝王符也。

卷八　刀兵

七一　罪铁

早期海盗的兵刃还是冷兵器，晚近才有较为充足的火器。有了火器之后，冷兵器仍是火器之外的补充。在船头走动着巡逻的海盗，手里虽有了火铳，腰间还是挂着刀，操控着炮台的炮手们，也在背后斜背着刀剑，远处用火器，近处则用白刃。船被攻破之后，官船攻上来，只能以白刃格斗，古老的武功在这里派上了用场。被红旗帮海盗劫持的英国海盗格拉斯普尔曾目睹海盗中有一骁勇异常的年轻女子，只用一柄匕首，在瞬间就刺中了十几个清兵，大海盗郭婆带登陆洗劫时，其部众以大炮开道，走近之后，又用长矛，大刀刺斫乡民。海盗中不乏使用冷兵器的高手，南海又有大盗梁皮保，在船距数丈的情况下，一跃即可飞上对面的船，抡刀冲杀，时人号之曰“夜叉保”。

郭婆带归降之际，曾上缴刀、矛、剑、弩、挠钩，分水刺等兵刃共计五千六百件，张保仔归降后协助官府剿灭海盗，在一次战斗中即缴获兵刃一千三百余件，这些海盗的兵刃，被视为罪铁，是不祥之物，聚集在一起熔化为铁水，重新铸造，归入武库，仿佛经过火的淬炼之后，这些兵刃上的罪恶才能得以洗刷。

在剿灭海盗蔡牵之后，浙江巡抚阮元收缴蔡牵部的兵刃，熔铸为杭州西湖岳飞墓前的秦桧夫妇跪像，是以罪铁铸为罪人，相得益彰。凡铁无辜，只有罪铁是最佳选择。在征剿蔡牵的战斗中，名将李长庚中炮身亡于海上，阮元是李长庚好友，彼时正在杭州的浙江巡抚任上，收缴海盗兵刃铸造铁像，也算是对故人的纪念。

在阮元之前，已有秦桧夫妇的铁像，有史可查的秦桧夫妇铁像最早铸于明成化年间，秦桧夫妇反剪双手，跪向岳飞墓，面容猥琐颓丧，不久即成为两坨烂铁，难以辨识。铁像被游人毁坏，可见民间对作为替罪羊的秦桧夫妇怨恨之深，已到了失去理智的地步，我们的百姓如今仍保有这一爱憎分明的品性。

此后秦桧夫妇跪像几经铸造，皆遭毁坏。譬如清雍正年间，杭州栖霞岭下曾有百姓结伴而来，用铁棍木棒猛击秦桧夫妇跪像，在众人合力围攻之下，终致王氏跪像头颈折断，后经多次重铸，也都遭到捶挞，甚至被人偷出岳王墓，沉到西湖中，寻觅不得，几次疏浚湖底泥沙，也未曾发现。铁像沉重，或已沉入湖泥的最深处。

如今所能看到的秦桧夫妇跪像，已是距今三十多年前重新铸造的，加上了护栏，阮元以海盗兵刃铸造的秦桧夫妇跪像，也因损毁严重，消失在历史的长河中，这两坨凝聚着怨念的罪铁，也不知所终，它们背负的罪名，也因其远遁而被人遗忘。

〔1〕倪云癯《桐阴清话》：阮文达元平蔡牵得其兵器，更铸秦桧夫妇像跪岳王祠外。好事者制一联，作夫妇问答口吻，以木书之，其一系桧颈云："咳！仆本丧心，有贤妻何至若是。"又一系王

氏颈云："啐！妇虽长舌，非老贼不到今朝。"阮一日谒庙见之，为狂笑。

〔2〕张祖翼《岳墓重铸四铁像记》：益以人心义愤，积岁詈击，身首残弃，因命工又范之，缚跪如前状，殛奸回于既往，懔正气于人间，以告万世之为人臣者。

〔3〕《定海县志》：嘉庆九年，长庚总统闽浙水师，追剿牵于马迹尽山间，屡败之。十二年十二月，复率部追牵入粤至黑水洋，中炮死。十四年八月，提督邱良功，王得禄合剿牵于渔山外洋，大创之，牵裂船自沉。

七二　毒药匕首

刘生在灯下展观新制的匕首。匕首摆在条案上，投下阴寒的倒影。这是刘生延请南海良工所锻造的利器，长约一寸有余，通体银白，唯独尖端乌黑，是剧毒的反复腐蚀淬炼，才令钢铁有了死亡的颜色。他在抛光的刃口上的镜面中看到了自己的双眼，眼中有怒火，他简直认不出自己了。

在儒家经典的长达廿载浸淫之下，他已然是不疾不厉，二十余岁的年纪，却从无好勇斗狠之举。而丧父之痛所激发的仇恨，却也是由儒家经典的教导而得来。他的父亲从安南国做生意回返时，半途遇到海盗，资财尽数被掠去。在混乱中，刘父乘海盗们不备，瞅准了空子跳水逃跑。幸亏熟识水性，才在水中潜逃而去，最后全船幸免者仅此一人，海盗在海上搜检而不得，只得作罢。然而刘父痛心于资财失落，再加上惊吓，还有泅水逃生的劳乏，还乡归家后不久，便病故了。

除了张保仔，还能是谁呢？他怀揣着匕首，投奔到了张保仔的盗伙中，彼时投靠张保仔的游民甚众，刘生混在其中，也被编入海盗中，因识文断字，略通武艺，就被任命为小头目，有了接近张保仔的机会。入伙之初，即赶上张保仔的寿辰，彼时张保仔也不过二十出头，他的部众已有近十万人，战船千余艘，已是海盗中最有实力的一股了，俨然是各路海盗的盟主，在海上发号施令，多次打败官兵。

在酒席宴间，刘生主动要求侍立于张保仔左右，这番举动，已经引起了张保仔的注意。

酒席设在张保仔的座船上，觥筹交错之间，张保仔麾下的群盗前来祝寿，一一敬酒。那些摇晃的身躯已经擎不住酒杯了，杯中的酒浆泼洒出来，在空中泼出透明的酒帘，张保仔透过那些悬停在空中的酒，看到了变形的桌面，盘中的大鱼看上去扭曲了身子，仿佛在水中游动，直到酒水落下，大鱼终于停滞不动——是这酒让盘中的大鱼活起来了。

在酒宴的巨大聒噪中，桌面摇摇欲坠，有一个海盗踩到了一颗大螺，是在席间吃蒸螺丢弃的壳。踩到螺壳的海盗身子前倾，栽倒下去，幸被身旁的海盗扶住，相撞之下，酒杯都落在地上，在木板的船底并未摔碎，只是来回打转。

混乱的场面中，只有刘生保持安静，他的安静显得引人注目。此时的刘生就站在张保仔的身旁，不时用眼角的余光偷瞄张保仔。张保仔在晃动的酒面，看到了刘生的眼睛，不由得吃了一惊，一阵阵寒意袭来，他猛回头，正撞上了刘生的目光，他当即指着刘生断喝一声："拿下！"

群盗一拥而上，把刘生按倒在地——这于他们而言，是最为熟练的了，即便在醉中，也能瞬间惊醒。在张保仔一声令下，他们的酒气都化作冷汗，从额头蒸了出来。有不少海盗腰里就暗藏着绳子，上前来将刘生五花大绑。

搜身之后，在刘生怀里发现了那把毒药匕首。匕首到了张保仔手上，张保仔接过，从白鲨鱼皮鞘中拔出了匕首，锋刃照亮了张保仔的双眼，令他有了短暂的目盲，在匕首的尖端，有了毒气森森的黑暗。张保仔也是兵刃的行家，他放在鼻尖一嗅，便知是剧毒——一股腐肉般的恶臭，顺着鼻孔直冲颅内，这使张保仔有了微微的晕眩。

宴会临时改作了审讯，刘生被推搡到张保仔面前。张保仔怒道："为何要来行刺？"刘生答："杀父之仇，不共戴天，我父刘某从安南回返，商船被你劫去，后只身逃脱，受惊吓而死。"

张保仔站起来，来回踱步，似在凝神回忆。想了半晌，对刘生道："劫你父亲商船的，应该是乌石二，我当时在外洋，与洋人的船队开战，乌石二当时正在沿岸活动，劫夺了一批来自安南的商船，时刻不差，正是乌石二所为。"

张保仔说完，就命左右给刘生松绑。

张保仔手下众盗皆不解，呼喝着要把刘生剁成肉酱，张保仔挥挥手，把那些叫喊给压下去了，而群盗手中依然掣出了刀剑，只等张保仔一声令下，刀剑就将如雪片般落下，再看刘生，却是面不改色，将那些高举在空中的刀剑视作无物。

张保仔高声道："我平生杀人无数，想杀我的人也是不能胜数，只有你将生死置之度外，前来行刺，真是壮士，令人钦佩。"

刘生被松绑，张保仔送其金帛，命人将刘生护送回陆地。

〔1〕吴雁山《谱荔轩笔记》：刘某者，番禺人，其父贾安南，岁一往返。嘉庆初，海贼方炽，半道为贼伙所掠，急赴水，仅以身免，既恨丧资，又受惊恐，病遂卒。刘以诸贼惟张保最强，必保也。朝夕切齿，欲得而甘心之。觅良工，制尖刀尺许，日夜淬之，且傅以药，怀之而投贼，乞为党，每侍立必近保侧。

〔2〕吴雁山《谱荔轩笔记》：保曰："素无仇，必杀我，何也？"刘曰："杀吾父非仇乎？"保宛转问："尔父遇贼何时何地？"沉吟久之，曰："杀尔父者，乌石二也。余是时全帮方驻某所，何由得至某地与尔父遇？汝误矣。"令左右释其缚，且曰："余杀人父多矣，汝敢仇我，真壮士也。"

七三　偃月刀

在一次海盗大举登陆洗劫中，因防御空虚，官府无兵将可守御，海盗长驱直入，乡民自行组织起来，抵御海盗的入侵。

他们在岸边修筑木障，开掘壕沟，又摘下门板，在门板上培土，泼水，抵挡海盗的火枪和炮弹。在这些屏障的背后，乡民掷出石块，泼出烧滚的油，击退了海盗的几次进攻。

海盗们大为恼怒，短暂的休整之后，又发起了新一轮的进攻，一举冲破了乡民的防线，大股海盗冲上岸来，瞬间击杀了数十乡民，更多的乡民向山上败退，想倚仗山上的丛林为屏障，继续游斗。

就在这时，两军阵前出现一员战将，跨马提刀前来参战，他让过了逃散的乡民，向着海盗的方向拍马舞刀冲来。待马跑到近前，海盗们大为惊诧，见此人面如重枣，三绺长髯飘散在胸前，银盔银甲，绿战袍，手里舞动着偃月刀。

海盗大头领站在船首指挥，他的船都靠在岸边，登岸的海盗，都被这员突然出现的战将惊回了船上，一人一马，就像戏台里冲出来的关公，这样的情形，以前从来没有遇到过。

唯有海盗大头领不为所动，他在船头呼喝道：“此人故弄玄虚，不要上当，开炮开炮。”

炮手们把炮口都对准了关公，几乎同时发动十余炮，铁皮包裹的霰弹还未及爆炸，就被他的偃月刀挡了回去，有的炮弹落回了海盗船中，击中两艘盗船，火光从船上升起来，照亮了海面。

海盗们吃惊非小，呼哨四起，海盗船退去，帆和桨并用，逃回了他们栖身的海外岛屿。乡民聚集到岸边，失却了海盗的所在，这时再找那位将军，也找不到踪影。

后来，人们在后山关帝庙里找到了他。关帝的神像，正与那天晚上出现的将军一模一样，他手里擎着的偃月刀，刀口卷了刃，那是拨打炮弹之后的痕迹。

这是帝国武功抵御火器的最后神话。冷兵器的荣光只属于手持偃月刀的关公，那一夜，他在神庙中的祭坛上冲将下来，用冷月般的刀口，拨打着灼烫的炮火，将海盗的炮弹一一击回，在神像上，人们看到关公的指缝间有血迹，他的双手已经震裂，并在那个晚上血流如注。

〔1〕《东莞县志》：贼又攻大汾乡，乡有关帝庙，素着灵异。贼遥见岸上一人，赤面美髯，跨马提刀，往来捍御。贼发巨炮，神挥刀，丸子反坠贼舟中。贼惊语曰："不怕大汾人，总怕大汾神，旋引去。"

〔2〕罗贯中《三国演义》：玄德谢别二客，便命良匠打造双股剑。云长造青龙偃月刀，又名冷艳锯，重八十二斤。

七四　佛郎机

佛郎机——遥远的海外国度，远在地平线之外，时人莫测其踪迹。明正德十二年，佛郎机人从海上乘大船来粤，以进贡为名，就地建房舍居住，地方不许，佛郎机人怒，开炮猛击。他们做的是海盗的勾当，在中国沿海劫掠女人和金帛，在沿海地区还盛传佛郎机人烹食小儿的恶行，一时间人心惶惶。当时在粤任海道副使的汪鋐大破佛郎机人，得其火炮，献之于朝，乃有了后来的仿造热潮。根据佛郎机人的船炮原理，相继造出了大样、小样、中样、马上、流星炮、连珠、万胜、日出、无敌大将军、铜发贡、百子等名目的火炮。

佛郎机国的大炮也叫作佛郎机，武器的名字和国家的名字相同，其武器早已成为邦国的代名词。佛郎机即明人对葡萄牙人的指称，其国人多数生有茂密的红胡子，连头发也是红色的，因此又被称为红夷国，或者红毛国，他们还有一种大炮被称作红夷大炮，威力更胜一筹，后来一度取代了佛郎机大炮。

作为一种流行于十五世纪末的欧洲火炮，佛郎机的先进之处，在于采用母铳衔扣子铳的结构，解决了炮管内闭气问题。将装有火药和弹子的子铳，放入母铳膛内发射，避免了炸膛。由于子铳是单个的，可以边发射边更换，形成密集交错的火力网。佛郎机中喷射霰弹，打击面极广，操作起来也极为便易，炮兵稍加训练后即可操作，更为难得的是，铸造工艺简单，可以大批量铸造。明人见识了佛郎机火器的威力，仿制迅速，不久，佛郎机大炮就成为九边防守之必备火器，明军的战斗力骤然得到了提升，火器也被有识之士视作兵中显学。

佛郎机之名，与明初设立的神机营碰巧相近，都取机字，那时的炮被视作弩机之同类，但有明一代却未以奇淫技巧视之，尤其是那些有见识的将领，都认识到了佛郎机的巨大威力。佛郎机本是船炮，是来自海盗之国的利器，明人很快仿制出了陆地用的佛郎机，配以炮架和战车。军中曾以七千斤生铁仿制的佛郎机大炮，戚继光装备有佛郎机一百六十门，俞大猷将仿造的佛郎机放置在海船，在剿海盗时尝到了甜头。

动辄数千斤的重型佛郎机又名“无敌大将军炮”，因其笨重，不利于行军，多用于防守，守城，守海疆；百余斤的大佛郎机可以和战车搭配，用在行军及海上作战；更为便捷的有小佛郎机，又名佛郎机铳，绳索拉拽，单个士兵即可携带并操作，戚继光的水师中因曾配备佛郎机铳二百五十六门，故在与海盗的作战中频频胜出。

及至明亡清兴，佛郎机改称子母炮，仍在战场上出现。当时，火炮对游牧民族的骑兵杀伤尤重，努尔哈赤就死于红夷大炮，故此，清代君主多对此心存忌惮，限制使用，也无更新改进的动力。随着时间推移，佛郎机也变得笨重不堪，本是最新锐之器，陈陈相因，也终堕为最老钝。

〔1〕《明史》：佛郎机近满剌加，正德中，据满剌加地，逐其王。十三年遣使臣加必丹末等贡方物，请封，始知其名。诏给方物之直，遣还。其人久留不去，剽劫行旅，至掠小儿为食。……官军得其炮，即名为佛郎机，副使汪鋐进之朝。

〔2〕陈仁锡《皇明世法录》：今红夷铳法，盛传中国，佛郎机又为常技矣。...... 大铳长二丈余，中虚如四尺车轮，云发此可洞裂石城，震数十里。

〔3〕张燮《东西洋考》：佛郎机身长七尺，眼如猫，嘴如莺，面如白灰，须密卷如乌纱，而发近赤。

七五　鸳鸯阵

鸳鸯阵由戚继光所创，是一种陆战的阵法。戚继光见沿海地区丘陵密布，道路狭窄，河渠沟壑甚广，排兵布阵难以施展，便苦思为鸳鸯阵之法。

鸳鸯阵由十二人组成，最前方有队长一名，其次有两人，一人手执长牌，另一人手执藤牌，此二人用盾牌遮挡敌方射来的弓箭，掩护阵中其他兵卒前进。接下来是两名狼筅手，狼筅是该阵法中最为奇特的兵刃，是以南方的毛竹为主干，毛竹的斜枝仍保留，并且削尖，抹上毒药，最前端则安装利刃，每根狼筅长约三米左右，是阵中的主要击刺力量，舞动起来，一扫一大片。紧随狼筅手之后的，是四名长抢手，负责照应前面的盾牌手和狼筅手，接下来是两名短刀手，若狼筅手和长抢手未能制敌死命，短刀手立即冲上去补刀，跟在最后的，是一名负责伙食的火头兵，为阵中兵卒补充干粮，关键时刻也可在阵中冲杀。鸳鸯阵有长短兵刃互相配合，攻守并重，有着可怕的战斗力，几乎毫无破绽，是难以破解的阵法。

鸳鸯阵的阵形变化灵活，可以根据情况和作战需要变纵队为横队，变一阵为左右两小阵，或者左中右三小阵。当变成两小阵时称作两仪阵，左右盾牌手分别随左右狼筅手、长枪手和短兵手，护卫其进攻。当变成三小阵时称作三才阵，此时，狼筅手、长枪手和短兵手居中。盾牌手在左右两侧护卫，随地势和军情的变化而随时变阵，皆靠队长指挥。

阵法中的军规也最为严苛，如果擅自乱了阵形，则斩其队长，若队长死后，全队并无斩获，则斩杀全队，在严苛的军法约束之下，人人奋勇，个个当先，一上阵便是拼命的打法。

在浙江宁海与倭寇的首战中，倭寇自来轻视明军，见明军杀来，并不避闪，而是径直迎了上去。哪知这些明军与以往见到的大不相同，他们每十几人结成一团，在冲击中也保持队形不乱，倭寇有的被藤牌挡住，有的被狼筅钩住，紧接着，队中有冒出长枪手和短刀手出来补刀，如风卷残云般斩杀了倭寇的部众，从此每战必胜。

在野史的记载中，鸳鸯阵也有过败绩，此事和戚继光的夫人有关。戚夫人王氏是将门虎女，精通武艺，能骑马征战，且有谋略。戚继光对夫人最为忌惮，他的部下看不惯戚继光被夫人欺负，于是点起人马，怂恿戚继光带兵回家，给夫人点颜色看看。在众将官的激将之下，戚继光也是勇气倍增，带着人马回府。

却说戚夫人在府中听到人欢马叫，赶忙出来看个究竟。见是自己丈夫带兵回家来，冲自己还直瞪眼，戚夫人怒道："干什么？"

戚继光一看夫人瞪眼，立刻心慌，灵机一动，答道："请夫人阅兵。"

戚夫人见众将官个个掩嘴而笑，便猜到了八九分，于是她走下台阶，朝着众将官道："都给我滚。"

众将官弃甲曳兵而走，退回了兵营。战无不胜的鸳鸯阵，首次遭遇败绩。

〔1〕《戚少保年谱耆编》：阵十二人，首一人居前为队长，次二人夹盾，次二人夹枝兵，次四人夹长矛，次二人夹短兵，末一人为火兵，居后专事樵苏。偏则伍之，两则什之，始为五行，分为两仪，变而为三才，其节短，其分数明，其步伐合地宜，其器互相为用，且犄角互张，攻、距、击、刺互应。

〔2〕冯梦龙《情史》：大将军戚公继光，其夫人威猛，晓畅军机，常分麾佐公成功。止生长嗣一人，亦善战，置在前队。军法：反顾者，斩。偶与敌战败，反顾，公即斩之。于是将士胆落，殊死战，复大胜。夫人以是不无少恚，而妒亦天性。

七六　火舡

木帆船时代的海战，尤其是在官兵与海盗的作战中，经常会出现火舡，这是一种类似于木筏的火器，漂浮在海面之上，趁着顺风施放，火舡上堆积干草和硫黄烟硝等引火之物，点燃之后借着风势飘向敌船，有的火舡上有铁钉，可以在风力下刺进敌船的木板，铁钉上有倒刺，扎上就难以甩脱。大战之际必打造大量火舡备用，仓促之际，有许多火舡只是木板或木片，也有浇了油的整根圆木，都可临时凑数。

火舡在实战中可以烧毁木船，制造恐慌。上风是有利地形，也正是交战双方相互争夺的有利位置，而风势又会随时变易，上风的位置又会时刻发生逆转，变为下风。因而，海上作战者，需要通晓天文，测算出风向和天气，及时避开不利的下风，夺得上风的位置。瞬息万变的海，使海战变得难以掌控。

在嘉庆年间的一次清军水师与海盗的大战中，清军利用突起的风势，火舡四出，将海盗船队包围，四下里都是燃烧的火光，照得海面通红，眼看就要把海盗的船队一网打尽了。海盗们被逼到了背靠海岸悬崖的不利境地，火舡在风中穿梭，火势暴涨起来，海盗船队在火光中黯淡下去。清军主将走上船头瞭望，喜动颜色，他怀抱令旗，只等海盗船队燃烧之际，就下令发起进攻，令旗抖动不止，仿佛要跳脱出来。主将故作镇定，多年征剿海盗，屡战屡败，海盗骁勇难敌，只有这次，他才有机会把海盗围困在绝地。

哪知海盗们把火舡隔离开来，他们用长矛和铁钩抵住了顺风漂来的火舡，使它们不靠近海盗船，然后浇海水把火扑灭，又把火舡的残骸捞上船去，当作船上做饭使用的柴火，搬到了船尾囤积，还有不少火舡打捞不及，都已烧尽。烧到最后，这些火舡又被海浪打灭，最终四分五裂，冒着白烟的残骸漂满了海面。

不多时，海盗船上就升起了炊烟，用的正是火舡的木料。清军的主将在船头连连顿足，这个机会一失，再想打败海盗就难了。果然，不久便转了风向，海盗船队乘着风冲出了包围圈，回到了大海深处的岛屿，从此行踪不定，在海外兴风作浪，火舡未能奏效，清军的这位主将，后来也在征战中丧命。

〔1〕王圻、王思义《三才图会·器用四卷·火舡》：凡火战，用弊船或木筏载以刍薪，从上风顺流发火，以焚敌人楼船战舰。

〔2〕袁永纶《靖海氛记》：北风大作，官军即将火船二十只，爇火著药引，顺风放入东涌。将及贼营，为掩山风所止，不能达，反延烧兵船二只。贼亦先诇知之，预以铁叉包长篙末，及火船将近，乃以铁叉遥拒火船，使不得近。

七七　网刀

在海盗中流行一种两头尖、中间宽的随身利器，谓之网刀。

网刀本是渔民在修补渔网时，用来切割网绳的随身工具，刃口锋利，黑铁黑不透光，只有在刀刃上有一条银白，能轻松割断胳膊粗的缆绳，中间的宽阔处，是手攥的部位，没有锋刃。一把老网刀的中间总是乌黑油腻，是长久把持的结果，这里是油腻和污垢藏纳之处，又有掌心的不断摩擦，使网刀变得光滑。肮脏龌龊中的光滑，笨重中的锋利，这些相互抵牾的不同属性，居然如此并行不悖，都集中在一把网刀身上。

网刀携带方便，别在腰带间，在补网时随手取用。爬到桅杆上修理篷帆的水手们，嘴里也都叼着网刀，他们在篷帆上接续绳索，双腿盘住桅杆，腾出两只手来，一只手打结，另一手则拿着网刀，随时割去多余的绳头。在修船时，漏水的船缝里塞进麻绳，再涂抹胶泥，也是用网刀割绳，刀尖挑着麻绳，塞进船板缝隙里。涂抹胶泥也是用网刀的刀尖，涂完之后再用刀尖打紧。潜水采珍珠时，网刀也能撬开蚌壳，把明晃晃的珍珠攫出来。网刀还能在礁石上凿下牡蛎，割取海带。网刀也用来收拾活鱼，刮鱼鳞，切割鱼肉，所以网刀上又附有鱼鳞，还有鱼身上的腥气。麻绳上的纤弱的棕毛，也都如雕花般嵌在刀身上，这是网刀的常见功能。

海上渔民的日常活计，多有网刀的身影出没，网刀包揽了渔船上的琐碎，是须臾不可离身的趁手工具。当这些渔民因生活所迫，成为海盗之时，网刀也成为他们的武器，带上了海盗船。在作战中，海盗船中有网刀飞来飞去，成为暗器，它们旋转着从海盗的手里飞出来。在与官兵的混战中，网刀便与飞镖相似，时常偷袭主将，从而扭转整个战局。海盗林风曾使用网刀伤了官兵水师的主将，从此水师的兵将开始忌惮网刀了，准备了藤甲盾牌来防范网刀，可那些网刀还是会在盾牌与盾牌的缝隙之间溜进去。

在水师的战船和海盗船相遇时，网刀随时出没。使用网刀的海盗，是手眼娴熟的暗器高手，飞旋而出的网刀，也不止一把。擅使网刀的海盗，在腰带上安装了密集的皮扣，网刀插在皮扣中，腰带上满是明晃晃的刀尖，这些网刀在作战时一一飞出，身前的网刀掷光以后，双手攥住腰带，做一个旋转，把身后的那些网刀转到身前来。更有双手投掷网刀的海盗，他们最为骁健，在船舷上来回腾跃，把网刀的疾雨掷向了蜂拥而上的官兵，官兵一茬一茬倒伏下去。

网刀飞来时带着风声，嗖嗖的声响是网刀飞来的前兆，从那转圈的响声中，又能分辨出转速的快慢，以及距离的远近。有时又是成群结队飞来，像鸟群一样有着嗡嗡鼓噪的声音，自带源源不竭的力量，它们从头顶掠过，仿佛不知疲倦。

七八　子母舟

母舟是一种大船拖小船的组合，比如大船后拖着的舢板，即可视为子母舟式。舢板俗称三板，即用三块板做成的小船，言其极小，拖挂在大船之后，可分可合，多用于渡人、垂钓，起到辅助作用，有俗谚说“舢板不可充炮艇”，说的也是舢板之小。

东海的钓艚是大型渔船，其中也有子母式的组合，船上能带四至六只小舢板，到达海上，即把舱盖板上的舢板放下海，每只舢板四个船员，各船自己进行生产。钓艚的船舷上还配有活动式挡板，为的是防止所带的舢板遇风浪时滑出。挡板提放自如，舢板要放下海时，只需把挡板提起，这一设计，更是体现了子母式渔船的机巧。

清代有一种大型的子母钓船，出现在琼州，也即今天的海南。子母钓船的甲板上可放小钓艇二十余只，相当于渔船中的航空母舰，作业时小钓艇四出，各自为政，收工时各登母船，驱动母船返航。此外，母船中设有渔具舱、鱼舱、水舱、盐舱等。母船抗风浪性能强，但在钓捕中灵活性不足，子船与母船的合作则是扬长避短之举，隐藏了各自的劣势，而发扬了各自的长处。

福建还曾出现过一种叫作大排的钓船，这是从事钓业的大型母船，船头呈敞开式，船体宽大，可带十多只舢板。由于船大，配了四支桅，挂四张风帆，可远途征战，北到长江口，南到两广，都有福建大排的踪迹，大排负责寻找鱼群，小舢板负责捕捞，而大排上储放渔获，供应食宿，其原理与琼州的母子钓船极为相似。

子母相连，可分可合的子母舟，也引起了兵家的注意，言海防者对此格外留心，后来的战船也受到分合式渔船的影响，按其形式仿制，在渔船的基础上又增添了利于战的部件，战船中的子母舟，前面一只母舰，后面拖一条小舟，母舰装满火药与茅草等易燃之物，船头有倒刺和铁钉，一旦与敌船相撞，就与敌船相连，再难分开，此时便乘机将母船上的引火之物点燃，与敌船一起焚烧，我军则驾着子船回来，取的也是子母分合之理。

〔1〕魏源《圣武记》：子母舟，长余三丈，前为巨舻，广实药薪，后舱内虚，小舟藏之，使风齐驱，抵彼火发，后舟则遁。

〔2〕茅元仪《武备志》：将我母船发火，与彼同焚，我军后开子船而归。

七九　绳结（一）

海盗船劫走了他整整一船的银鱼，连同他的木船。

他大腿上中了一标枪，落水逃走，用海草系住了伤口，防止流血过多。不过，他并没有走远，而是潜在水底，拽住了船舷上垂下的一条缆绳，随着船缓缓前进。海盗们见他跳水，并没有追赶他，这是小股的海盗，船上只有四五个人，专干些抢渔船的勾当。

那天夜里是满月，成群的乌贼游到水面，散发着蓝光，不少乌贼撞到了船板上，砰砰作响，也有不少撞到他身上，他在水中睁开眼朝上看，只见乌贼密布，遮住了视线。一只乌贼经过他面前，鼓出的眼珠瞪了他一眼，然后喷出水柱，靠反作用力飞远了。水柱撞在他脸上，居然比海水凉很多，他微微打了个冷战。他暗想，该上去了。于是，他拽紧缆绳，双手倒换着朝前移动，终于，他双手搭住了船舷，猛一起身，双脚在空中荡了一个圈，稳稳落在船板上，小船晃动，险些翻掉。

几个站着的海盗站立不稳，坐在了船板上。海盗头目坐在木椅子上，只是稍微晃了晃，很快稳住了身子，椅子两条后腿重重敲在船板上，海盗头目脸色有些难看。

他的要求很简单，要回自己的船和满船的鱼。海盗头目没有表态，而是拿起靠背上的一段麻绳说，听说你是这一带最勇敢的渔夫，你敢来我的船上，我敬佩你的胆量，我结三个绳结，都是航海常用到的绳结，你能照样做上来，就还你，做不上来，你和鱼一起留下。

说着，海盗头目站起身，在腰里抽出一股麻绳，左手执绳，右手手腕翻花，便结出了第一个绳结，这个绳结看上去平平无奇，是船上系帆的常用结。只不过海盗头目手法奇快，故意在干扰他的视线，旨在以快取胜。所幸他从小就在船上，对这个绳扣再熟悉不过，闭着眼就结出了一模一样的。

海盗原先也是捕鱼人，自恃捕鱼之术高人一筹，本想让眼前这个渔夫心服口服，于是抖开绳结，又结出了第二个。渔夫看了看，是船靠岸时用到的系缆绳的结，这种结越拽越紧，所以再大的风浪也不会把系船的缆绳荡开。常年使用的铁桩上会见到缆绳勒出的深槽，就是这种绳结的功劳。

渔夫于是又照样结出了第二个。

满船的海盗都站起来，攥紧了鱼叉的木质把柄，站在最后的一个小胡子海盗悄悄掣出了雪白的短刀，刀锋的颤音如嗡嗡蜂鸣，经久不散，寒光瞬间照亮了他短发与眉头间狭窄的前额。船上的空气一触即燃，海盗头目向后挥了挥手，把那一丛炽热的头颅挡了回去。

最后一个绳结，是决定成败的，万万不能大意，于是，那个古老的绳结瞬间在海盗脑海中生出来，浑圆的绳扣外缘正如雨后的森林里绽出的一朵毒蘑菇，异型的斑点闪着诡异的光泽，伴着雨后青草泥土的气息。想到这里，海盗手上的关节无不舒泰，十指随风摆动，如深海里绽放的水母，柔若无骨，一个绳结已经结成。据说这个绳结并无交接之处，却有捆缚之力，可以自动寻找目标并勒紧，它因为简单到了极点才至于难到了极点，是海上绳结中的神品，平时难得一见，没想到海盗头目居然会打出这样的绳结。

渔夫看了不解，海盗把绳扣扔进海里，又顺手带出来，绳扣上赫然捆绑着一尾活蹦乱跳的偏口鱼，渔夫大吃一惊，这难道就是传说中的捆鱼结？这个绳结前所未见，只是听老人们说起过，捆鱼结早就失传多年，据说世上无人会打，没想到这个貌不惊人的海盗头目却有捆鱼结的绝技。渔夫接绳在手，不禁犯了难，这个绳结指法繁复万端，而且不落痕迹，还得有捆鱼的神效，真是匪夷所思，而且海盗打绳结时手法极快，渔夫知道，海盗的手指动了，而且动了不止一下，但他的手指动得迅疾，稍动之后，又恢复原样，以至于看上去他好像并没有动。海盗望着渔夫，渔夫擎着绳子，麻绳搭在手心，朝下垂去，一直垂到船板，绳子压在手上，好似千斤重，渔夫低头不说话了。

海盗头目见渔夫犯难，不由得面露喜色，但并不催促，这时他反倒有了足够的耐心，他站起身，在船板上走来走去，仿佛胜券在握，只等渔夫扔开绳子认输。几个喽啰也喜形于色，纷纷露出了耀眼的白牙，与饱受日晒的漆黑面皮形成巨大反差，这几块闪耀的白，搅得渔夫心乱如麻，连忙低头避开，低头的瞬间，竟然看到船舷右侧的水下有一片亮光，一双纤纤玉手在亮光中现形，那双手正在摆弄一根红丝带，十根手指悄无声息地打出了那个绳结，他下意识跟着做起来，那个绳结终于在他手上出现了，他也照样把绳结扔进海里，紧接着，攥着绳头的右手就感到了一阵剧烈的抖颤，他腕上用力，也拽出了一尾偏口鱼。

海盗并没有食言，他觉得渔夫身上有不可思议的力量，于是渔夫顺利要回了自己的船和鱼，安全回了家。

第二天，渔夫心里惦念着水下的那片亮光，于是又驾船来到那片海域，他下水打捞，得到一枚古镜，古镜里显出一双手的影像，正在不紧不慢地系着捆鱼结，绳结打好后又拆开，循环往复，永无止歇，他看了半天，不由得对镜中之像产生了深深的恐惧，一个绳扣无止歇的演示过程超出了心理承受的极限，他把古镜扔进了深海，古镜在海面上漂出很远才沉没，仿佛一个喋喋不休的演说者在被赶下台前的最后挣扎。

再后来，渔夫老去，这个绳结就失传了，只留下一个关于绳结的故事。

〔1〕《渔轮护洋缉盗奖励条例》(1914.4.28)：渔船船主为捕盗之故而致死亡者，给予银200元，负伤者酌量轻重给予40元以上；船员为捕盗之故而致死亡或负伤者，仿船主之例，给予半额。

〔2〕林君升《舟师绳墨》：本船甲长兵丁各听捕盗发放，非以假其威，实以重其事也。

八〇　绳结（二）

那时的海上，绳扣是致命的武器，或许现在还是，它埋伏在每个人的背后，总会在你毫无防备的时刻冷不丁冒出来。那些年，腰里掖着一团绳子，不亚于一把匕首，越勒越紧的绳结带来的是窒息。只有几个常年出远海的人会结这种绳结，父亲也算一个，他是跟六爷学会的。

父亲还不到十八岁就来到海上，跟在六爷的船上做学徒，整天在船头忙得团团转，六爷鱼鹰一样的眼睛光芒四射，不住地扫来扫去，在他密集的视线里，一粒灰尘也逃不脱。得暇时，他招手唤过父亲，从船板上揪起一截绳子，默不作声地做出了那个古老的绳结，蓦地起了疾风，船舷上停着的几只水鸟怪叫几声，扎进海里不见了，四下里一片沉寂。

六爷进舱了，父亲捧着绳结仔细端详，它由两个环形叠加而成，每个环形的一侧都引出两条绳头，四条绳头分别往两边拽，两个环形的绳套就会收缩，越拽越紧。父亲看了几遍，暗暗记在心里，可以后的几年里，六爷居然再也没有提起绳结的事情，没有人知道绳结的用途，父亲用它来捆网上的标杆，歇海时，把标杆捆在一起，胡乱扔在潮湿的舱里。

六爷年轻时做过海盗，父亲一想起海盗的事情，就不敢在六爷面前提绳扣的事情了。“兴许，那是勒人的绳扣。”父亲拍着胸脯说。我和几个堂兄弟坐在炕沿上，鞋子齐刷刷垂下来，听完了父亲的话，更是大气不敢出。父亲掀开炕席，拽出了绳子，来，我教给你们。他的手上下翻飞，手指扇起一股风，把前额的头发吹起来。几个堂兄弟望着父亲的头发，吃惊得说不出话来，我死死盯着他的手，眼睛也没有眨一下，他刚停下，我接过绳子把扣抖开，照着父亲的样子，做了一个一模一样的。父亲忽地直起腰来，面色沉重。

“你会是一个很好的水手。”父亲说。

我抓着那个绳扣，在手心里捏了又捏，直到捏成了球。

天晚了，堂兄弟们都散去了，我还攥着一把绳子不放。

母亲让我把窗帘拉上，我一伸手，绳子脱手了，像只老鼠一样敏捷。我趴在炕沿往下看，灯光照不到炕基之下这片长条的地带，绳子的去向在这里变得暧昧不清。

“黑灯瞎火的，明天白天再找吧。”母亲劝我说。

这一夜翻来覆去，想着绳扣，总也睡不踏实。好不容易挨到了早上，天光大亮，可还是没有找到绳扣，炕沿下空空荡荡，它究竟去了哪里？

我路过六爷门前，漆黑的木门半掩着，我靠上去，从门缝往里看。六爷的头发快秃没了，紫色的秃肉球在一圈白头发茬下面来回晃动。他手里拿着一条长绳，窗台上摆着半干的鲅鱼，他拿起来，隔一段拴一个，挂了一排。六爷踩着长条凳子，颤巍巍地把它们挂在屋檐下，这些鲅鱼顿时隐入檐下的黑暗中。我禁不住想，六爷老了，等他走了，真正的绳扣再也不会有了。

卷九　谋略

八一　雷州知府

崇祯初年，有某官自京师出守雷州。帝国最南端，一向被视为蛮荒之地，此行当然是作为一种惩罚，皇帝在震怒之余的决定，挥了一下衣袖，就把他赶到了万里之外。

新知府一路南行，在到达广东时，力不能支，于是取海路去雷州。他的运气差到了极点，就在这次短暂的海上航行中，恰恰遇到了海盗。盗船斜刺里靠上了航船，群盗从海盗船上跳到了航船之上，亮出白刃，将航船上的新知府截获，搜身时搜出了官牒，盗首见了，如获至宝，赶紧将这名前去上任的新知府捆住手脚，推进了海里。水花起处，人已沉没，不见了踪影。

盗首一一安排，将知府夫人占为己有，余者一并推入海中。于是取了官牒，盗首自己冒做知府，用知府的名号及印信，他手下的群盗则冒充为僚属，凑齐了一套班底，一行人浩浩荡荡，前往雷州去上任，成为新任知府。

知府到任之后，不到一个月，便已查明前任知府积压的案件，称得上断案如神，对盗贼的征剿最为得力，附近匪患基本肃清，这时人们才发现，这位新知府虽是文臣，却会带兵打仗，能骑马上阵，亲冒矢石而毫无惧色，剿匪时每战皆捷，所到之处无不归顺。百姓称奇，新来的知府真是文武奇才。

荡平匪患后，知府又开仓赈济灾民，百姓以手加额，无不称颂知府的贤能。知府的部下及监察司，也都对知府赞不绝口，超过了以往的历任知府，朝野之中也渐闻新知府的贤能。

就在这时，知府忽然公布了一道禁令，严禁金陵人进入雷州地面，并在各处设哨卡，盘查行人。众人不知其意，只有知府自己心里清楚，在夜里，屏退左右，拿出了他所冒用的官牒，在灯下翻来覆去。那上面写得明白，真知府的家乡就是金陵，也就是南京，若有人从金陵来，恰巧认识真知府，难免要露馅，为保险起见，只有出此下策。

禁令一下，水旱码头，城门官道，都有兵丁在沿途盘查，将金陵人拒之门外。可巧真知府的儿子未能随父来上任，一直在金陵求学，听说父亲被贬到了雷州，便千里迢迢来寻父。到雷州境后，虽是金陵人，但一说是知府之子，无人再敢阻拦，一路畅通，最终到得雷州城中，先后经历的盘查已有几十次。

知府之子不禁心生疑惑，于是先不到衙中去见父，而是躲在路边，等着知府出来，直等到薄暮时分，才见知府出行，冠盖之下，知府骑马，两边卫队罗列，知府之子躲在道旁小巷之中，朝队伍中观看。两旁百姓说骑马者是知府，出门去赴宴，而知府之子瞧了多时，竟然不认得此人，良久乃醒悟，这必是盗贼冒充，父亲怕已是凶多吉少。

知府之子连夜拜谒监察使，监察使听说后大吃一惊，赶紧想了一计，决定第二天请这个假冒的知府来赴宴，在门外花树中埋伏下刀斧手，以摔杯为号，擒拿假知府。

次日平明，请柬发出，知府前来监察使府上赴宴，觥筹交错之间，知府的儿子突然从门外迈步而进。

假知府惊问："你是何人，为何如此无礼，不经通报，就敢闯进来？"

知府的儿子道："我是你儿子，你却不认识我？"

假知府仓促之间不知如何应对，这时监察使将手里的酒杯摔得粉碎，两廊下藏匿的刀斧手涌入，假知府刚要起身迎战，就被刀斧手按在了椅子上，早有两把明晃晃的钢刀十字交叉，架在他的脖子上。

急变之下，假知府的随从有数十人，皆是当年的盗贼，双方展开混战，多数盗贼逃去，只抓到了其中的七名。

假知府知道东窗事发，却仍不服，高叫道："吾何罪，吾何罪？"

监察使挥挥手，命人将假知府押了下去，按律治罪。为盗杀人，冒充朝廷命官，以及昔年的案底，数罪并罚，问成了死罪，押送到京师问斩，举国哗然，围观者如堵。

当人们听说雷州知府是海盗假扮的，不由得感慨唏嘘，以海盗的身份冒充知府，居然治理地方颇有成绩，他也乐于做知府，不愿做海盗了，如果不被拆穿，说不定还有出将入相的可能，历任知府，居然也都不如海盗贤能，真是咄咄怪事了。

此后，继任的新知府昏聩无能，境内盗起，无力弹压，百姓怨声载道，认为此人尚不如海盗。此后，候补官员都不愿意去雷州上任，若是不幸补了雷州的缺，则要上下打点，打通关节，为的是另换一地，生怕被当地百姓拿来跟海盗知府作比较，海盗知府让官员们颜面扫地。

〔1〕张潮辑《虞初新志》：盗乃能守若此乎？今之守非盗也，而其行鲜不盗也，则无宁以盗守矣！其贼守，盗也。其守而贤，即犹愈他守也。

〔2〕张潮辑《虞初新志》：以国法论之，此群盗咸杀无赦；以民情论之，则或尽歼群从。而宽其为守之一人，差足以报其治状耳。若今之大夫，虽不罹国法，而未尝不被杀于庶民之心中也。

八二　招安亭

在招降张保仔和郑寡妇时，两广总督百龄遇到一个难题。张保仔和郑一嫂在全盛时期拥兵近十万，战船上千艘，官兵屡败屡战，迫于形势接受招安，但内心深处还是瞧不起官家的，让这两个巨盗给昔日的手下败将磕头，总是不肯，而在受降仪式中，百龄接受二盗的跪拜，却是必须要有的环节，不可缺少，否则于礼不合。

百龄也算工于心计，他听闻郑寡妇的亡夫郑一曾收张保仔为义子，郑一死后，郑寡妇与义子张保仔暗生情愫，这在他们的海盗船队中已是公开的秘密。张保仔和郑寡妇行动坐卧都如夫妻一般，指挥作战时，也是双双坐在主船上。这种关系在士大夫们看来，则是典型的不伦，百龄虽心中厌恶，但毕竟与那些死板的腐儒不同，他立刻奏本，要嘉庆皇帝给张保仔和郑寡妇赐婚，遂了这二盗的心愿。

受降仪式设在香山县，百龄命当地知县建了一座亭子，名为招安亭，百龄升坐亭中，前来归降的群盗列队在亭外。亭虽不高，却需拾级而上，如此便有了高下之势，正可居高临下。百龄用心之深，在亭子上也能看出些许端倪。因招安事关重大，张保仔和郑寡妇来降之后，海上匪盗瓦解冰消，海疆之乱得解。招安亭由此成为胜景，当地百姓对此亭甚是爱惜，不敢毁伤。

百龄在招安亭中宣读了皇帝赐婚的圣旨，张保仔和郑寡妇果然高兴，上前领旨谢恩，双双跪倒，同时也算是给百龄磕了头，就这样，一道难题轻易便化解了。

百龄此举，毫无意外地遭到了同僚的讥讪，尤其是赐婚一节，更是饱受诟病，百龄后来对此也是讳莫如深，不在人前提起。有人问起南征之事，百龄常顾左右而言他。虽然因招抚之功获赐双眼花翎，百龄自己仍觉得不光彩，虽胜犹辱。

想当初，在去两广任职之前，百龄赠好友董益甫先生诗，其中有“岭南一事君应羡，杀贼归来啖荔枝”的句子，踌躇满志，董公亦颇为感奋。而当百龄屡战屡败，通过招安、赐婚等一系列手段，才把海盗平定，董益甫先生便给百龄写信，信中说道：“承蒙您昔年赠我诗句，实在是荣幸之至，如今我思来想去，似应将当初的诗改为‘抚贼归来啖荔枝’，才更恰当些。”

百龄看了信，呆呆愣了半晌，未能出一言。

〔1〕樊封《南海百咏续编》：招安亭在香山南门河傍大涌口，嘉庆十四年己巳，海盗祈抚，督帅百文敏公命知县彭昭麟筑此亭，以受盗魁张保郑一嫂等降。百载积寇，一朝解散，而大府不耗锱铢，其丰功伟略，诚不可及。

〔2〕《清史稿·百龄传》：巨寇张保挟众数万，势甚张。百龄至，撤沿海商船，改盐运由陆，禁销赃、接济水米诸弊。筹饷练

水师，惩贪去懦，水师提督孙全谋失机，劾逮治罪。每一檄下，耳目震新。巡哨周严，遇盗辄击之沉海，群魁夺气，始有投诚意。

〔3〕黄钧宰《金壶七墨》：闽浙海盗最剧者曰蔡牵、张保，牵前就戮，海洋安谧者久之，及保猖獗，屡劳王师，力竭请降，授官参将。先是粤督百龄公，贻上元董益甫先生诗云："岭南一事君应羡，杀贼归来啖荔枝。"至是先生复书云："昔蒙赠诗，当改一字为抚贼归来也。"百公默然。

八三　计退海盗

东汉末年的孙坚年轻时即有胆略，他生于吴郡，是春秋时孙武的后人，因思慕先祖遗风，故好习兵书，喜谋略，兼习武艺，慨然有四海之志。

十七岁时，孙坚随父亲乘船去钱唐，恰遇到海盗胡玉的部众抢劫商人财物，正在岸上分赃，为了分赃不均而大声吵嚷，后来的船看到了，都不敢再往前去，孙坚和父亲乘坐的船也停在码头外，不知是该进还是该退。钱唐本是繁华之地，往来船只甚多，不多时，水面上壅塞的船只已有数十条，船中客商走向船头，黑压压的头颅都在观望，他们的人数早已超过这股海盗，却只能观望，不敢上前。

正在众人踌躇莫定之际，孙坚起身对父亲说："这些海盗着实可恼，同行者虽众，可惜多为懦夫，不能成事，儿愿只身前往征讨海盗。"

孙坚的父亲闻言大惊，连连摆手说："这不是你们小孩家所能做到的，万勿鲁莽行事，一旦身死，悔之不及。"

父亲的劝告，孙坚不再吱声，他当即擎着刀跳上一块礁石，站定之后，便开始抬手指点，宛若分兵合围海盗的手势，虽是演戏，但在孙坚的胸中，确有雄兵供其驱遣，因此做得极真。孙坚自幼好读兵书，在此情形下，他便想象出合围之势，假想的兵丁分为水旱两路，两路人马齐头并进，势必要将海盗们击杀于岸线之上。

正在分赃的海盗中，盗首胡玉素来狡诈，虽然面对的是手无寸铁的客商，却一直保持着警觉，在群盗恣意抢夺之时，他还在不断扫视四周，这便是他与他手下群盗的不同，难怪成了群盗之首，实非侥幸。

这时，胡玉猛一抬头，看到一个白衣少年站在高处指挥，手势峻急，似是调兵遣将状，不由得大吃一惊，以为有官兵埋伏在近旁，看那少年指戳四方，正有四面合围之势，再看那少年眉宇间暗带杀气，手所指处，目光也必随手指方向射去，在看不见的远处，似有大兵在急行。胡玉出现了幻听，他听到马蹄声响，来自帝国的腹地，又听得木桨拍水，水师也在赶来，人声嘈杂之际，胡玉又出现了幻视，他看到陆地上有一线尘头升起，尘头中隐隐出现了血红的大纛，而在海上，也生出了白云似的帆影，他晃晃脑袋，这些幻觉也随之消失了，但却足以在他心中留下恐惧，这恐惧只是刹那间的事，以胡玉心思之机敏，思忖这般只在眨眼之间即可完成。

在逃遁之前，胡玉只是心中纳罕："官兵中几时出了这样厉害的小将？以前怎毫不知晓有此人？"

不及多想，胡玉恐中官兵埋伏，撮手指于唇间，急吹三声呼哨，其手下将财物弃置于地，登舟逃逸。孙坚望见海盗逃走，斜刺里由浅滩涉水跳到陆地上，挥舞着钢刀，截着海盗的后队掩杀一阵。

海盗们见状，更是信之不疑，以为孙坚是打头阵的先锋官，都飞奔上船，逃得慢的一个海盗小卒落在队尾，还未及登船，就被孙坚赶上，一刀劈中，随后斩下了首级，得胜而回船。

方才岸上的众客商被海盗劫持，脖项后都架着钢刀，海盗多凶残嗜血之辈，直待分赃结束，就要将这些客商一一砍杀，客商们认为必死无疑，哪知有死里逃生的奇遇，众人见眼前这少年勇猛，如神兵天降一般，单枪匹马就杀退了众贼，不由得欢声雷动，客商们感念孙坚救命之恩，在岸上跪倒了一片，抬头再找孙坚，孙坚已飘然而去。

孙坚踏过浅水，回到自己乘坐的船上，船中客商见孙坚提着血淋淋的人头，无不觳觫战栗，孙坚却毫不在意，把人头往船板上一抛，人头就地骨碌着，船中乱作一团，人们急忙起身躲避。孙坚仍坐回自己刚才的位置，座位上的余温仍在，可见制敌之速。

孙坚的父亲也大为惊讶，便问孙坚为何能以一人之力击退海盗。孙坚答道，海盗色厉内荏，虽则呼号连天，鼻息虹霓，动辄手刃人命也毫不在意，却终是做贼心虚，担心官兵来捕拿，今故作分兵合围之势，则众盗惊走，此时若不乘势追击，众盗便心生疑惑，看出是诈，故而以一人之力冒险追击，才能得以全胜。

听罢孙坚的计策，其父亲深为叹服，认为此子智勇双全，将来必有成就。其父早年曾于山间种瓜，遇着三个异人，孙父见他们相貌不俗，言谈举止间器宇轩昂，不敢怠慢，设瓜招待三人。三人吃瓜之后，甚是感激，便留下一段预言，预言孙家之后将出数世天子，贵不可言。三人言毕，即化为三只白鹤，长啸冲天飞去。孙父想起这段奇遇，望着眼前的儿子，不由得暗自思忖，莫非这预言将应在此儿身上？想到这里，他心里一阵狂跳，人间至贵的神秘预言，早就超出了一个瓜农的想象，虽则心动，却难以名状，不知其为何物。

此战之后，孙坚声名鹊起，成为轰动一时的少年英雄，江左豪杰之士皆来归附，后从军，在讨伐董卓的战役中每战必胜，其勇猛震惊天下，时人称之为“小霸王”。

〔1〕陈寿《三国志》：孙坚，字文台，吴郡富春人，盖孙武之后也。少为县吏，年十七，与父共载船至钱唐，会海贼胡玉等从匏里上掠取贾人财物，方于岸上分之，行旅皆住，船不敢进。坚谓父曰：“此贼可击，请讨之。”父曰：“非尔所图也。”坚行操刀上岸，以手东西指麾，若分部人兵以罗遮贼状。贼望见，以为官兵捕之，即委财物散走。

〔2〕《太平御览·卷九七八》：孙钟，富春人，坚父也。与母居，至孝笃信，种瓜为业。有三少年，容范嘻丽，诣钟乞瓜。受乐尾瓜，为设食出瓜，礼敬殷勤。临去曰：“我等司命，感郎见接之厚！”送出门，三人曰：“山中可作冢。”复言：“欲连世封侯，为数世天子？”钟曰：“数世天子！”言讫，悉化成白鹄。

八四　海盗入城

许朝光是嘉靖年间活跃在潮汕一带的海盗，本姓谢，海盗许栋上岸抢掠饶平县，杀其父，见其母颇有姿色，遂掳去为妻，连他一起带走，收为养子，随许栋之姓，改名为许朝光。

当许朝光年龄渐长之时，见母亲终日以泪洗面，不知其故，再三追问之下，母亲才告诉他始末缘由，他这才知道自己是谢家之子。这时他选择了隐忍，在漫长的时光里，他对养父许栋愈发恭谨，以超乎常人的忍耐和矫饰，终于瞒过了老谋深算的许栋。直到羽翼丰满，才将养父许栋一举擒杀，并接管了其部众，成为新的海盗头领。

许朝光的早年经历，有着可怕的隐忍，举凡知道这段旧事的，无不咂舌。为了在养父许栋的海盗队伍中获得承认，他将擒杀许栋的事隐而不宣，对外宣布许栋是坠海而死，只有参与其事的少数亲信知道真相，而且，他仍用许姓，也是为了接管许栋的部众。

当许朝光报了父仇，手里有了千余人的海盗队伍，时常登陆去劫掠，朝廷的守将不能胜，于是想起了老办法——招安。

对许朝光的招安，堪称一次闹剧。官兵的力量不足以消灭许朝光，而许朝光也在与官兵的作战中元气大伤，经年累月得不到休养，官与盗双方皆疲惫不堪，僵持不下，谁也没法战胜谁。

终于，在嘉靖四十二年，许朝光同意接受朝廷的招安，但开出了苛刻的条件——进城接受招安时，城门不可关闭，同时要允许带左右卫兵，卫兵的兵器也不准解除，各城门都要有许朝光的手下参与把守，要有特殊的礼节进行宴请接待，县官必须陪在身边，不拜见府道大员，宴会结束后即刻出城，回到自己的驻地，保留原班人马，不接受朝廷的改编。

这样的招安条件，官府居然无力驳回，只得答应。于是，受降仪式成为海盗招摇过市的一场盛大演出。城中百姓倾城而出，观看海盗入城。海盗们在凌晨时驾船登岸，从南澳岛的老巢出动，日上三竿之时进城。城门大开，许朝光带领部众鱼贯而入。许朝光及主要头目骑着高头大马，边行边冲左右围观的人群抱拳示意，人群中嘘声一片，人们眼睁睁地看着这个昔日的杀人魔王在招摇过市。

许朝光身着金盔金甲，骑着白马，腰悬宝剑，背后背着雕弓和箭囊，走在最前面，许字的大旗在身后飘扬。在他的左右是其手下各大头目，个个头戴凤翅盔，锁子连环甲，耀武扬威。那些海盗中的喽啰，也都换上了节日的盛装，手里是出鞘的钢刀，打头的仪仗队还擎着金瓜，还有长矛和槊，明晃晃的兵刃，反射着朝阳之光，晃得人睁不开眼睛。

昔日总是在夜里摸黑上岸劫掠的海盗，如今成了座上宾，到城里吃喝一顿，摇身一变，即成了官家人。出城之后，在海边驻防，仍自抢夺财物，官府也是睁一眼闭一眼。此时，许朝光一党又打着官府的旗号，在海上收税，比做海盗时更加猖獗。穿着官服的海盗，干的仍是过去的勾当，丝毫没有收敛，而却不再受到官府的征讨。这种招安，也真是一大奇观。

〔1〕《南澳志》：许朝光，本姓谢，饶平贼许栋杀其父，掳其母，育朝光为子，聚众流劫漳、潮等处。嘉靖三十七年戊午春，栋自往日本，将纠合倭奴谋大举，及还，朝光迎于石碑澳，伏兵舟中杀之，尽有其众，据深澳之后宅，筑寨居之，肆行劫掠。

〔2〕《饶平县志》：本人入城招安，入城后不能关闭城门，不能斥去左右随后，不能解除随从所持兵器。各城门都要兼备本人手下人员守护。入城时应当用特殊礼宴请，县佐首领官必陪在身旁，宴毕后必立即出城，不能命令我等拜见府道大人。

〔3〕《潮州府志》：朝光居大舶中，击断自姿，或严兵设卫，出入城市，忘其为盗也。

八五　鹅寨

朱阿尧在清朝顺治年间起兵，割据海岛，常年盘踞在广东的海山岛，在岛上筑造水寨，寨中屯兵。水寨的布置，占据了山川之险，易守而难攻。海山岛孤悬海外，朱阿尧的水寨位于岛上的鲤鱼山，故又名鲤鱼寨。山麓有月牙形的湖水，与大海相通，是水寨的天然屏障，临海处多有悬崖绝壁，可以俯瞰大海。水中布有木栅，防止敌船进入，而寨中船只进出时，则有寨门开启，旋即掩上，几乎毫无破绽可寻。在城中的海盗还倚仗山势，设置岗哨，两个时辰就换一拨哨兵，防守严密。

水寨墙依着山势修建，高有丈余，墙厚有五尺，寨内有营房、仓库、马厩和练兵场，围墙四周有东南西北四个大门，大门之外还有若干小门，俨然一座海上堡垒。朱阿尧聚众七八百人，在水寨驻扎。鲤鱼寨中的兵马，多由当地人组成，习于水战。朱阿尧率部穿行于南海，专门劫富济贫，声威大震，来投奔者络绎不绝，海山岛上的渔户，基本都加入了朱阿尧的水寨。

朱阿尧经营的水寨别具一格，他在水寨的木栅中养鹅三千头，水寨的木栅也是围栏，围住了这些漂浮在水面的白鹅，不使它们走远。水寨是白鹅的世界，它们头颈交缠，恍若蛇群，扑腾的羽翼，打破水寨的平静。

在水寨城头巡视的朱阿尧，俯瞰着水中的鹅群，嘴角露出一丝笑意，他抬手接住了一根飞散在空中的鹅毛，捻在右手的拇指和食指之间，在城头走来走去。他背着手，那根鹅毛也跟着他的手，续在了身后，这使他骤然多出来一根毛茸茸的尾巴，在身后随风招摇，他的部下看了，也都掩口而笑，朱阿尧用眼角的余光瞥见了，也装作不知。

朱阿尧的水寨固若金汤，要来攻打水寨，先要过三千头鹅这一关。鹅的听觉最为敏锐，在几次清军夜袭中，清军尚未靠近水寨，还有十里之遥，鹅群中的头鹅就带头叫起来，紧接着，水寨中三千鹅齐鸣，朱阿尧听到警报，立刻点齐战船，擂鼓三通，放出信炮，即有一队海盗船从水寨中冲出，将来犯的清军杀散。鹅群在这里充当着哨探。

清军的统帅是奋威将军邓友伦，几次带兵前来攻打，都被朱阿尧窥破行踪，夜间的偷袭，也都被朱阿尧一一化解。久攻不下，这使邓友伦极为恼怒，左思右想，想得一计策。当他得知，朱阿尧还有个表弟许明，现在寨中作为朱阿尧的副手，是贪财好货之辈，便立即派人联系，许给官职，要将许明拉过来。于是托了许明的同乡，以入伙为名，把密信送到了寨中去，并附了厚礼。

许明收到信，又见到金帛礼物，不由得心动，这批财宝，是他在海上抢劫半生也难以企及的数目，足够他使用几辈子了。许明的同乡劝道，有了这些，就可以衣锦还乡了，买房置地，使奴唤婢，又何必过这种刀头舔血的日子，受这寄人篱下的闲气。

许明听罢，深以为然，于是欣然收了礼，把前来劝降的同乡留在身边，作为帮手。许明在水寨中仅次于朱阿尧，负责水寨中的日常事务，在喂鹅时，许明带着自己的心腹人，以巡防为名，亲自前去鹅圈喂鹅。

当晚喂鹅，鹅食中就掺了毒药，鹅群全部僵伏不动，黑夜中的海面，飘着些密集的白色块，那是凋零之后的鹅群，正在顺水飘荡，这些脖颈不再舞动，作为朱阿尧的耳目，鹅群从此失灵。

朱阿尧从城头望去，只当是鹅吃饱了，已经入睡，也未加留意，转了一圈，就回寨中安歇了。半夜里来了清兵，摸到水寨门口了，鹅群已经难再发声，清兵七手八脚砍断了栅栏，杀入寨中。

这次突袭让朱阿尧措手不及，他从床上滚下来时，清兵已经杀到了窗外，这一惊非小，他赶紧从枕头底下抽出了钢刀，仗着武功过人，冲杀了出来，从海岛的崖石上跳海逃走。朱阿尧本是海山岛上的渔民，水性素来精深，跳水之后，便踪迹不见，片刻之间就潜出了老远，官兵遍寻不得。

当朱阿尧从水中冒出头来，再看水寨，已经变为一片火海，火光照得海面通红，煞是好看，一刹那间，他有些恍惚，也并未觉得哀伤，倒像是在看一场焰火表演。这时，他的亲信们也纷纷从海中冒出来，齐劝他快走，他从海中伸出手，制止了众人，向着水寨呆呆地看了多时，才分开水波，带领众人游去。

朱阿尧率部突围后，投奔了郑成功，任复台先锋、右协水师提督，在攻取台湾时立下了汗马功劳。

〔1〕《潮汕文物志》：鲤鱼寨位于海山岛黄隆村的鲤鱼山，朱阿尧在此设寨反清，面积约六十亩，义军达七百余员，临海平旷之地设棚筑营，广积粮草，内设忠义厅、营署、马厩、粮仓、练兵场，雄踞南疆。

八六　三略

东晋的孙恩在东海的海岛起兵，兵锋直指东晋都城建康。有会稽、吴郡、临海、吴兴、义兴、东阳、永嘉、新安这八郡的百姓响应孙恩，孙恩于是据有八郡之地，在陆地上站稳了脚跟。此时，东南半壁为之震动，朝野上下也有措手不及的慌乱。

孙恩闻报后，对众部将道："天下指日便可平定，没有什么值得忧虑的，我应当穿着朝服，和诸位一起到建康去。"不久，东晋的名将刘牢之率兵来抵御孙恩，兵至江对岸，与孙恩隔江相望。

孙恩望见了刘牢之在江对岸的旗幡，转而对部将们说："我就算占有江东，也可效法当年的越王勾践，成为江东的霸主。"

刘牢之稍作休整，便率兵渡江，直扑孙恩。孙恩见势不妙，又对众人说："当此之际，就算逃走，也没什么可害羞的。"

刘牢之听说后，笑道："孙恩的三条计略，合该是每战必败，这样的海寇，怎会长久为祸，真欺朝廷无人。"说完，便下令追击，并传令三军，得孙恩者重赏。

然而，刘牢之没有想到的是，孙恩虽然怯战，逃跑时却有了主意，他深知刘牢之的军兵贪财，于是在逃走的路上故意丢弃财帛辎重，官军为了抢夺财货，居然自相争夺，自己人大打出手，停止了对孙恩的追击。

孙恩借此时机逃脱，又回到了海岛上。

〔1〕《晋书》：恩据会稽，自号征东将军，号其党曰“长生人”，宣语令诛杀异己，有不同者戮及婴孩，由是死者十七八。畿内诸县处处蜂起，朝廷震惧，内外戒严。

〔2〕《资治通鉴》：初，恩闻八郡响应，谓其属曰：“天下无复事矣，当与诸君朝服至建康。”既而，闻牢之临江，曰：“我割浙江以东，不失作勾践。”戊申，牢之引兵济江，恩闻之，曰：“孤不羞走。”遂驱男女二十余万口东走，多弃宝物、子女于道，官军竞取之，恩由是得脱，复逃入海岛。

八七　夜捕

小股海盗也有季节性，鱼汛来时，他们是渔民，渔闲之时，则假托外出经商，实际是在海上为盗。这种小股海盗并没有在海外岛屿建立巢穴，他们是沿海渔村的村民，得暇之时有头目联络，随时可以集结出海。在外出为盗时，家眷都在村中，与寻常人家并无不同。

隐藏在村寨中的小股海盗，是最难缉捕的，他们在外出为盗时，也多使用化名，或者干脆只用绰号，只有盗股内部互相知晓的绰号。即便捕得盗股中的一二人，其人也只知同伙的绰号，对真名却不甚了然，足见小股海盗行事之严密。

在潮阳县的一次夜捕中，根据已擒获的海盗所猜测，某家是其同伙林老货的家宅，却又难以确认，差役陈拱身着便装，来在这户人家门前，见门前有一妇人，便走上前问道："老货可在家？"妇人答道："这乞丐早就死了。"又问："阿凤在吗？"妇人回答说："许久没来了。"

于是陈拱抖出铁链，拿了妇人归案，妇人忽然醒悟，忙改口说："不认得老货、阿凤，从未听说过这样的名字。"而她在村中夜捕之时，仓促间问答，已然暴露，后来经审讯，知这妇人是林老货之妻，由此顺藤摸瓜，才将一股海盗尽数擒得。

〔1〕蓝鼎元《鹿洲公案》：洋盗，故惠、潮土产也，其为之若儿戏，然三五成群，片言投合，夺取小舟，驾出易大，习为固然也久矣。

〔2〕蓝鼎元《鹿洲公案》：密令李阿才乘妇人舆，壮役陈拱随其后，潜听阿才指挥，舁入陇头乡，直至林老货门前。陈拱见其家有妇人，遽问曰："汝老货在否？"妇人曰："乞丐死矣。"陈拱复问："小叔阿凤在否？"妇人曰："久不来也。"于是陈拱唤乡长、保正协拘，而妇人忽改口，言不识老货、阿凤为何人。

八八　海盗三百人

清代名臣丁日昌年轻时落魄，考中秀才之后，便屡试不第，流落到了潮州。一次偶然的机会，潮州知府看到丁日昌的文章，不禁拍案称奇，认为此君是不世之才，他日当为社稷重臣。于是四处打听丁日昌的下落，将衣食无着的丁日昌聘入府中做幕僚。

丁日昌自是感激非常，从此往来文书都由他接管。他作文时倚马可待，一字不改，真是捷才，事务处理得井井有条。在府中日久，知府见其才能如此，不由得嗟叹再三，日常事务一并委托丁日昌办理，也包括大案要案。此时的丁日昌受到信任，虽是个幕僚，但其职权已经与知府无异。

这一日，潮州府的官兵从海上捉来海盗三百人，三百人出自同一盗伙，按律三百人当一同治死罪。丁日昌传唤众海盗，只见堂前跪了黑压压的一片，跪不开的，就都跪在了门槛之外。群盗自知罪在不赦，齐声告饶。

丁日昌怒道："你们在海上杀人越货，死有余辜，早知今日，何必当初，如今再来求饶，岂不太晚？"

此言一出，唬得群盗面如土色，只磕头不止，再也说不出话来。丁日昌见群盗害怕，转而问群盗愿不愿戴罪立功，群盗一听，顿觉求生有望，忙不迭地说愿意。丁日昌也一时想不起该让他们去做什么，就改死罪为长期监押，以备不时之需。

事有凑巧，不久，丁日昌官运亨通，做了苏松太道。彼时的上海是洋人横行之地，清廷官员尽数怕洋人，洋人知道这些大辫子的官员软弱，在上海更是如入无人之境。洋商拒不交税，上海的官员束手无策。

丁日昌到任后，忽想起在潮州看押着的海盗三百人，于是命人将这三百人押送至上海。在此期间，丁日昌颁出布告，知会各国商人，须依律纳税才能受到保护，否则若有闪失，官府概不负责。外国商人见了布告，不以为然，仍然拒不纳税。

三百名海盗抵达上海后，丁日昌为三百人分工，嘱他们分头行动，在海上专劫不法洋商的货物，见了洋商便一顿乱打。洋人们不支，纷纷向官府抗议，丁日昌一概不予理睬，只将前些日的布告重新帖出，洋商们这才知道，新来的道台大人不好惹，在暗地里做下了不少手脚，于是只好乖乖交税。

那三百海盗，也在丁日昌的授意之下，做了征税的胥吏，不但洗脱了前罪，还有了谋生之业，便都在上海安居下来。这些海盗自有巧取之法，不几年下来，个个富得流油。

据说丁日昌这种用人方法，后世也多有沿用。

〔1〕《清史稿》：丁日昌，字禹生，广东丰顺人。以廪贡生治乡团，数却潮州寇。选琼州府学训导。录功叙知县，补江西万安，

善折狱。坐吉安不守，罢免。参曾国籓戎幕，复官。李鸿章治军上海，檄主机器局，积勋至知府。江宁既下，除苏松太道。

〔2〕李伯元《南亭四话》：潮州丁雨生中丞日昌，雄才大略，卓绝一时。中丞以一寒士起家，位至疆圻，晚年归老榕江，犹握七省水师总制。平居常语人曰："予幸是丰顺穷廪生，始有今日。若为三阳、澄海之廪生，有富庶之试童，可以敲脂吸髓，有殷实人家，可以包揽词讼，何能出雷池半步乎？吁！士之不可自暴自弃也，如是如是。"

八九　海珠寺

曾一本在闽广两省的沿海作乱时，两省官兵不能制，朝廷派出了当时的名将俞大猷，集结两省兵力，负责征剿曾一本。

俞大猷与戚继光齐名，并称俞龙戚虎，擅长用兵，名重一时。俞大猷到达广东后，知曾一本势大，急切之中难以奏效，便想到了招安之策。他命人给曾一本送信，传达招安之意，许给高官，而暗中却已布置妥当，他命部将郭成在暗中设了埋伏，只等曾一本来到，就将其拿下，就地斩杀，再乘其群龙无首之时，发起总攻，便可一举拿下。

曾一本也并非等闲之辈，他接信之后，只读到一半，就立即知道是计，面上却故作欢喜，厚待使者，并作了回信，愿意接受招安。

原来曾一本料知俞大猷急于求成，想不战而收功，其势已先弱了，当此之际，正可放手一战。他与来使约定，三日后在大鹏所，将带人前来归降，但愿所许之官职，能如愿兑现，言辞之间对官职甚是关切。使者回报大猷之后，大猷以为得计，三日之后，便轻装简从，带了仪仗，前往大鹏所受降。而此时曾一本正纠集六十艘战船，鼓足了风帆，直冲大鹏所杀来。

毫无准备的俞大猷正在大鹏所等候，大鹏所的把总侦查到了敌情，见曾一本倾巢而出，不像是来归降，倒像是来拼命，急报俞大猷。俞大猷一开始不信，把总以死担保，大猷才赶紧回广州，曾一本的船队亦尾随而至，仓促之间，俞大猷命部将郭成率领楼船抵御，不料曾一本顺风放火，把郭成的船队烧得大败，随后，曾一本的兵锋直指广州。

曾一本乘着潮水而来，俞大猷仰仗广州城坚固，任凭曾一本在城外叫骂，也不敢出城迎战。曾一本在城外的海珠寺设宴，与手下众头目彻夜饮酒，声震夜空。酒足饭饱之后，曾一本于海珠寺墙壁上题诗讥讽俞大猷。俞大猷在城中听到曾一本带领群盗在海上欢腾，却不敢出战。待曾一本退兵之后，广州城外满目狼藉，沿海城镇被洗掠一空。

俞大猷后来到海珠寺布防，见到曾一本的题壁，登时面如土色，急命左右将壁上的诗抹掉，因此，曾一本的这首题诗没能流传下来，成为一桩悬案。后世多有伪托之作，皆非曾一本原作。

〔1〕《南澳志》：曾一本，澄海人，《潮州志》作诏安人，吴平党也。隆庆元年丁卯聚众数万，攻掠闽广，旋乞抚，许之，未几复叛。

〔2〕《广东通志》：一本驾大艚六十艘直掩，大鹏有侦事把总知之，豫以报，大猷怒把总妄语，把总以死邀之，大猷始心动，趋归。越夕而一本至大鹏矣。遂乘风直进，郭成御之，贼投火，兵船尽焚，大猷与成敛兵入城。一本乘潮上下，饮于海珠寺，题诗诮

大猷，大猷丧魄，不能以一矢相加。

〔3〕苏愚《三省备边图记》：曾贼猖狂流劫，扬帆抵广省，驻五羊驿，前三日掠民居，焚兵船罄尽，俞总戎几被掳，竟闭门不敢发一矢，贼乃题海珠寺壁嘲之。

〔4〕沈复《浮生六记》：越数日，偕秀峰游海珠寺。寺在水中，围墙若城四周，离水五尺许有洞，设大炮以防海寇，潮涨潮落，随水浮沉，不觉炮门之高或下，亦物理之不可测者。

九〇　玳瑁港

林凤曾经进攻吕宋，要把吕宋作为海外基地。其时，吕宋在西班牙人的控制之下，在进攻马尼拉失利之后，林凤率部来到了离马尼拉不远的玳瑁港，在此处驻扎，靠近阿诺河的入海口，还建了城堡，有长期经营之意。

西班牙人见林凤占据玳瑁港，顿觉寝食难安，便组织一支敢死队，前去偷袭林凤。西班牙人水陆并进，水上的一支，在玳瑁港外与林凤的船队遭遇，彼时林凤主力皆在岸上的城堡中，船队中兵力空虚，只有少许水手在负责看守，西班牙人轻而易举地焚毁了林凤的三十条船。陆地上的一支西班牙人久攻林凤的城堡不下，及时改变了策略，转而以优势兵力围困林凤的城堡，想等林凤弹尽粮绝之时，再发起总攻。

围困长达四个月之久，林凤的给养果然在一天天消耗下去，粮食快吃光了。就在这时，西班牙人却发现，林凤在自己的城堡后，不知何时已带领着手下重新造了三十艘船，而且还挖出了一条运河，直通阿诺河，新造之船可以在运河上通行。

西班牙人见状，急忙挥兵赶到阿诺河的下游，在河中投放障碍物，要把林凤的新船队拦截住，靠近障碍物的岸边则密布火力，等待林凤的到来。他们没有想到的是，林凤指挥部下冒着枪炮，跳到河里去，靠人力搬开了那些障碍物，水中不断有人中枪倒下，新的人手又会立刻补充上来。不多时，林凤的船队就通过阿诺河口，到了海上，从此不知所踪。

林凤在玳瑁港挖掘的逃生之路，遗迹尚存，今人称之为林凤运河。

〔1〕《潮州府志》:(林凤)航海抵吕宋国，至玳瑁港，筑修战舰，谋胁番人，复图内逞。

〔2〕《广州通志》:神泉村近大海，嘉靖二十三年城，尝为海贼林凤所据。

卷十　补遗

九一　斥鱼群

明代海盗林道乾在全盛时期，曾横行于闽广一带，屡屡击败官兵。后开辟港口，自行贸易，又据有滨海良田，耕作生息，海滨的无赖少年争相投奔，坐拥数万之众，俨然是海上王国。

因其杀人无数，血流遍海，堆积的尸体令潮汐不畅，不单是人，就连海中的鱼也惧怕他。只要高呼林道乾的名字，鱼群就会转头逃逸，那些有经验的渔人则会预设好网阵，遇到鱼群就呼喊林道乾的名字，鱼群惊退，渔人就这样一直喊着林道乾的名字，就可以把鱼群驱赶进网。

这种捕鱼方法，是所谓的声驱之法，林道乾的名声之响，可以用来驱逐鱼群，渔家也有人在船头或旗帜上书写林道乾的名字，以期望捕得更多的鱼。直到林道乾败落之后，与他有关的捕鱼术才失传。

九二　膏血灰

林道乾起兵之初，曾经屯兵于打鼓山。打鼓山临海，在岛屿蛮荒之地，足以隐藏起来。他在山中隐藏兵马，日夜操演，又在山中采猎，山中果蔬和猎物不足时，也出山劫掠，骚扰地方，百姓不堪其苦。

伐木打造船只，也是林道乾占据此山的主要目的。山上有多年生长的古木，高可几十丈，十余人合抱，这样的大木，在打鼓山上的密林中并不鲜见，正可建造出海的大船。

在林道乾的眼中，满山的树木俨然是一支船队了。果不其然，后来他的手下几乎伐遍了南坡的古木，大树的主干雕为龙骨，更多的则截为板材。为防止山神动怒，他在大举砍伐之前还进行了盛大的祭山活动，献了三牲，仪典齐备之后，才敢开始动工。

林道乾最为人诟病的是暴虐好杀，这也符合多数大盗的特征。在打鼓山造船时，林道乾曾经杀人无数，所杀的，也多是岛屿当地的土番，取其膏血炼制一番，再用膏血和灰来填充船板之间的缝隙，晾干后呈现出紫黑色的印迹，那是血浆冷凝之后的颜色，经其浸泡的泥灰最为坚韧，用刀尖去戳这些船的缝隙，撞击之下，有金石之声。不知此法从何得来，据说是得自岛屿上的巫师的传授——这邪恶的方法，正与林道乾一拍即合，也正满足了林道乾嗜杀的本性。杀死的人，膏血用来造船，魂魄都被巫师收到了葫芦里，作为祭炼邪术的材料，魂魄到手之后，巫师便不知所踪，再也没有人见过他。

加固后的战船，滴水不漏，又有粘连之效，接续起来的木板，再难分开了，这些海盗船被称作膏血船，可常年在海上飘荡。

清末民初时，广州曾有一海盗上岸定居，对人们说起海盗中的掌故，他声称在年轻时曾经乘坐膏血船，时人谓之盗艇，因风云际会，他成为艇长，负责一艇的进退，这是他海盗生涯的巅峰时刻，暮年回忆起来仍难掩其兴奋，毕生荣耀之所系者，皆在此一船，对船的感情不可谓不厚。漂浮在海上的那些夜晚，他常听到来自船舱中的哭声，从舱的最底层传来，在各个舱室中皆有回音。那些哭泣的冤魂，是膏血灰的本主，他们不知是来自哪一代，亦不知是来自哪里的人。

〔1〕《凤山县志》: 打鼓山，俗称打狗山，原有番居焉。至林道乾屯兵此山，欲遁去，杀土番取膏血和灰以固舟。

〔2〕连横《台湾通史》: 道乾既居台湾，从者数百人，以兵劫土番，役之若奴。土番愤，议杀之。道乾知其谋，乃夜袭杀番，以血衅舟，埋巨金于打鼓山。

九三　潮汐不至

林道乾在海岛屯兵时，将海岛作为巢穴，隐匿其船队。当他率部从海岛出发，来到陆地边缘时，总能带来一场血雨腥风，动辄杀戮上万人，所过之处哀鸿遍野，血水从陆地流入海中，把近海的海水也给染红了，血腥气外播，引来不少虎鲨，这些锯齿獠牙的怪物出没，更增添了几分恐怖，近海之地恍若人间地狱，仅存者纷纷逃往内地，躲避林道乾的杀戮。

林道乾嗜杀，杀人之时衣衫也都变成红色，刀也卷了刃口，便换了新刀重新上阵，所杀之人尽是海滨百姓，尸体抛弃在海滩，层层堆积之后，仿佛高墙，又似堤坝，将海滩覆盖。每到涨潮时分，潮水也被阻隔，潮头只能在外海徘徊，难以挨到岸上来，随潮水而上下的船只也无法靠近陆地了。

不过，林道乾在攻占一座城池后，曾发表过一次慷慨激昂的演说。其大意是说：尸积如山、潮汐不至的传闻，纯属捏造，而他林道乾本人，向来爱护百姓，从无杀戮之举，所到之处修桥铺路，造福一方。潮汐不至的谣言从何而来？皆是腐儒看不惯海盗，故而凭空捏造，加以诋毁。腐儒所为，以仁义道德为表，煌煌大言，言必称圣人云云，实则包藏祸心，行卑鄙下流之实，尚不如海盗表里如一。

在林道乾发布这番言辞之后，当地百姓不知该信谁，眼前的林道乾似乎和传说中的完全不一样，有的认为潮汐不至是真，有的认为是假，争辩不休，可惜毫无结果。

这时候，人群中有一个儒生冒出来说 :“可是，就算传闻是真的，那些人都被杀光了，没杀光的也都逃光了，有谁能出来证明呢？”

林道乾听了笑嘻嘻的，不予理会。第二天一早，人们就发现这个儒生被吊在城门上，早已气绝多时。

〔1〕林大春《上谷中丞书》：（道乾）性酷好杀，所过无不残灭，泊舟海岛，杀人无算，海水尽赤，尸积如山，潮汐为之不至。

〔2〕瞿九思《万历武功录》: 乾为人有风望，智力无二，好割据一方自雄。所至辄不忍贪淫之性，掘人坟墓，淫人妻小，蚕食人田土，常擅山海之禁以为利。

九四　船不过百

蔡牵在海上为盗，船队一直控制在一百艘船之内。因为有一个奇怪的现象频频出现，当蔡牵的船队增添新船，使整个船队的船数超过一百条时，总会有几条船触礁沉没，或者毁于战火，船队的数目又跌回百艘以内，效验如神。

起初蔡牵还并未注意，认为这是偶然事故而已，但船只过百时，事故必然发生，这使蔡牵深感困惑。后来蔡牵索性不再增加船只，将船队数目控制在九十九，居然长期安然无事。这使蔡牵更加相信九十九这个数字，这是他所能做到的船队的极限了，不敢过百，每过百便有灾难发生。

有不少蔡牵的属下认为蔡牵的船队超不过百船，是上天示警，这预示着蔡牵终究难以做大，他或许配不上一百条船。于是，属下多有离心离德，自作打算者，人心由此涣散，蔡牵还蒙在鼓里，不仅未能惊觉，反而做起了皇帝的美梦，造了龙袍和冠冕，做起了海上皇帝。

而在此时，清点船只已经成为日常生活中的一部分。为防止船只过百，每次出兵时都要清点船数，以防止新船增补进来。

有一回外出劫掠，蔡牵的属下得一条船，编入了船队中，作为仓储之用。在海上阅兵时，蔡牵来回清点几遍，都是九十九条船，但他忘了数自己乘坐的船。蔡牵暴戾好杀，手下部众见他数错，也丝毫不敢提醒。于是蔡牵带队出征，浩浩荡荡的一百条船在海上排列阵型，仅从外观上来看，九十九条船和一百条船的差异也太过微弱，微弱到肉眼难以分辨。也恰恰是他所乘坐的船，后来沉没，蔡牵也随之身死，沉没在深海的波涛之中。

〔1〕《嘉庆朝上谕档》：海贼无两年不修之船，亦无一年不坏之杠料，桅柁折则船为虚器，风篷烂则寸步难行。

九五　土虾母

蔡牵年轻时曾一度以贩卖土虾母为生，在福建漳浦一带低价收货，然后挑着担子走街串巷，到处去叫卖，加价卖给城中人家，从中换取微利。

土虾母产自福建沿海，是虾的一种，虾肉鲜美，是下酒的佳肴。蔡牵挑着筐子，海水滴了一地，这条湿漉漉的痕迹，在黎明时分即已印满了大街小巷，走街串巷是体力活，一担土虾母，水分十足，挑起来格外沉重，困顿与艰辛自不待言。

这一日，蔡牵来到大户周员外的大宅外，正巧周员外一早带人出门，蔡牵站在周家大宅的对面，斜倚着大树，两个箩筐摆在面前，筐里的虾还是活的，其中的精神健旺者，一边弹跳着，周身的铠甲一边发出咔咔的声响。这两筐活物，底部的多已被压死，中间地带的尚在挣扎，唯有上层的活蹦乱跳，阳光为那些铠甲镀上了金边。一筐之中的位置所在，也纯属偶然。

周员外被这些活物吸引，走过来观看，蔡牵赶忙招呼，周员外也充耳不闻，眼皮都不抬，只是低头看虾，这时有一只虾格外勇猛，从虾群中跳出来，撞到了周员外的丝绸长衫的下摆，虾身上携带的海水，还有虾的黏液，把周员外的长衫浸湿了一大片，这只虾落地，在土地上蹦了几蹦，周员外大怒，上前一脚踩死了虾，又上前几步揪住了蔡牵，要蔡牵把他衣服上的海水舔干净，如若不然，就要把蔡牵扭送到官府，并告他纵虾行凶。

蔡牵也是火暴脾气，当他听到这荒唐的罪名，愤怒升到了顶点。他甩开了周员外的手，周员外受到一股大力，往后倒退了好几步，险些跌倒，蔡牵搬起一个箩筐，扣在了周员外头上。周员外的身上满是虾，头顶上有虾的小丘，还有虾滚落进脖子，坠进了身子里，虾针扎得生疼。周员外唤身边众随从去抓蔡牵，蔡牵转身就跑，从此亡命海上，不敢回陆地，不久后便做起了海盗的勾当。

转过年来，蔡牵已经是一股海盗的头领，这时他带人登陆，血洗了周家，把周家的财产都搬上了船，又放了一把大火，把周家大院烧成了一堆瓦砾，报了当年之仇。

当时漳浦一带的人家无不忌惮，尤其是大户，生怕招惹上蔡牵这样的人。贩卖土虾母的小贩神气起来，有蔡牵在前，谁也不敢得罪这些小贩。大户们怕重蹈周家覆辙，凡遇到有贩卖土虾母的小贩上门，不论多少，也不计较价钱，一概全要。这使贩卖土虾母的生意变得好做起来，有不少人转行做起了贩卖土虾母的生意，这令城中的大户们叫苦不迭，每日里有上百人前来叫卖，如果不买，那些小贩就吵嚷着要去投靠蔡牵，然后带人杀将回来，大户们只得乖乖掏钱。

蔡牵到海上为盗之后，意外救活了当年一同走街串巷的卖虾小贩，并被尊为这个行业的祖师爷，这是他没有想到的。

九六　扮海盗

皇帝曾在宫苑之内模仿市井百态，命人扮作商贩及行客，相互贸易。皇帝也亲自上阵，在临时搭建的商店中扮作老板，为客人称量货物，还煞有介事地看着秤杆上的星标，即使他并不认识，态度也极认真。两旁扮作行人的大臣们立刻齐声喝彩，他们认为皇帝就算不做天子，也可以这番认真而成为良贾，凭一己之美德，便足可一扫商界弄虚作假的奸猾之风。

皇帝在商店中听到了群臣的称赞，他侧着耳朵听了一阵，嘴角露出了微笑，然而他并未停下手里的活计，似乎他还真有一些商人的耐心，锱铢之间的聚敛，嘈杂市声中的镇定。在商店耽搁半日，将近薄暮时分，皇帝登船，宫女扮作兵丁，在船舷两侧燕翅排开，金丝软甲在夕阳中格外耀眼，从这刺目的金光中，皇帝忽然有了莫可名状的亢奋。

在皇帝的预先授意下，两队太监乘着小艇从斜刺里杀出，冒充做海盗，直冲皇帝的龙船杀来。宫女们花容失色，惊叫不迭，皇帝饶有兴致地欣赏宫女们的慌乱，他并不急于出面终止这一场面，皇帝的态度，无疑给那些扮作海盗的太监们极大鼓舞，他们由小艇攀上龙船的高舷，像是在攻打一座坚城，打头的太监已经在船舷上露出头来了，这时，皇帝出现在船舷，他从剑匣中抽出了木剑，因是演戏，以免伤到人——当然，他要用真剑砍人，也是随心所欲，砍死也是白死。这一举动也体现了皇帝的仁德，木剑上的植物纹饰葳蕤生辉，挥动起来就像一根来自山野的青枝绿叶，轻轻按在海盗的肩头，太监装扮的海盗就惊惨着弹跳了出去，从半空中跌落到御河中去，激起的水花一朵接着一朵。

皇帝指挥若定，仅靠一把木剑迎敌，那些太监们不敢跟皇帝交手，假意接招，兵刃刚碰到皇帝的木剑上，就脱手扔掉兵刃，这看上去像是被皇帝的宝剑给震飞了兵刃，船头有刀剑的黑色剪影飞跃。岸上群臣又纷纷喝彩，他们认为皇帝就算不做天子，也可为一代名将，凭着作战勇猛和指挥若定，即可成就不世之功，名标青史。

看到皇帝如此神勇，宫女们欢呼雷动，皇帝在这场战斗中成为万夫莫当的勇士，如此赫赫武功，正好为自己的皇冠增添光彩。到后来，兴之所至，他只要凌空挥出一剑，在小艇上的冒牌海盗就纷纷落水，似乎是被他的剑气所伤，跳水的同时，他们喉咙里还不忘发出惨叫，真如同剑刃劈到了身子，在这是幸福的尖叫。

演到这一步，御河上的混乱已经不可收拾，大龙船横在河中央，凝滞不动，两只假扮的海盗小艇插在了龙船的当腰，僵持不动，谁也难挪动半分，水面上扑通扑通连声，到处是漂浮的头颅，演戏完毕的太监们不敢回到小艇，当然也不敢妄自到龙船上去，那是死路一条，他们只得舍近求远，朝着御河的对岸游去，散落的旗帜、簪缨及革囊，都漂在了水面，皇帝指挥宫女打捞这些战利品。宫女们受惊之后，才知这是一场事先安排好的惊险场面，于是嬉笑着捞取水面上的物品，河面上的大战告一段落，皇帝顺便下令在龙船上摆设酒宴，为击败海盗庆功。

这是一个成年儿童的过家家游戏，好在没有人敢去戳穿，更多的人信以为真，在皇帝的冠冕之下，他们宁愿相信，这个被龙袍包裹的肉身，此刻正被神明附体，骤然获得了不可思议的力量。

〔1〕沈约《宋书》：时帝于华林园为列肆，亲自酤卖。又开渎聚土，以象破冈埭，与左右引船唱呼，以为欢乐。夕游天泉池，即龙舟而寝。其朝未兴，兵士进，杀二侍者于帝侧，伤帝指。扶出东皞，就收玺绂，群臣拜辞，送于东宫，遂幽于吴郡。

九七　水壶系乳

吴平做了海盗头领之后，第一件事便是报仇。

吴平在做海盗之前，是为佣工，日久不堪主人苛责，逃匿海上为盗。或许他天生就不是做奴才的料，和他一起做家奴的那些人，仍在做得小心翼翼，毫无怨言，反而在人前人后指责吴平不忠。

吴平在海上做了海盗的头领之后，便回到岸上劫掠富户，当初的雇主，正是他们的下手目标之一。海岸军备废弛多年，吴平等人登陆时毫不费力，如入无人之境。攻破旧日雇主的深宅大院，俘获了当年的主人和主母。

主人和主母在酣睡中惊醒，被海盗从床榻上拎起来，直接勒上了绑绳。他们在松油火把的跳跃之光中，认出了为首的正是当年的家奴吴平，暗自叫苦不迭。吴平也不答话，一挥手将他们押走。

当然，主人家的财宝，也都被吴平指挥部下搬到了船上，随后放了一把火烧了大宅。主人和主母在押解的途中见宅中火起，都落下泪来，嘴里被堵了布团，做不得声，只是流泪，火光照在他们脸上，珠光莹然，想来一国一姓之覆灭，也终与此大同小异吧——皆以火光结束旧日的荣光，以眼泪开启灾难的渊薮。

回到海岛上的海盗巢穴，正值所劫的财物丰盈，海盗们暂时获得了一段难得的闲暇时光，开始长期的修整，人需要休息，船只也需要修补。除了从内陆运来的粮食，他们当中有许多还是打鱼的行家里手。在海盗船中，除了刀剑炮矢，还保留着早年使用的渔网，他们在海岛周围撒网捕鱼，捞上来的万头攒动，足以证明旧时的捕鱼手艺尚未失去。他们几乎都是渔民，当他们以劫掠为生计之时，捕鱼成为消遣作乐的游戏，有不少海盗正在长达几个月的休养中发福了。

这时的吴平，开始了恩怨分明的报恩与报仇。在吴平的授意下，老东家的主人受到礼遇，有专人侍奉，一如当年做富家翁时一样，这出乎了老东家的意料之外，后来才得知，因当年对待吴平和颜悦色，才有了今日的礼遇。而那位主母大人就悲惨得多，她当年对吴平非打即骂，正是不堪忍受，吴平才逃去做海盗。

主母养尊处优惯了，身子肥硕，吴平命她推着石磨去磨米。为了羞辱主母，他还逼着主母脱了衣服，裸着身子推磨，众海盗前来围观，稍有不从，便以刀剑指戳，她身上已有几处被戳破，有的地方戳得深，还往外流着血，戳得浅的地方，已然凝结出黑疮痂。主母已年过半百，乳房垂了下来，指向了腹部，吴平命人在她的双乳上拴了水罐，水罐里盛满水，这使她的双乳更是拉伸到了腰间，每走一步，两只水罐都要拍打在肚子上，溅出水花。

主母满脸羞得发紫，她磨出的米供海盗们吃，而当年吴平所做的，正是这磨米的活计，相比之下，主母磨了几天米之后，累得头眼昏花，脚底也起了血泡，每抬脚走一步，都无异于是酷刑，双乳解下了水罐之后，被拉长的乳房没有好转，几乎要垂到了腰间。

那时节，群盗看主母磨米已经习以为常，都称她为长奶妈妈。直到吴平败走，人们还在海岛上看见过她，她的背驼得厉害，已然不能抬头，脸与地面平行——她还是当初那个俯视一切的主母。

那时，她的双乳都快耷拉到脚面了，像两条伸向地面的幻肢，以此来支撑她的残年，她的双臂也和地面垂直，这使她看上去有六条腿，人们看到她的时候，她正用一种怪异的姿势急匆匆走在山林。六条腿齐动，看上去凌乱之极，各条肢体之间甚至还在互相碰撞，互相踩踏，山林中的野草成片倒伏下去，在她所过之处，留下了一条绿色的长廊。

〔1〕《诏安县志》：剧贼吴平，四都人，为人短小精悍，有智略，为儿与群儿牧，即部署诸将皆如法，群儿已号畏服之，往往多奇异。

〔2〕《诏安县志》：为人家奴，厌之，去为盗，盗掠其主人，德主人翁善遇之。其主母尝苦平，平令贼以水壶水系其两乳，令裸身磨米，身动则水壶水摇，以为乐。

九八　勇冠海上

在张保仔的海盗船队中，有一人名叫梁皮保，是张保仔一伙中最为凶悍者，不仅官兵望风披靡，其他海盗帮派也都深知此人的威猛，提起梁皮保之名，最凶恶的海盗也要倒吸一口凉气。

梁皮保擅使大刀，擎着刀能从一条船跳到另一条船，隔着数丈也可凌空飞过，不会落到海水中。据说此人不会水，原是山中寇，后来山寨被官兵攻破，无奈远走海外避祸，阴差阳错做起了海盗。海盗中像梁皮保这样不识水性的，也大有人在，他们刚失去陆地，被逼到海上，还没来得及熟悉水性，或者说，他们仍对陆地念念不忘，亡命海上只是权宜之计。

梁皮保在山中时会窜山越岭的功夫，在海上因不会水，便在原有的功夫上加以苦练，终于练成了在船与船之间飞来飞去的轻功。轻功之外，又力猛刀沉，在作战中总是出任张保仔的先锋。与官兵作战时，梁皮保的前锋哨船与水师的战船遭遇，即从所乘坐的哨船船头飞身而起，径直跃到水师的座船上。

他的脚落到官船上，声息皆无，在官兵还未缓过神来，就被他手起刀落，一阵乱砍，座船上负责指挥的水师主将也不敌其刀，主将被砍杀之后，胜负便已见分晓，官兵也无心恋战，纷纷退到船尾。梁皮保如砍瓜切菜一般，官兵不敌，跳水逃生。主船一失，水师阵脚大乱，海盗船趁势一拥齐上，炮矢齐发，杀得水师大败。

其他海盗帮派也对梁皮保深为忌惮。彼时海盗各帮时有冲突，梁皮保在张保仔手下是第一猛将，有自己的船队和旗号，每当绣有梁字的大旗出现在海面上，敌方船队不敢与之相接，斜刺里退避而去。

张保仔后来威震南海，官兵屡战屡败，多是梁皮保之功。另一股海盗的首领郭婆带曾得罪张保仔，因考虑到张保仔手下的梁皮保勇猛难敌，不敢与之正面交锋，因此便做起了投降朝廷的打算。

梁皮保的海上岁月总是伴随着杀伐，他的名字只出现在方志一隅，以及疆臣的奏折中，有“骁悍”等评语，纸页间看到的，只是一个模糊的人形，靠着船间飞跃的轻捷，还有挥刀砍人时的猛烈，即收割了滚滚坠落的首级——其中有来自官兵戴着金盔的头颅，也有包裹着头巾的海盗同党。

梁皮保后来不知所踪，有人说他跟随张保仔一起接受招安，仍在张保仔部下，也有人说他在凌空飞跃时，臂膀中了流矢，伤势本不致命，却使腾跃之势骤减，梁皮保也因此从半空中坠到海里。这只折翼之鸟，翻滚着落到海面，撞进了波涛之中，海面张开巨口把他吞了进去，随即又合上。他的手下搭救不及，梁皮保登时溺毙。

〔1〕袁永纶《靖海氛记》：彼有梁皮保者，勇冠海上，隔数丈能超跃过船，我众无一为其敌手。

九九　阿妈贼

阿妈贼是指信奉妈祖的海盗，人们称海神妈祖为阿妈，是一种亲切的叫法。以妈祖为信仰的海盗，就是阿妈贼了。

出资兴建妈祖庙的海盗，多是家底殷实的巨盗，冒充作商人，出巨资建妈祖庙，建成的妈祖庙多在港口和岛屿，以供日常祭拜，甚至作为秘密联络地点。至于小股海盗，则简单得多，在船舱中摆一个木刻的妈祖像，或者贴一纸神位，妈祖的护佑便直接到了船上。

从海盗的要求来看，一是祈得资财，二是免于缉捕，这二者都是海盗至关紧要之事。作为海神的妈祖，令那些在海上行动的海盗们有着天然的亲近，他们虽在盗中，却不害怕妈祖这样的神明降罪，相反，他们认为这是在替天行道，世道暗蔽，正可用武力强行扭转。

官府也信奉妈祖，妈祖进入了由皇帝主持的祭祀之中。在官府看来，妈祖是能助剿海盗的，每有征战得胜，必有人声称在官兵战船上看到了妈祖的身影出现在桅杆之上，妈祖前来助战，才使得战局旗开得胜。于是，海氛扰攘之际，妈祖在官方祭祀中的地位也日益瞩目。

也不知妈祖该帮哪一边，这让人颇费思量。

〔1〕谢金銮《二勿斋文集·天后宫祭文》：昔为商之水手者，今乃为盗之水手，昔为商之坐赃者，今乃为盗之坐赃。将见神龛灯火遍于贼舟，而巨贾供奉之家，日益减小。

〔2〕林清标《天后圣母圣迹图志》：神立云端，旗幡飞飙，俨如虹电。我师乘风腾流，贼舟在后，急拨棹击之，获其首而擒其党。

一〇〇 一个传教士的回忆

古老的东方帝国出现在雾气当中。透过桅杆之间的缝隙可以看到，传说中的古老国度正在大雾中悬浮着，像一头迟暮的巨兽，浑身莽力消散殆尽，终于僵伏不动。陆地的一角，也即这头巨兽闭合的趾爪，此刻看上去圆滚滚，光秃秃，毫无锋利的迹象了，同船的水手们则认为，这是潮水拍打而形成的光滑，突起的泥土和石棱，都被水的巨力带走了。海水的升高使岸线模糊，这正是我们泊船之所。

在港口，一排低矮的房屋，展示着黑洞的门和窗，大清国的百姓，正从那些门中进进出出，他们在搬运货物，他们脑后也都拖着及腰的发辫。最为显眼的是一片木笼，由臂膀粗的树枝钉成，透过木笼的缝隙，可看到每个木笼中都有一张脸，眼皮合上，毫无表情，木笼的底部有血滴下。据说这些都是帝国的叛逆者，来自海上的大盗，曾经生吃人心的恶魔，不久之前被擒住斩首，挂在木笼里示众。用来支撑木笼的，是漆成红色的圆木，不知来自哪一棵树，枝丫早已不见，无从辨认，木笼就擎在圆木的顶端，仰视才见，圆木的丛林，把这些木笼推进了帝国的天空。

对待叛逆者的惩罚，也包含了警示的成分，展示与惩罚难以分割，共同构成了更为长久的震慑。在港口出入的帝国子民，抬起头来即会看到做海盗的下场，连连倒吸冷气，而这些海盗的同伙们，也会从中看到了自己的来日的下场，并为之气馁，随时打消继续为盗的念头。

港口之外的这片海，正是海盗出没之地，海盗头颅的展示，成为港口的固定陈设，仿佛没有这些木笼和头颅，港口就不会存在。在风吹日晒之下，木笼仍自坚固，木笼中的头颅却已经风化，难以辨识，叛逆者的面目变得模糊不清，至于他们有何种叛逆事迹，也同样无人记得了。

有一个闻名遐迩的海盗，名字叫作崔阿圃，他也没能躲过脖子上的一刀，挂他头颅的木笼，在一天夜里忽然开放，其中的头颅不知所踪。岸上有人传讲，是崔阿圃昔年的部下在夜里造访码头，施展轻功，飞到圆木上取下了人头，按照中国人入土为安的观念，头颅和他的尸身缝合在一起，秘密安葬在了不为人知的所在。

附录

甲 中国海盗姓名译法

张 琏 Chang Lian
张四老 Chang Si Lao
郑一嫂 Cheng I Sao
张保仔 Cheung Po Tsai
崔阿圃 Chui A-poo
钟 斌 Chung Pin
郑成功 Koxinga
来财山 Lai Choi San
李魁奇 Li Kuei-chi
李 旦 Li Tan
林 凤 Limahong
林道乾 Lim To Khiam
刘 香 Liu Hsiang
林姑娘 Lin Kao Nian
郑芝龙 Nicholas Iquan
沙吴仔 Shap-ng-tsai
泰老翁 Tai Laong
诸彩老 Tousai Lack
汪 直 Wang Chih
杨 六 Yang Liu
颜思齐 Yen Ssu Chi

乙 19世纪初的海盗禁令

一、私逃上岸者，谓之反关，捉回插耳，刑示各船。遍游后，立杀。

二、凡抢夺货物，不得私留，寸缕必尽出众点阅。以二分归抢者，以八分归库。归库后谓之公项，有私窃公项者，立杀。

三、到村落掳掠妇女，下船后，一概不许污辱。询籍注簿，隔舱分住。有犯强奸、私合者，立杀。

丙 海上武装公立约单（1805）

立合约人郑文显、麦有金、吴智清、李相清、郑流唐、郭学宪、梁宝等，为会同众议，肃以公令事。

窃闻令不严不足以儆众，弊不革不足以通商，今我等合众出单，诚为美举，然必始末清佳，方能遐迩取信。凡我各支快艇，良恶不齐，妍强各异，苟非约束有方，势必抗行弗顾。兹议后开款条，各宜遵守，矢志如一，无论权势高低，总以不阿为尚。倘有恃强不恤、抗行例约者，合众究办。今恐无凭，立合约七纸，每头船各执一张为照。计议款条开例于后：

一、议通海大小船只编作天、地、玄、黄、宇、宙、洪七支。各支将行纲花名登簿列号，每快艇于悝尖书某字若干号，头桅亦依本支旗号。如悝尖无字号，以及头桅旗色不符者，即将船艇、炮火充公，并将行纲处决。

二、议某支原有某支旗号，如有假冒别支旗号色者，一经察出，将其船艇、炮火归众。行纲立心不轨，候众处决。

三、议快艇不遵例禁阻截有单之船，甚至毁卖船货，以及抢夺银两、衣裳，计赃填偿，船艇、炮火一概充公，行纲分别轻重议处。如赃重填披不起者，则照本支份子扣除。

四、议打货船，所有船艇货物，系某先到者应得。倘有恃强冒占，计其所夺赃物多寡，加倍赔偿。如有不遵者，合众攻之。

五、议不拘何支快艇牵取有单之船，旁观出首拿捉者，赏银一百大元。对打兄弟被伤者，系众议医调治，另听公议酌偿。从旁坐视不首者，以串同论罪。

六、议有私自驶往各港口海面劫掠顺校贩卖之小船，以及带银领照之商客者，一经各支巡哨之船拿获，将船烧毁，炮火、器械归众，该老板处死。

七、议不构水陆客商，平日于海内有大仇者来，有不潜踪远遁及其放胆出入卖买者，虽略有口气亦可相忘，不得恃势架端扳害，以及借以同乡亲属波连，拿酷赎水。如违察出真情，则以诬陷议罪。

八、议头船遇通海有事酌议，则于大桅树旗，各支大老板宜齐集会议。倘有话致嘱本支快艇，则于三桅树旗，本支行纲宜进船听令。如有不到者，以藐法议处。

奉主公命，抄发各船，以示遵守。

天运乙丑年六月　日 吴尚德 执

丁 海盗投降书（1810）

窃惟英雄之创业，原出处之不同；官吏之居心，有仁忍之各异。故梁山三劫城邑，蒙恩赦而竟作栋梁；瓦岗屡抗天兵，荷不诛而终为柱石。他若孔明七纵孟获，关公三放曹操；马援之穷寇莫追，岳飞之降人不杀。是以四海豪杰，效命归心；天下英雄，远来近悦。事非一辙，愿实相同。

今蚁等生逢盛世，本乃良民，或因结交不慎而陷入萑苻，或因俯仰无资而充投逆侣，或因贸易而被掳江湖，或因负罪而潜身泽国。其始不过三五成群，其后遂至盈千累万。加以年岁荒歉，民不聊生。于是日积月累，愈出愈奇。非劫夺无以延生，不抗师无以保命。此得罪朝廷，摧残商贾，势所必然也。然而别井离乡，谁无家室之慕；随风逐浪，每深萍梗之忧。倘遇官兵巡截，则炮火矢石，魄丧魂飞；若逢河伯行威，则风雨波涛，心惊胆落。东奔西走，时防战舰之追；露宿风餐，受尽穷洋之苦。斯时也，欲脱身归里而乡党不容，欲结伴投诚而官威莫测，不得不逗留海岛，观望徘徊。

嗟嗟！罪固当诛，梗化难逃国典；情殊可悯，超生所赖仁人。欣际大人重临东粤，节制南邦。处己如人，爱民若赤。恭承屡出示谕，劝令归降。怜下民获罪之由，道在宽严互用；体上天好生之德，义惟剿抚兼施。鸟思静于飞尘，鱼岂安于沸水。用是纠合全帮，联名呈叩。伏悯虫蚁之余生，拯斯民于水火；赦从前冒犯之愆，许今日自新之路。将见卖刀买牛，共作躬耕于陇亩；焚香顶祝，咸歌化日于蚜蠓。敢有二心，即祈诛戮。

戊 渔轮护洋缉盗奖励条例（1914）

第一条 凡本国人民，以公司或个人之名义，购置渔船，经本部立案者，许可其在洋面护洋缉盗之权。

第二条 依前条规定之渔船，得由政府给予护洋缉盗奖励金。

前条奖励金额，不得超过每年6万元。

第三条 奖励之种类如左（下）：

甲，渔船奖励：

（一）渔船所有者，于渔业期间不顾自己之利益，在指定之海面，专当护洋缉盗之任者。

（二）渔船在指定之海面，周年常兼理护洋缉盗任务者。

（三）担任前二项任务之渔船，于其指定之海面，一年间无渔船之盗难者。

乙，渔猎员之奖励：

（一）船主船员，捕缚海盗一名上者。

（二）船主船员，因捕盗而死亡或负伤者。

第四条 奖励之方法如次：

（一）第三条甲第一项，渔船之奖励金，每月给银720元，以捕鱼期间内为限。

（二）第三条甲第二项，渔船之奖励金，于捕鱼期间内，照前项规定外，每渔船每月给银百元。

（三）第三条甲第三项，渔船主给予一等褒奖状，船员给银200元。

（四）第三条乙第一项，渔船每捉捕海盗一名，渔船主给予二等褒奖状，全体船员赏银50元。

（五）第三条乙第二项，渔船船主为捕盗之故而致死亡者，给予银200元，负伤者酌量轻重给予40元以上；船员为捕盗之故而致死亡或负伤者，仿船主之例，给予半额。

第五条 凡船主船员为捕盗之故而致死伤者，须呈报附近之官厅，官厅验查后，照第四条第五项之规定，于该船之经理处先行支付，然后申请本部给还之。

第六条 凡渔船无论为护洋缉盗之专务或兼务，均须与二个月前，经由附近之主管官厅申请本部，领取护洋缉盗执照，无护洋缉盗执照者，不得受奖励金之付给。

第七条 凡渔船在海洋作业之际，遭遇盗船，追缉时不限于指定之区域。

第八条 凡护洋缉盗之渔船，申请官厅时所要之手续如次：

（一）该渔船系公司所有者，声明公司之名称，及代表之姓名、籍贯、住所；又系个人所有者，经声明所有人之姓名、年龄、籍贯、住所。

（二）该渔船之名称。

（三）该渔船之形状。

（四）该渔船之淀泊所。

（五）该渔船巡缉之场所。

（六）船主与船员之姓名、年龄、籍贯。

第九条 有护洋缉盗执照者，应随时报告左（下）记事项于附近之官厅，转呈本部：

（一）巡缉之月日。

（二）救护之渔夫数及其姓名、年龄、籍贯。

（三）捕获之海盗数及其姓名、年龄、籍贯。

（四）捕捉之海盗解送官厅之月日。

第十条 凡本部认可之护洋缉盗渔船，各船应置备炮二尊、枪八支，此等枪炮应于申请认可证时，同时请求本部发给。
第十一条 凡受奖励金、褒奖状者，合并给予证书。
第十二条 本条例自公布之日起施行。

己 参考文献

一、古籍

〔1〕司马迁：《史记》，中华书局 2014 年版。
〔2〕陈寿：《三国志》，中华书局 2014 年版。
〔3〕范晔：《后汉书》，中华书局 1970 年版。
〔4〕干宝：《搜神记》，中州古籍出版社 2010 年版。
〔5〕李昉等编：《太平广记》，中华书局 1961 年版。
〔6〕岳珂：《桯史》，中华书局 1981 年版。
〔7〕朱彧：《萍州可谈》，中华书局 2007 年版。
〔8〕里人何求：《闽都别记》，福建人民出版社 1987 年版。
〔9〕蓝鼎元：《鹿洲公案》，群众出版社 1985 年版。
〔10〕袁永纶：《靖海氛记》，清道光十年刻本。
〔11〕真人元开：《唐大和上东征传》，中华书局 1979 年版。
〔12〕薛用弱：《集异记》，中华书局 1980 年版。
〔13〕苏愚：《三省备边图记》，明万历刻本。
〔14〕赵汝适：《诸藩志》，上海古籍出版社 1993 年版。
〔15〕屈大均：《广东新语》，中华书局 1997 年版。
〔16〕李贽：《焚书》，中华书局 2011 年版。
〔17〕黄宗羲：《赐姓始末》，台湾文献馆 1958 年版。
〔18〕梁章钜：《楹联丛话》，中华书局 1987 年版。
〔19〕黄钧宰：《金壶七墨》，台北广文书局 1958 年版。
〔20〕俞樾：《茶香室丛钞》，中华书局 1995 年版。
〔21〕袁枚：《子不语》，上海古籍出版社 2012 年版。
〔22〕郑兼才：《六亭文选》，台湾文献馆 1958 年版。
〔23〕顾炎武：《天下郡国利病书》，上海古籍出版社 2012 年版。
〔24〕沈约：《宋书》，中华书局 2015 年版。
〔25〕南浦文之：《铁炮记》，日本庆长十二年刻本。
〔26〕朱九德：《倭变事略》，上海书店出版社 1982 年版。
〔27〕万表：《海寇议后》，见《玄览堂丛书续集》，民国三十六年影印本。
〔28〕田汝成：《汪直传》，中华书局 1991 年版。
〔29〕倪云癯：《桐阴清话》，清同治十三年刻本。
〔30〕吴雁山：《谱荔轩笔记》，清道光十一年刻本。
〔31〕张廷玉：《明史》，中华书局 2013 年版。
〔32〕高扬文等编：《戚少保年谱耆编》，中华书局 2003 年版。
〔33〕冯梦龙：《智囊补》，珠海出版社 2003 年版。
〔34〕茅元仪：《武备志》，明天启元年刻本。
〔35〕连横：《台湾通史》，华东师范大学出版社 2006 年版。
〔36〕无名氏：《海游记》，上海古籍出版社 1990 年版。
〔37〕沈德符：《万历野获编》，中华书局 1970 年版。
〔38〕施鸿保：《闽杂记》，福建人民出版社 1985 年版。
〔39〕赵尔巽：《清史稿》，中华书局 1977 年版。

〔 40 〕郑若曾 :《筹海图编》，中华书局 2007 年版。
〔 41 〕冯梦龙 :《喻世明言》，人民文学出版社 2007 年版。
〔 42 〕冯梦龙 :《警世通言》，人民文学出版社 2007 年版。
〔 43 〕谢金銮 :《二勿斋文集》，见《台湾文献汇刊》，厦门大学出版社，九州出版社 2004 年版。
〔 44 〕徐珂 :《清稗类钞》，中华书局 2010 年版。
〔 45 〕朱程万 :《己巳平寇》，据《南海县志》，清同治十一年刻本。
〔 46 〕焦循 :《神风荡寇后记》，见《雕菰集》，中华书局 1995 年版。
〔 47 〕江日升 :《台湾外纪》，民国石印本。
〔 48 〕周瑞生 :《海寇劫玕滘外纪》，清道光十年刻本。
〔 49 〕余怀 :《王翠翘传》，见《香艳丛书》，人民文学出版社 1992 年版。
〔 50 〕张潮辑 :《虞初新志》，河北人民出版社 1985 年版。
〔 51 〕郝懿行 :《记海错》，清光绪五年刻本。
〔 52 〕周密 :《癸辛杂识》，中华书局 1988 年版。
〔 53 〕段成式 :《酉阳杂俎》，上海古籍出版社 2012 年版。
〔 54 〕王大海 :《海岛逸志》，香港学津书店 1992 年版。
〔 55 〕陈伦炯 :《海国闻见录》，中州古籍出版社 1985 年版。
〔 56 〕《汪直传》，民国借月山房汇抄本。
〔 57 〕傅维鳞 :《明书》，中华书局 1985 年版。
〔 58 〕樊封 :《南海百咏续编》，清光绪八年刻本。
〔 59 〕李昉等编 :《太平御览》，中华书局 1970 年版
〔 60 〕陈梦雷等辑 :《古今图书集成》，广陵书社 2011 年版。
〔 61 〕林君升 :《舟师绳墨》，据《厦门海疆文献辑注》，厦门大学出版社 2013 年版。
〔 62 〕董应举 :《崇相集》，据《台湾历史文献丛刊》，台湾银行经济研究室 1963 年版。
〔 63 〕张麟白 :《浮海记》，据《台湾历史文献丛刊》，台湾银行经济研究室 1963 年版。
〔 64 〕汪楫 :《崇祯长编》，上海书店出版社 1982 年版
〔 65 〕董斯张 :《吹景集》，上海古籍出版社 2002 年版。
〔 66 〕罗贯中 :《三国演义》，人民文学出版社 1973 年版。
〔 67 〕《得泰船笔语》，载田中谦二、松浦章编著《文政九年远州漂着得泰船资料》, 关西大学东西学术研究所 1986 年版。
〔 68 〕郭宪 :《洞冥记》，商务印书馆 1925 年版。
〔 69 〕王临亨 :《粤剑编》，台北广文书局 1969 年版。
〔 70 〕吴还初 :《天妃娘妈传》，上海古籍出版社 1990 年版。
〔 71 〕罗懋登 :《三宝太监西洋记通俗演义》，上海古籍出版社 1985 年版。
〔 72 〕张岱 :《夜航船》，中华书局 2012 年版。
〔 73 〕王圻、王思义 :《三才图会》，上海古籍出版社 1970 年版。
〔 74 〕黄溥 :《闲中今古录摘抄》，商务印书馆 1937 年版。
〔 75 〕沈复 :《浮生六记》，上海古籍出版社 2000 年版。
〔 76 〕无名氏 :《张保仔》，羊城日报 1905 年刻本。
〔 77 〕张燮 :《东西洋考》，中华书局 1985 年版。
〔 78 〕冯梦龙 :《情史》，岳麓书社 1986 年版。

〔 79 〕魏源 :《圣武记》，中华书局 1984 年版。
〔 80 〕郭义恭 :《广志》，据《景印文渊阁四库全书》，台湾商务印书馆 1986 年版。
〔 81 〕《海道经》，商务印书馆 1936 年版。
〔 82 〕昭梿 :《啸亭杂录》，中华书局 1980 年版。
〔 83 〕黄云翼 :《南海纪略》，清同治十年刻本。
〔 84 〕林清标 :《天后圣母圣迹图志》，清道光十二年刻本。
〔 85 〕戚继光 :《纪效新书》，中华书局 2001 年版。
〔 86 〕周亮工 :《闽小记》，福建人民出版社 1985 年版。
〔 87 〕王鸣鹤 :《登坛必究》，明万历刻本。
〔 88 〕屠本畯 :《闽中海错疏》，四库全书本。
〔 89 〕张宇初辑 :《太上三洞神咒卷》，1923 年涵芬楼影印本。
〔 90 〕黄衷 :《海语》，清道光二十五年刻本。
〔 91 〕蒲松龄 :《聊斋志异》，中华书局 2009 年版。
〔 92 〕谢肇淛 :《五杂俎》，续修四库全书本。
〔 93 〕巩珍 :《西洋番国志》，中华书局 1961 年版。
〔 94 〕林则徐 :《林则徐集》，中华书局 1965 年版。
〔 95 〕魏源 :《海国图志》，岳麓书社 2011 年版。
〔 96 〕温承志 :《平海纪略》，台北广文书局 1968 年版。
〔 97 〕邵廷采 :《东南纪事》，台湾银行经济研究室 1968 年版。
〔 98 〕《倭志》，台北正中书局 1985 年版。
〔 99 〕李伯元 :《南亭四话》，上海书店出版社 1985 年版。
〔 100 〕无名氏 :《罗衫记》，见《明清传奇鉴赏辞典》，上海辞书出版社 2004 年版。
〔 101 〕戴凤仪 :《松村诗文集》，中国文联出版社 1997 年版。
〔 102 〕洪迈 :《夷坚志》，中华书局 2006 年版。
〔 103 〕郭棐 :《粤大记》，广东人民出版社 2014 年版。
〔 104 〕林则徐 :《林文忠公政书》，清光绪三年刻本。
〔 105 〕瞿九思 :《万历武功录》，中华书局 1962 年版。
〔 106 〕郁永河 :《海上纪略》，台湾文献丛刊本。
〔 107 〕林日瑞 :《渔书》，明刻本。

二、档案资料

〔 1 〕《台湾文献汇刊》，九州出版社，厦门大学出版社 2004 年版。
〔 2 〕《台湾文献汇刊续编》，九州出版社 2016 年版。
〔 3 〕《清宫宫中档奏折台湾史料》，台北故宫博物院 2005 年版。
〔 4 〕《点石斋画报》，上海申报馆编印，1884 年版。
〔 5 〕《遗失在西方的中国史 :〈伦敦新闻画报〉记录的晚清 1842—1873》，北京时代华文书局 2014 年版。
〔 6 〕《嘉庆朝上谕档》，广西师范大学出版社 2008 年版。
〔 7 〕《清仁宗实录》，华文书局 1985 年版。

〔 8 〕《明清宫藏台湾档案汇编》，九州出版社 2009 年版。
〔 9 〕《广州至澳门水途即景》，清道光年间彩绘本。
〔 10 〕《清代澳门中文档案汇编》，澳门基金会 1999 年版。
〔 11 〕《渔轮护洋缉盗奖励条例》，1914 年 4 月 28 日颁行。
〔 12 〕《雍正朝汉文朱批奏折汇编》，江苏古籍出版社 1991 年版。
〔 13 〕《郑氏史料续编》，台湾银行经济研究室 1995 年版。
〔 14 〕《宫中档乾隆朝奏折》，台北故宫博物院 1982 年版。
〔 15 〕《军机处录副奏折》，中国第一历史档案馆藏。
〔 16 〕《剿平蔡牵奏稿》，全国图书微缩复制中心 2004 年版。
〔 17 〕《福建沿海航务档案》，厦门大学出版社 2004 年版。
〔 18 〕《明清档案》，台北“中研院”史语所 1987 年版。
〔 19 〕《清代兵事典籍档册汇览》，学苑出版社 2005 年版。
〔 20 〕《嘉庆道光两朝上谕档》，广西师范大学出版社 2006 年版。
〔 21 〕《那文毅公奏议》，台湾学生书局 1986 年版。

三、方志

〔 1 〕《广州府志》，清光绪五年刻本。
〔 2 〕《琼州府志》，清光绪十六年刻本。
〔 3 〕《霞浦县志》，民国十八年刊本。
〔 4 〕《海康县志》，民国二十七年刊本。
〔 5 〕《番禺县志》，清同治十年刻本。
〔 6 〕《新安县志》，清嘉庆二十四年刻本。
〔 7 〕《崖州志》，清乾隆二十年刻本。
〔 8 〕《澄海县志》，清嘉庆二十年刻本。
〔 9 〕《厦门志》，清道光十二年刻本。
〔 10 〕《台湾县志》，台北大通书局 1987 年版。
〔 11 〕《台湾府志》，台北大通书局 1987 年版。
〔 12 〕《海康县续志》，民国二十七年刊本。
〔 13 〕《雷州府志》，清嘉庆十六年刻本。
〔 14 〕《定海县志》，民国十三年铅印本。
〔 15 〕《东莞县志》，清嘉庆二年刻本。
〔 16 〕《潮州府志》，清乾隆二十七年刻本。
〔 17 〕《平阳县志》，民国十四年刊本。
〔 18 〕《金门志》，台北大通书局 1987 年版。
〔 19 〕《东里志》，潮州市地方志办公室 2004 年印本。
〔 20 〕《饶平县志》，清光绪九年刻本。
〔 21 〕《凤山县志》，清康熙五十九年刻本。
〔 22 〕《诏安县志》，清同治十三年刻本。
〔 23 〕《新会县志》，清同治九年刻本。

〔 24 〕《文昌县志》，清咸丰八年刻本。
〔 25 〕《南海县志》，清同治十一年刻本。
〔 26 〕《招远县续志》，清道光二十五年版。
〔 27 〕《福建通志》，民国二十七年刻本。
〔 28 〕《澎湖厅志》，台北大通书局 1987 年版。
〔 29 〕《续修台湾县志》，台北大通书局 1987 年版。
〔 30 〕《揭阳县志》，清雍正九年刻本。
〔 31 〕《玉环厅志》，清光绪六年刻本。
〔 32 〕《松江府志》，清康熙二年刻本。
〔 33 〕《上海乡土志》，上海著易堂 1927 年版。
〔 34 〕《粤海关志》，清道光十八年刻本。
〔 35 〕《电白县志》，清道光五年刻本。
〔 36 〕《噶玛兰厅志》，清道光十年刻本。

四、专著

〔 1 〕穆黛安 :《华南海盗 : 1790—1810》，中国社会科学出版社 1997 年版。
〔 2 〕叶灵凤 :《张保仔的传说和真相》，江西教育出版社 2013 年版。
〔 3 〕梁启超 :《中国殖民八大伟人传》，《饮冰室专集》之八，中华书局 1936 年版。
〔 4 〕郑广南 :《中国海盗史》，华东理工大学出版社 1998 年版。
〔 5 〕田中健夫 :《倭寇 : 海上历史》，社会科学文献出版社 2015 年版。
〔 6 〕安乐博 :《南中国海海盗风云》，三联书店（香港）有限公司 2014 年版。
〔 7 〕雪珥 :《大国海盗》，山西人民出版社 2011 年版。
〔 8 〕张雅娟 :《清代嘉庆年间的海盗与水师》，人民出版社 2016 年版。
〔 9 〕王荣国 :《海洋神灵》，江西高校出版社 2003 年版。
〔 10 〕杨国桢 :《闽在海中》，江西高校出版社 1998 年版。
〔 11 〕吕淑梅 :《陆岛网络》，江西高校出版社 1999 年版。
〔 12 〕欧阳宗书 :《海上人家》，江西高校出版社 1999 年版。
〔 13 〕江仁杰 :《解构郑成功 : 英雄、神话与形象的历史》，台北三民书局 2006 年版。
〔 14 〕白海军 :《海盗帝国》，中国友谊出版公司 2007 年版。
〔 15 〕森村宗冬 :《海盗事典》，台北霹雳新潮社 2008 年版。
〔 16 〕松浦章 :《中国的海盗》，东方书店 1995 年版。
〔 17 〕张炜、方堃主编 :《中国海疆通史》，中州古籍出版社 2003 年版。
〔 18 〕王冠倬 :《中国古船图谱》，生活 · 读书 · 新知三联书店 2011 年版。
〔 19 〕席龙飞 :《中国造船史》，湖北教育出版社 2004 年版。
〔 20 〕中国航海博物馆编 :《新编中国海盗史》，中国大百科全书出版社 2014 年版。
〔 21 〕欧阳云，陈子妹 :《海盗传奇》，凤凰出版社 2009 年版。
〔 22 〕村上卫 :《海洋史上的近代中国 : 福建人的活动与英国、清朝的因应》，社会科学文献出版社 2016 年 1 月版。
〔 23 〕斯图亚特 · 戈登 :《极简亚洲千年史 : 当世界中心在亚洲（618—1521）》，湖南文艺出版社 2017 年 1 月版。
〔 24 〕梁二平 :《败在海上 : 解读中国古代海战图》，生活 · 读书 · 新知三联书店 2016 年版。
〔 25 〕梁二平，郭湘玮 :《中国古代海洋文献导读》，海洋出版社 2012 年版。
〔 26 〕曹小曙，王小莉 :《话说海盗》，广东经济出版社 2011 年版。
〔 27 〕李露露 :《妈祖神韵 : 从民女到海神》，学苑出版社 1995 年版。
〔 28 〕梁晓天 :《倭寇战争全史》，中国长安出版社 2015 年版。
〔 29 〕韩英鑫，吕芳 :《海盗的历史》，文汇出版社 2015 年版。
〔 30 〕魏斐德 :《洪业 : 清朝开国史》，江苏人民出版社 2003 年版。
〔 31 〕张婉婷 :《海盗王传奇》，外文出版社 2010 年版。
〔 32 〕张漱耳 :《海盗蓝色海洋上的黑帮》，青岛出版社 2012 年版。
〔 33 〕何锋 :《明朝海上力量建设》，厦门大学出版社 2015 年版。
〔 34 〕衬叔 :《侠盗张保仔》，广州民智书局 1949 年版。

五、外文资料

〔 1 〕 Richard Glasspoole, Mr.Glasspoole And The Chinese Pirates, Golden Cockerel Press, 1935.
〔 2 〕 Lilius, I Sailed with Chinese Pirates, Earnshaw Books, 2009.
〔 3 〕 F.J.F.Tingay, The Cave Of Cheung Po Tsai, Oxford U.P, 1960.
〔 4 〕 Charles Ellms, The Pirates Own Book, Applewood Books, 2008.
〔 5 〕 John Turner, A Narrative of the Captivity and Sufferings of John Turner, G.& R.Waite, 1814.
〔 6 〕 Robert J.Antony, Pirates in the Age of Sail, W.W.Norton, 2007.
〔 7 〕 J.J.M. de Groot, The Religious System of China, Brill, 1910.

后记

《海盗奇谭》是我在海洋文学上的又一个写作维度，与此前出版的《渔具列传》《海怪简史》相比，对器物和精怪的趣味开始转移到了人。

海盗故事之所以引人入胜，多因其事其人奇崛恣睢，全然超越了日常经验。冒险故事的引力，殊方异域的新奇，使之成为一种颇有代入感的故事样本。虽然本书的初衷不在于猎奇，但题材本身的特殊属性，或使其因误读而有着更为广泛的流布，在所难免的是，文本实验也会因此受到更多指摘。

我把古代海盗故事视为重要的写作资源，以古代海盗的事迹为引，进行文学的重构。历史语焉不详之处，正是文学想象的温床。断片式的文本，受到历代志怪、志人等体例的影响，而又多参用现代性体验。光华夺目的瞬间，是主人公生平的切面，器械及习俗的描摹，亦可看作是海盗生活的缩影。大盗反出桑梓，也即出离日常之际，其精神困境虽难以确知，却也可依稀窥见一二，离经叛道者所付出的代价，实是难以量化的。

与此同时，图像资料的收集也是一项长期而又艰巨的工作，关于中国海盗的图像资料少之又少，在官方资料中，除了大胜海盗之类的图像体系，更多的与海盗相关的图像遭到销毁，因为他们被视作帝国的叛逆。幸有更为丰富的海外馆藏资料，可以从中见到中国海盗的日常。又有西方人描绘的中国海盗形象，能够补救文字的缺失。在筛选过程中，照片首先被舍弃，想象的空间在实景之下大打折扣。取而代之的，是流传至今的版画、地图、手稿等视觉系统——出于主观的图像描摹，似更能与虚构文本相契合。我将这些图像视为文本的一部分，而不是可有可无的点缀，故而有了集束式的前置彩插。

另外，需要强调的是，本书不是历史著作，也不是什么常规意义上的小说。拿历史或小说的公式往上套，或者按照历史课本的答案，做一番按图索骥之功，无疑是迂腐之举。

是为后记。

盛文强

二〇一七年初于青岛

图书在版编目（CIP）数据

海盗奇谭 / 盛文强著. -- 北京：中信出版社，
2017.8
ISBN 978-7-5086-7798-9

Ⅰ.①海… Ⅱ.①盛… Ⅲ.①长篇小说 - 中国 - 当代
Ⅳ.①I247.5

中国版本图书馆 CIP 数据核字 (2017) 第 146890 号

海盗奇谭

著　　者：盛文强
策划推广：中信出版社（China CITIC Press）
出版发行：中信出版集团股份有限公司
（北京市朝阳区惠新东街甲 4 号富盛大厦 2 座　邮编　100029）
（CITIC Publishing Group）
承 印 者：北京汇瑞嘉合文化发展有限公司

开　　本：880mm×1230mm　1/32　　印　　张：11.25　　字　　数：230 千字
版　　次：2017 年 8 月第 1 版　　印　　次：2017 年 8 月第 1 次印刷
书　　号：ISBN 978-7-5086-7798-9　　广告经营许可证：京朝工商广字第 8087 号
定　　价：49.80 元

图书策划：楚尘文化

服务热线：400-600-8099
投稿邮箱：author@citicpub.com